加速世界
04 飛向蒼穹
川原 礫
插畫 / HIMA

「我從來不曾覺得短短一星期有這麼漫長……
好想趕快回東京見你。」
黑雪公主
『黑之王』
駕馭Black Lotus
梅鄉國中學生會副會長
「……我也……一樣。」

「好久不見，
春雪大哥哥
還是一樣圓滾滾的呢！
還有博士也好久不見，
你也還是一樣陰沉耶！」
上月由仁子
『純色七王』之一
紅之王『Scarlet Rain』

「跟我來，Silver Crow。」
Blood Leopard
在蛋糕店工作的
神秘女僕店員

「小春……我這樣，你總該懂了吧？」
「咦……」
千百合
春雪的青梅竹馬
春雪
校內地位金字塔
最底層的少年

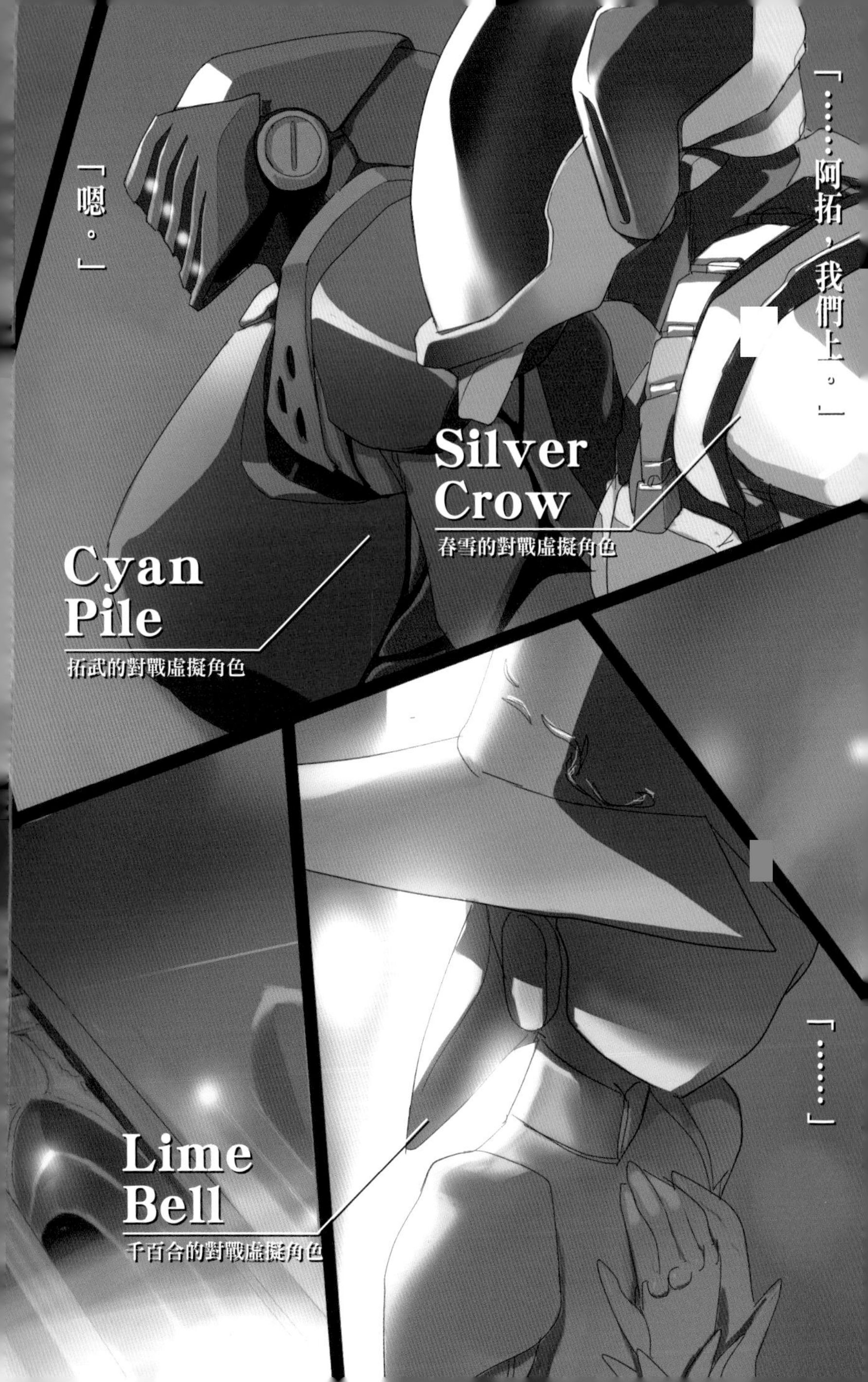
「……阿拓，我們上。」
「嗯。」
Silver Crow
春雪的對戰虛擬角色
Cyan Pile
拓武的對戰虛擬角色
「……」
Lime Bell
千百合的對戰虛擬角色

「看樣子你們是有備而來，
那應該多少會有點意思了……是吧？」
Dusk Taker
能美征二的對戰虛擬角色

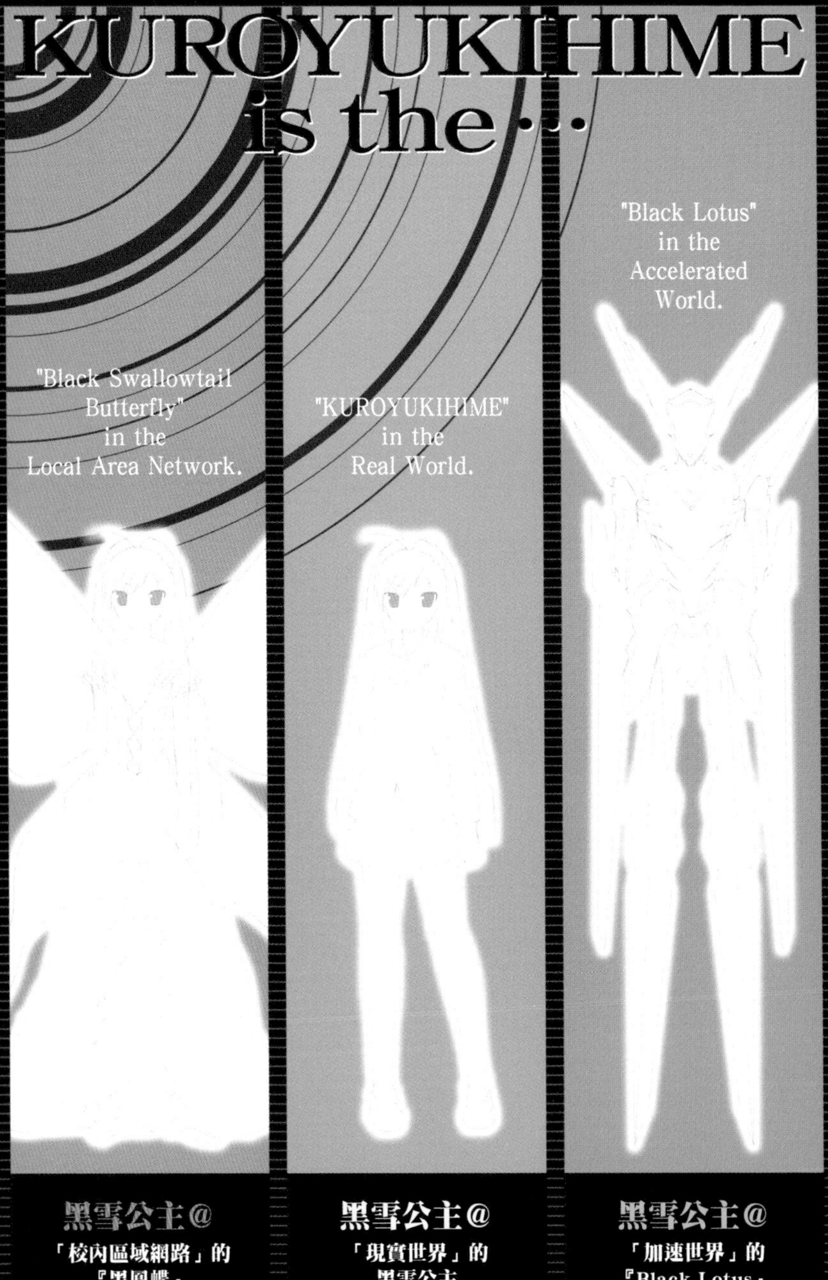
KUROYUKIHIME
is the…
"Black Swallowtail Butterfly" in the Local Area Network.
"KUROYUKIHIME" in the Real World.
"Black Lotus" in the Accelerated World.
黑雪公主@
「校內區域網路」的
『黑鳳蝶』
黑雪公主@
「現實世界」的
黑雪公主
黑雪公主@
「加速世界」的
『Black Lotus』

加速世界

Accel World

04 飛向蒼穹

川原 礫

插畫 / HIMA

■黑雪公主＝梅鄉國中的學生會副會長，是個清純又聰慧的千金小姐，但本性卻充滿了謎團。校內虛擬角色為自創程式「黑鳳蝶」，對戰虛擬角色為「黑之王」＝「Black Lotus」。

■春雪＝有田春雪。梅鄉國中一年級生，體型略胖，遭人霸凌。對遊戲很拿手，但個性內向。校內虛擬角色為「粉紅豬」，對戰虛擬角色為「Silver Crow」。

■千百合＝倉嶋千百合。跟春雪從小就認識，是個愛管閒事又活力充沛的少女。校內虛擬角色為「銀色的貓」，對戰虛擬角色為「Lime Bell」。

■拓武＝黛拓武。跟春雪及千百合都是從小就認識，擅長劍道，對戰虛擬角色為「Cyan Pile」。

■能美征二＝剛進梅鄉國中的一年級新生，來歷不明，連日常校內生活也同樣利用「BRAIN BURST」，站上校內地位金字塔的頂點。對戰虛擬角色為「Dusk Taker」。

■神經連結裝置＝以量子無線方式與大腦連線，透過影像與聲音等方式，對所有感官都能提供訊息的攜帶型終端機。

■校內區域網路＝建構在梅鄉國中校內的區域網路，用於點名與授課等用途。梅鄉國中的學生在校內都有隨時連結校內網路的義務。

■連結全球網路＝連上全球網路的行為。梅鄉國中校內禁止連結全球網路，僅提供校內網路供師生使用。

■BRAIN BURST＝黑雪公主傳給春雪的神經連結裝置內應用程式。

■對戰虛擬角色＝玩家在BRAIN BURST內進行對戰之際所控制的虛擬角色。

■軍團＝Legion。由多名對戰虛擬角色組成的集團，以擴張佔領區域及確保利權為目的。各軍團分別由「純色七王」擔任軍團長。

■正常對戰空間＝指進行BRAIN BURST正規對戰（一對一格鬥）用的場地。儘管有著直逼現實的高規格重現度，但遊戲系統則與上個世代的格鬥遊戲相差無幾。

■無限制中立空間＝只允許４級以上對戰虛擬角色進入的高等級玩家用場地。其中建構有遠超出「正常對戰空間」之上的遊戲系統，自由度比起次世代ＶＲＭＭＯ遊戲也毫不遜色。

■運動指令體系＝用以控制虛擬角色的系統，正常情形下對於虛擬角色的控制都由這個系統處理。

■想像控制體系＝透過堅定想像意念（Image）來控制虛擬角色的系統。運作機制與正常的「運動指令體系」大不相同，只有極少數人懂得如何運用，是「心念」系統的精要。

■心念（Incarnate）系統＝干涉BRAIN BURST的想像控制體系，引發超越遊戲格局之現象的技術。又稱做「現象覆寫（Overwrite）」。

Accel World

1

「為什……麼？」

春雪聽見自己的喉嚨發出破裂潰散的聲音。

「這是為什麼……小百？」

「煉獄」場地的冷風，將空洞的疑問吹散到黃色天空中。然而他沒有得到回答。佇立在校舍屋頂上的嫩綠色虛擬角色「Lime Bell」——倉嶋千百合，彷彿要迴避春雪的視線般低頭，右手握住鐵欄杆，喀唧一聲癱坐下去。

一個極為低沉扭曲的笑聲代替她回答：

「哼……哼、哼。」

手腳攤開仰臥在稍遠處地面的暮色虛擬角色，笑得鏡頭狀的面罩微微顫動。

「哼哼……哼，這實在……實在太了不起了……這就是『治癒能力』……簡直是奇蹟……哼哼，哈哈哈……」

這個竊笑不已的虛擬角色，一直到幾十秒之前都還遍體鱗傷，如今卻令人難以置信地修復完畢，閃耀著黑紫色光澤。恢復的現象還不限於虛擬角色本身，就連右手遭到破壞的火焰放射器也已經恢復原狀。

春雪——「Silver Crow」以及就在他身後不遠處呆呆站著不動的拓武——「Cyan Pile」，在梅鄉國中進行一場激戰，擊破了夜暮色的虛擬角色「Dusk Taker」。他在空戰中被春雪打掉雙手，下墜時又被拓武的必殺技貫穿，只要補上一記普通攻擊，就可以讓他的ＨＰ計量表歸零。

但有人打斷了這場戰鬥，那就是突然出現在屋頂上的Lime Bell。

在她的左手發出的光雨籠罩之下，Dusk Taker的ＨＰ迅速恢復，現在已經滿到最右端閃閃發光。

「為什麼……這是為什麼，小百！」

春雪再度仰望校舍，喊得幾乎連喉嚨都要裂開。

Dusk Taker是敵人，而控制這個虛擬角色的一年級新生能美征二明明擁有「BRAIN BURST」程式，卻沒有出現在對戰名單上，還在考試與劍道社的比賽中濫用加速能力。

不僅如此，他還設下圈套將春雪逼到退學邊緣，更在對戰中以必殺技「魔王徵收令（Demonic Commandia）」搶走Silver Crow的翅膀。春雪好不容易才從重挫之中振作，於漫長的奮鬥後得到新力量，儘管滿身瘡痍，仍然掌握住了勝利。為什麼千百合會在這種時候跑來攪局？

春雪陷入極度的混亂之中，只能瞪大銀色面罩下的雙眼，凝視著Lime Bell。千百合什麼話也沒說，緊緊抓住屋頂欄杆，以寬大的帽簷遮住臉。她嬌小的肩膀劇烈顫動，彷彿在強忍著某種情緒——

某個結論有如雷擊般劈在春雪身上。

——為什麼？答案再簡單不過了。

——是能美。多半是能美征二利用今天午休時間與千百合接觸，要求她聽命行事，就像對付春雪那樣，抓住把柄要脅她。除此之外不可能會有別的答案。

春雪拉回視線，眼前的Dusk Taker雖整個人橫躺在地，卻仍然笑不可抑，同時張開了背上的黑翼。

這對彷彿從黑暗中剪下來的翅膀拍動空氣，以隱形絲線將瘦小的虛擬角色慢慢拉直。

「哼哼哼……哼、哼哼哼哼……」

鼓著喉嚨發出的滿意笑聲音量不斷增加，一對紅紫色雙眼更在狀似昆蟲複眼的亮面護目鏡下劇烈閃爍。

「哼哼、哈、哈哈哈。『飛行能力』再加上『治癒能力』這兩種極為稀有的力量……如今全都屬於我了……」

虛擬角色完全站起，更順勢往上飄起三十公分左右後停住。Dusk Taker將他重生的雙手往左右一張，鉤爪狀的十指朝向天空，一股黑濁的鬥氣就像黏液般從手上劇烈迸出。

「啊……這種硬搶的快感多麼爽！搶走別人的夢想、希望跟可能性，踐踏這一切，這種無所不能的感覺……實在令人難以抗拒啊……！」

稚嫩少年嗓音發出的稱快聲化為物理上的壓力，在空間中擴散開來，撼動了春雪滿身瘡痍的虛擬身體。

但春雪沒有意識到這點，只從面罩下擠出混合了無數種情緒雜訊的聲音：

「……你這小子。」

他朝飄得比自己略高一些的黑紫色虛擬角色踏上一步說：

「能美……你做了什麼？你對小百做了什麼？」

聽到他這麼問，Dusk Taker緩緩轉過頭來，低頭看著春雪。

半拋光的球面面罩下，細細的雙眼緩緩眨了一下——

形成一種惡毒並充滿嘲諷意味的無聲笑容。

春雪的視野猛然染成了血紅色。心中各式各樣混沌的情緒匯集成針尖般的一個點，也就是——對能美征二壓倒性的憎恨。

「能……美……」

春雪低聲說出這個名字時，剩下的右手手指在無意識中併攏成劍的形狀，發出尖銳的共鳴聲，指尖閃爍著銀色光芒。

或許是翻騰的憎恨成了雜訊，阻礙「銀之劍」的意象形成，光芒始終沒有穩定下來。但春雪不予理會，高舉右手砍向Dusk Taker。

但有個人比他更快。

「嗚……啊啊啊啊啊！」

在一陣嘔血似的喊聲中，一個藍色影子從右繞過春雪。

是Cyan Pile。這個重量級虛擬角色的裝甲先前受到高溫燒灼，到現在還冒著煙，卻仍踩著撼動地面的腳步往前衝去。

「你……弄哭了小千啊啊啊啊！」

拓武一向處變不驚，經常扮演安撫春雪的角色，如今卻像個小孩子似的不顧一切後果，大吼著撲向能美。

儘管面臨這有如重戰車般的猛烈衝刺，Dusk Taker仍然絲毫不為所動。

他緩緩舉起瘦弱的右手，尖銳的五根手指張得極開，同時簡短地撂下一句話：

「你該消失了。」

隨著一陣異樣的震動聲響，他的右手籠罩在一層發出紫色光芒的虛無波動之中。波動隨即改變型態，從每一根手指的指尖不斷伸長成爪子……不，是形成了鐮刀。

五把鐮刀硬生生從正面裹住了Cyan Pile迅速逼近的巨大身軀，彎曲的長爪尖端分別碰上頸子兩側、右腋下、左肩、左腋下五處——

緊接著，鐮刀完全沒有受到任何阻礙，乾淨俐落地往中央合上。

「……！」

就在悶哼的春雪眼前，藍色的重量級虛擬角色上半身當場分成好幾塊。

Cyan Pile的頭部與雙手帶著多得嚇人的火花軌跡飛起，掠過Dusk Taker的身體，滾落到他背後的地面；下半身則仍然保持飛奔的姿勢，發出沉重的聲響往旁倒下。

短暫的延遲過後，Cyan Pile的HP計量表開始急速減少，彷彿先有切斷的現象存在，系統才跟著認知為損傷。計量表減少到一半左右時變成黃色，剩下兩成時轉為紅色，長度仍然繼續衰減——

最後終於歸零。

被切斷的虛擬角色殘骸灑出藍色的多邊形碎片爆裂四散，接著就在春雪眼前，顯示出告知Dusk Taker擊破Cyan Pile的系統訊息。

「……哼……哼、哼、哈、哈。」

頻頻中斷的笑聲從暮色虛擬角色的嘴邊洩出。

「所謂的敗者……為什麼總是這麼滑稽呢？不肯承認自己落敗，難看地死命掙扎，最後連尊嚴也被剝奪。我本來還以為黛學長應該更有知性一點，實在太讓我失望了。不過這大概也表示他是個連腦袋都長肌肉的肌肉虛擬角色吧，哼哼哼、哼哼、哈哈哈哈哈！」

Dusk Taker雙手放射出濃烈的黑暗鬥氣，放聲大笑。

春雪聽著這陣笑聲，注視拓武消失的地方好幾秒，接著望向千百合在校舍屋頂上縮得小小的身影。

他呆呆站在原地，附在右手上的銀光劍刃忽明忽暗，最後完全消失。

他沒有喪失戰意，狀況正好相反，一股猶如熾熱火焰般兇暴的破壞衝動在虛擬角色體內激盪，擾亂了春雪的專注。

可恨。要毀了他。要將這個叫做Dusk Taker的對戰虛擬角色——不，是將其中能美征二的意識打得體無完膚，將他碎屍萬段、踩在腳下。

世界已經不再是虛擬的遊戲空間，戰鬥也不再是損傷數值的你來我往。

過去春雪在「BRAIN BURST」的任何一場遊戲之中，遇到敵手打敗自己時頂多覺得不甘心，從來沒有恨過操作虛擬角色的玩家本人。

但只有現在不一樣。在全身血管流動的那股黑濁憎恨，溫度已經遠遠超出不甘心所具備的熱量。

——那就毀了他。

忽然，有個聲音在對他耳語。

——毀了他，吃了他。咬下他的肉，喝乾他的血，奪走他的一切。

這個聲音並不陌生。春雪確實有聽過這個在失真低音中混雜著金屬質倍頻音的噪音。

但他還來不及在記憶中搜尋，背脊正中央就產生了一股被冰針穿刺似的強烈寒意。寒意深深穿進肩胛骨之間，貫進春雪的心臟，讓媲美液態金屬的寒氣解放到全身。

當極低溫的飢渴與超高溫的憎恨融合的那一瞬間——

視野猛然朝中央縮小。

無論是煉獄場地的金綠地面，生物狀外型的校舍，還是在屋頂上垂頭喪氣的Lime Bell，全都消失在搖晃的黑暗之後，眼中所見只剩持續以尖銳噪音放聲大笑的Dusk Taker。

「能……美。」

春雪從喉嚨流出的悶哼聲，有著與先前聽見的聲音同種的金屬特效。

「能美……你這傢伙……你這傢伙……」

洶湧翻騰的所有情緒就像受到牽引似的，貫進了右手指尖。

要發動「心念系統（Incarnate System）」——一種干涉BURST BRAIN程式的想像控制體系，引發超越遊戲框架之現象的技術——就必須專注到深沉得無以復加的地步。春雪透過心念實體化的「光之劍」，也確實在受到憎恨能美的情緒驅使那瞬間消失得無影無蹤。

劍明明已經消失……

突然一陣沉重的震動聲響起，同時從Silver Crow的右手延伸出一把又長又大的劍。

但劍刃的顏色卻非先前那種清澈的白。

那是把幾乎吸收了所有光線的漆黑劍刃，是種比能美實體化出來的黑紫色利爪更深邃，更飢渴的黑暗色彩。

「……嗯？」

Dusk Taker留意到Silver Crow的異狀，收起笑聲問道：

「嗯……有田學長，你還想掙扎啊？你是打算追隨你的好搭檔，一起大出洋相嗎？」

春雪沒有心思去回應他的嘲弄，只覺得自己的思考逐漸被右手劍吸去，剩下的只有想要將眼前敵人碎屍萬段的衝動。

——沒錯。吃了他，吃得連骨頭都不剩。

兇暴的聲音在頭部中心對他輕聲耳語。

春雪受到這個聲音的驅使，右腳搖搖晃晃地踏出一步。

緊接著猛力踢向地面。

「唔……喔啊啊啊啊！」

他大吼著將右手的黑暗劍刃高舉到頭上，將衝鋒的速度、虛擬角色的所有重量，以及心中劇烈翻騰的憎恨，全都灌注在劍尖，朝著雙腳離地的Dusk Taker臉上直劈下去。

春雪這一斬沒有任何變化，只是從正面硬砍，練過劍道的能美不可能躲不開。然而紫色的虛擬角色卻絲毫不動，就像先前應付Cyan Pile時一樣，只張開了右手，想用黑色刀刃抓住劍刃。

春雪實體化出來的劍，跟能美實體化出來的五把鐮刀，在空中相碰。

照先前打鬥的情形來判斷，兩人的心念攻擊應該會一碰到就劇烈互斥而彈開。

但這次卻發生了完全相反的現象。當漆黑刀刃與黑紫色鐮刀猛力互擊的瞬間，黑暗就以刀刃交擊的一點為中心而翻騰，互相試圖吸收對方。

「唔……」

Dusk Taker發出了小小的驚嘆聲。

「同屬性的攻擊……？這是怎麼回事……？」

他瞇起眼睛，仔細觀察；相對地春雪則已經完全無法思考，只是在右手上持續施力，想強行劈開對手。

「嗚……嗚，哦哦！」

面罩下的一張嘴咬牙切齒，發出悶哼。

「給我消失……給我消失啊能美！從我眼前……消失吧啊啊啊啊！」

右手劍發出振動聲，劍刃交擊點的黑暗翻騰得更為洶湧。從能美手指上伸展出來的鐮刀，從刀尖開始軟化，眼看就要被吞沒。

能美嘖了一聲，左手也產生紫色鐮刀，重疊在右手鐮刀上抓住春雪的劍。媲美小型黑洞的黑暗肆虐得更為猛烈，金屬昆蟲與碎片等各式各樣的物件都被吸起，留下一瞬間的閃光後便消失無蹤。

「花樣可真多……！」

Dusk Taker大喊一聲，加強了從雙手湧出的紫色波動。

「嗚……喔喔喔喔……！」

春雪喉間也迸出了野獸似的吼聲。

異常重力演算之下，連厚重的雲層都開始慢慢旋轉，逐漸呈漏斗狀被吸往地面。校舍窗戶接連破碎，灑出銳利的特效光線後，地面更追著電光般的火花而出現放射狀裂痕。

接著好幾件事同時發生。

「不要打了……不要再打了——」

千百合聲淚俱下的尖叫響徹整個場地。

「給我……消失啊啊啊啊啊——」

春雪低沉的咆哮又壓過尖叫聲。

顯示在視野上方的剩餘時間跑到了零。

TIME UP！的文字在眼前熊熊燃燒，告知對戰已經結束。

看完殊死戰模式的戰績畫面後，加速狀態就此解除。穿越放射狀的光環回到現實世界後，春雪一時之間甚至想不起自己開始對戰前在做什麼——想不起這裡是哪裡，現在又是幾點。

鋪上紅褐色高彈力素材的田徑跑道，在眼前筆直往前延伸，好幾名身穿運動服裝的男生就跑在自己前面。

而春雪自己也以雙腳笨重地踢著地面。血肉之軀的動作緩慢得讓他難以忍受，意識無法完全跟肉體融合，差點一跤摔倒，趕忙亂揮雙手才勉強穩住。坐在跑道內側的學生與跑在春雪左邊的男生都笑了出來。

——對喔，我剛剛還在測驗三千公尺。現在是星期二的第五堂課，體育課上到一半……

春雪茫然想到這裡，接著自覺到一股岩漿般的情緒從丹田爆發上來。

——我到底在做什麼？

——上體育課？長跑？這種事根本就不重要！無論如何，我都必須打得他……打得能美征二滿地找牙！

「唔唔……！」

壓抑不住的低沉吼聲宣洩而出。春雪咬緊牙關，瞪著遠方的終點線，將所有激憤都灌注在雙手雙腳上。先前顯得笨重的腳步聲頻率開始加快，身體自然往前傾。

顯示在視野下方的測跑時間旁邊，開始有個紅色的R字樣在閃爍，系統告知這樣的速度將會刷新個人圈速紀錄。但春雪沒有意識到這點，只顧全力跑完剩下的九十公尺。儘管沒有超越跑在前面的學生，但春雪的衝刺顯然縮短了差距，使得班上男生發出了一陣喧鬧聲。

但無論是喧鬧聲，還是一踏上終點線就開始在眼前閃爍的個人新記錄數字，春雪都絲毫沒有放在心上。他甚至沒有停下腳步，一路朝著樓梯口直衝。

「喂～有田，你要去哪裡啊？上廁所嗎？」

體育老師悠哉的喊聲跟學生們的笑聲他都有聽見，但都不予理會。

他當然不是要去廁所，而是打算一路跑到校舍三樓，殺進能美征二的教室。

直接去找現實中的能美算帳，強行跟他直連，讓他徹徹底底地屈服。如果辦不到，就乾脆把神經連結裝置從他脖子上扯下來一腳踏碎，破壞核心晶片。

有必要打消主意嗎？對方可是卑鄙到了極點，要脅千百合逼她就範的人啊。

每當內心深處湧起強烈的暴力衝動，背上某處便有種抽痛的感覺。不，春雪甚至覺得衝動就是從這一點無限產生。

「給我等著……」

春雪以撂狠話的口氣這麼吼著，正要更猛烈地踢向地面時——

背後忽然有隻手強而有力地按住他的左肩。

「小春，住手！」

同時耳邊傳來一個壓低的聲音，讓春雪反射性地煞車。但身體無法像對戰虛擬角色那樣帥氣地停住，他整個人往前一倒，接著就被身後這人抓著手臂穩住。

春雪維持深深低頭的姿勢，擠出沙啞的聲音：

「……阿拓，你幹嘛攔我？」

拓武——黛拓武以結實的右手用力抱住春雪左臂回答：

「要是你現在引發暴力事件而停學，小千只會更難受！」

「……她現在已經夠難受了！能美……那小子他要脅小百，強迫她就範！我們可以容許這種事發生嗎！」

這時春雪才回頭望向拓武的臉。

兒時玩伴一貫冷靜的雙眼在運動款眼鏡下因強烈的苦惱而扭曲，春雪登時一口氣喘不過來。

沒錯——拓武不可能不當回事。相信在他內心深處，肯定比春雪更擔心千百合，對能美的所作所為也更為憤慨。

但這個兒時玩伴同時還顧慮到春雪；儘管春雪只受到憤怒的驅使，絲毫沒有考慮到拓武。背上又是微微抽痛，但當抽痛過去，風暴般的衝動也逐漸遠去。春雪深吸一口氣，從抖動的喉嚨慢慢吐出，接著才放鬆肩膀，無力地說：

「……你剛剛明明就比我早衝去扁能美。」

拓武聽了發出苦笑。

「一點兒也不錯，真不知道有幾年沒像那樣氣瘋了……」

春雪覺得，從翅膀被能美搶走那天，自己在家裡跟拓武爭吵以來一直存在的疙瘩，已經慢慢融化消失。兩人就這麼在運動場角落呆站了好一會兒，直到背後的跑道上傳來老師拍手要學生集合的聲音。看樣子所有學生的測跑都已經結束了。

「……回去吧，小春。」

聽到拓武這麼說，春雪先緩緩點頭，接著小聲補上幾句：

「小百那邊就由你去跟她說吧，說不管能美怎麼跟她講，根本就不必聽他的。」

「嗯，我知道。小千就由我……不對，是由我們來保護。」

兩人一瞬間目光交會，接著轉過身去。

春雪最後又朝校舍三樓瞪了一眼，在內心深處自言自語：

——能美，你做了絕對不該做的事。從現在起，我跟你的戰爭已經變成不限時間的殊死鬥。無論如何，我都會想辦法看穿你阻隔加速對戰的手段，跟你打到我們之中有一人的超頻點數歸零為止。

春雪用力咬緊牙關，跟拓武並肩走回集合場。

但就在短短十分鐘後。

事態又朝超出春雪預期的方向進行。

第五堂課一下課，春雪跟拓武就衝向位於主校舍對面的體育館。兩人正好在聯絡走廊上發現千百合，於是從柱子後面連連招手。

穿著T恤跟短褲的千百合一看到他們，表情立刻僵住。這也難怪，畢竟她才在短短幾分鐘前沉潛到實戰場地，還「治癒」了與春雪他們為敵的Dusk Taker，導致Cyan Pile的ＨＰ計量表歸零落敗，Silver Crow（春雪）也因時間用完而被系統判定打輸，兩人都被能美搶走了點數。

　但春雪露出生硬的笑容一直揮手，拚命想告訴對方自己並非來興師問罪。本來一直低頭撇開視線的千百合，向數名前往更衣室的同班同學交代幾句話後，便朝兩人走近。

　儘管才剛做過劇烈運動，但一看到千百合略顯蒼白的臉色，春雪心中又湧起了對能美的劇烈憤怒。身旁的拓武也握緊了拳頭，接著才深深吸一口氣開口說：

「……小千，我想我已經知道妳為什麼會做出那種事來，所以我們只是來告訴妳，不用再聽他的話了。」

「就……就是說啊。」

　春雪也拚命補充說明：

「那小子現在應該也開始害怕小百妳的能力了。不只是ＨＰ，連壞掉的武裝都能恢復，只要有這樣的能力，我們就不會輸給他……不對，是打得贏他！」

　聽春雪這麼說，千百合立刻皺起眉頭，看起來像是在思索，又像在猶豫。

　幾秒鐘後——

「你們誤會了。」

　千百合口中緩緩吐出第一句話。

「咦……誤、誤會……？」

春雪吃驚地反問回去，千百合眼中露出與先前迥然不同的堅強光芒，依序注視春雪跟拓武，接著又說了一次：

「你們誤會了，能美並沒強迫我這麼做。」

「小千……妳、妳說什麼……？」

拓武連連眨眼想要上前，看來這次連他也吃了一驚。千百合則退後一步躲開，以平靜卻堅決的語氣回答：

「是我主動去拜託能美，要他收我當同伴。我說我會當他的專屬治癒師，要他供應我點數。應該沒關係吧，畢竟我又還沒加入小春你們的軍團。」

千百合又跟愣住的兩人拉開距離，繼續說下去：

「『我們』跟『黑暗星雲』今後就井水不犯河水吧，畢竟我們都知道彼此的現實身分。當然能美跟小春之間訂的契約得另當別論就是了。」

儘管意識幾乎一片空白，掌握不住狀況，春雪仍然懂千百合所說的「契約」是指什麼。也就是只要春雪每週向能美繳納10點繳滿兩年，他就會歸還「飛行能力」的那個約定。

今後不打算彼此爭鬥，但對於能美從春雪身上壓榨點數這件事則不聞不問，千百合的意思就是這樣。

這點固然令他大受打擊，但千百合以「我們」來稱呼能美跟她自己，更對春雪造成了巨大的震撼。這麼多年來，千百合講到「我們」，意思一向只包括她自己、春雪跟拓武三人。

千百合從全身僵硬的兩人身上移開視線，簡短地說了句：「那我走了。」

接著立刻轉身朝著更衣室跑去。

只留下長年來再熟悉不過的那股牛奶般的甜香。

2

在學校遇到不如意的事，心情低落地低頭踩著沉重腳步回家。

這樣的經驗對春雪來說本是稀鬆平常。去年受到同學嚴重霸凌時，他幾乎每天都數著人行道的地磚回家。

但現在身旁有著拓武——那麼陽光的拓武竟然跟他一樣垂頭喪氣拖著腳步，可是春雪這輩子第一次見到。

拓武以身體不舒服為由，蹺掉了劍道社的練習，春雪默默跟他一起從梅鄉國中走回住家所在的公寓，等到穿過正面入口時才無力地說了句：

「來我家坐坐吧。」

「……嗯。」

他跟頭點得十分無力的拓武一起坐電梯到二十三樓，打開自家家門進到空無一人的客廳，將書包隨手一扔，坐到餐桌前的椅子上。

拓武也在他對面坐下，兩人就這麼好一陣子沒有說話。

——記得以前也曾經像這樣面對面坐著啊。

春雪茫然想到這裡，才發現那還只是短短二十四小時之前——也就是星期一放學後發生的事情。

昨天的下課時間裡，春雪首次跟能美征二對戰，背上的銀翼被他用必殺技搶走。

拓武發現春雪與當時在場的千百合態度有異，於是在社團活動結束後找上門來，那時他就坐在跟現在完全一樣的地方。春雪任憑心中自虐的心情驅使，對拓武說了重話，因此被兒時玩伴狠狠打了一拳。之後他更搭公車一路到了澀谷區，自暴自棄地找人對戰，消沉的態度受到熟面孔的機車車手「Ash Roller」責難，並被強行帶往無限制中立空間內的東京鐵塔遺址。

Ash Roller在那裡將他的上輩，同時還是前黑暗星雲成員的「Sky Raker」介紹給春雪。她將超頻連線者最極致的能力「心念系統」的存在告知春雪，並為了讓他學會運用這種系統而安排了一場超斯巴達式的特訓。

為了學會心念系統中最最初步的部分，春雪在加速到一千倍的世界裡花了整整一個星期的時間。

所以從這個角度來看，他會覺得這樣跟拓武面對面的情況隔了很久，也是理所當然的。

春雪無意識中舉起右手，摸了摸昨天休息時間裡被能美打傷的下顎，以及放學後被拓武打過的右臉。外觀上已經幾乎完全不留痕跡，但一摸之下仍然竄過一陣痙攣似的疼痛。

……看來就算精神加速躲進另一個世界，肉體的傷勢——也就是現實中的疼痛，終究無法痊癒。

正當春雪轉著這樣的念頭時，拓武留意到他的動作，以摻雜自嘲的嗓音說：

「小春，我打你時說過只要小千能夠幸福，對象是誰都無所謂……那句話我要收回。我實在沒辦法接受……沒辦法接受小千竟然去當那個能美征二的搭檔。」

春雪的手無力地置於桌上，滿懷失落地回答：

「別說接不接受……我根本就不敢相信。當然BRAIN BURST是沒規定現實中的朋友一定要加入同一隊啦……可是小百竟然會為了點數而背叛我們，投靠能美……」

「不過如果只考慮賺取點數，跟能美搭檔效率確實會比跟我們合作好啊。搶到小春翅膀的Dusk Taker，戰鬥力已經達到犯規的水準了……要是再跟『治癒術士』Lime Bell搭檔在對戰中亮相，中等級的玩家裡根本就沒有人是他們的對手。」

「你消沉歸消沉，判斷倒還挺冷靜的嘛，博士。」

這次換春雪露出苦笑，但隨即又被嘆息蓋了過去。

「不過啊，阿拓……她是小百耶。你覺得那個一點遊戲天分都沒有，搞不好就連ＲＰＧ裡面的事件戰鬥都會打輸的小百，有辦法判斷賺點數效率這種事情嗎？」

「這、這個嘛……我是不覺得啦，一點也不……」

儘管有一句沒一句，但跟好友講著講著，春雪心中因為千百合宣告訣別所受的震撼也終於稍有緩和。

他慢慢起身走向廚房，從大型冷凍庫裡拿出盒裝的冷凍披薩，連盒子一起丟進微波爐；接著再拿出瓶裝烏龍茶，準備兩個杯子。再跟只需數十秒便解凍&加熱完畢的披薩一起端到桌上隨手排開。

「……謝謝。」

春雪先在拓武杯裡倒了茶，再打開盒子抓起一片海鮮披薩。他正要朝著牽出起司絲的披薩前端一口咬去時，耳中忽然迴盪起說話聲。

——啊，你們又在吃這種東西了！

——真拿你們沒辦法，我只好請媽媽做點什麼來了。

但這當然不是現實中的聲音，也不是神經連結裝置所播放的ＰＣＭ聲音檔。短短幾天前千百合拿來的千層麵滋味，差點就要在舌頭上甦醒，春雪趕忙用力咬下量產品披薩，以求蓋過記憶中的味道。

他低頭咀嚼硬是鹹了些的披薩，卻聽到吸鼻涕的聲音。悄悄轉動視線往上一看，就發現同樣低頭吃著披薩的拓武，頻頻在眼鏡底下拭淚。

忽然間胸口湧起一種跟先前不一樣的刺痛。

——阿拓這小子雖然平常都很冷靜，聰明得讓我根本比不上……精神層面卻不算強韌。

——當我被搶走翅膀而自暴自棄時，他竭盡全力想要幫助我。既然如此，這次就輪到我了。輪到我來鼓勵他，在背後支持他。

春雪在心中這麼自言自語，閉上雙眼，大口大口地咀嚼，三兩下就消滅了披薩。接著喝乾整杯烏龍茶，放回桌上時還撞出高亢的聲響。

「阿拓！」

他這麼大喊，拓武肩膀一顫，發紅的眼睛轉了過來。春雪正面接住他的視線繼續說：

「阿拓，我相信小百！所以我不相信她說的話！」

「咦……？」

「我剛剛也說過，『想要點數所以跟能美聯手』這種作風一點都不像小百，所以這個可能性我們要整個排除掉，我想推測正確的可能性大概……不，肯定高達九成。小百是被能美要脅作他的搭檔，還被迫對我們如此說明。這種推測還可信得多了，不是嗎？」

聽春雪緊握玻璃杯說出這一大串話，拓武斟酌了好一會兒。

沒多久，他以稍微恢復冷靜的聲音慢慢回答：

「嗯……的確，你說的或許沒錯。可是小春，這個說明有點矛盾，說是『整個排除』卻又只是『高達九成』？那麼剩下的這一成就是說，小千主動投靠能美的可能性也是存在的，對吧？」

「對……但是理由不一樣。」

「理由……？你是說除了點數以外，還有別的理由讓小千跟我們為敵？」

春雪看著歪頭思索的拓武，本能地縮起肩膀，小聲說道：

「也就是說，這個……我們『黑暗星雲』的首領……是『她』……」

一聽到這裡，拓武連連眨眼，接著臉上也隨即露出跟春雪同樣的畏懼。

「對、對喔……萬一小千覺得……覺得要她當軍團長的部下根本是天大的玩笑……」

「你敢說絕對不可能嗎？」

聽到春雪這麼問，拓武露出複雜的表情搖搖頭，接著呼出一口長氣，掙扎著補上幾句：

「不過，如果這個推測正確，那就真的不能請軍團長幫忙了啊……你想想她的為人，要是知道小千背叛我們而幫能美治傷……」

「難保不會把Dusk Taker連著Lime Bell一刀兩斷啊……」

身為「黑暗星雲」首領的「黑之王」，控制9級對戰虛擬角色「Black Lotus」的黑雪公主個性有多剛烈，根本不需要特地去回想。她一旦認定對方是敵人，就會毫不留情地以雙手劍刃斬殺。要說黑雪公主會不會只對千百合破例不採行這樣的大原則，實在不太——不對，是肯定不可能。

春雪用力抬起目光看著拓武的臉，像是講給自己聽似的說：

「學姊結束畢業旅行回來的時間是星期六晚上，所以還有四天，我們一定得在這四天內解決才行。」

「你說解決……是要怎麼解決……」

「不管小百是受他要脅，還是主動那麼做，只要打倒能美……讓他失去BRAIN BURST，一切就會結束，不是嗎？」

聽春雪這麼說，拓武先做了個深呼吸，接著微微露出苦笑說：

「小春，你說得倒簡單。就算你揭穿得了能美不出現在對戰名單上的機關，要把那麼難纏的Dusk Taker點數全部打光，可不知道得贏多少場才行啊……」

「我看未必。」

春雪喃喃道出這句話，接著邊想邊說：

「能美現在剛進梅鄉國中，為了透過考試跟劍道社比賽建立自己的地位，照理說他現在點數會消耗得非常快，尤其是比賽裡用的物理加速指令，更是一次就要耗上5點啊！你覺得只升到5級的他，會有那麼多點數可以浪費嗎……」

「……對喔……況且能美目前似乎也沒有進行正規對戰，點數的來源應該很有限……」

拓武瞇起鏡片下那對稍微恢復了以往犀利的雙眼點點頭，很快地說下去：

「可是小春，這麼一說，不管軍團長什麼時候回來，我們都得跟時間賽跑。能美得到了『飛行能力』，再加上專屬的『治癒術士』，有了這麼萬全的準備，他一定會開始在對戰中亮相。雖然限定搭檔戰的情形應該沒有太多場次可以打，但想來他應該幾乎可以百戰百勝……」

「也就是說，得趁那小子開始賺點數以前就先拿下他是吧。」

春雪的視線先跟拓武短暫地對碰，接著斬釘截鐵地說了：

「好，那小子阻隔對戰的機關，就由我想辦法查清楚。」

「你、你在胡說什麼，我也一起……」

「不行，這段時間有件事非得要你去做不可。」

春雪的雙手在餐桌上緊緊互握，稍稍放低聲音說：

「阿拓，Dusk Taker什麼東西都能用雙手削下來的那招你直接挨過，應該還記得吧？」

「嗯……我到現在還不敢相信啊。」

拓武頻頻搖頭，彷彿在懷疑自己的記憶。

「發光現象那麼劇烈，必殺技計量表竟然沒有減少……不對，更讓人難以置信的是，普通的拳打腳踢也還罷了，連不屬於實體攻擊的『雷霆快槍（Lightning Cyan Spike）』都被吸收掉了啊……優先度高得離譜，那到底是什麼能力……」

「其實……那不是系統所規定的能力或必殺技。該怎麼說呢……我也講不太清楚……」

春雪皺起眉頭，拚命尋找合適的詞彙，勉力想將昨天才剛得到的知識告訴拓武：

「那種能力是以超頻連線者的想像力作為能源，說穿了就是一種『超必殺技』。正確的名稱叫做『心念系統』，靠精神跟意志的力量來體現，是加速世界裡最強大的攻擊力……」

毫無遺漏地說完待在東京鐵塔遺址的隱士「Sky Raker」傳授的心念系統要點，以及自己如何學會「光之劍」，花了春雪將近二十分鐘之久。

講解之餘，他又重新意識到自己對這個系統仍然抱有許多疑問。

照Sky Raker的說法，聽來像是一種鑽遊戲程式漏洞的犯規密技，但如果真是這樣，為什麼管理者沒改掉？如果他們是故意置之不理，那又是出於什麼目的？

「BRAIN BURST」這個遊戲原本就已經不親切到了極點，既沒有說明書，也沒有NPC負責講解。知道心念系統的存在之後，更讓春雪覺得難以理解。這個應用程式的「真面目」到底是什麼呢……？

儘管抱持這樣的疑問，春雪仍然勉力說明他已知的部分。

聽完說明之後，拓武茫然望著大口猛灌烏龍茶的春雪，勉強擠出沙啞的聲音說道：

「……該怎麼說呢——小春你這小子真的常常讓年紀比較大的女生看上啊。」

「最、最先吐槽的竟然是這個？」

「有什麼辦法呢……老實說，這個叫心念來著的東西我實在沒辦法一下子就接受啊。把想像力這種曖昧不明的東西轉化為實際的攻擊力……用說的是簡單，但這已經超越格鬥遊戲的範疇了……」

「話是這麼說沒錯，像我也沒辦法說明自己到底是怎麼弄出劍來的……」

春雪盯著自己圓滾滾的手指猛瞧，邊想邊說：

「……不過我想所謂的心念應該沒有那麼簡單，不是『想像什麼都能實現』，而是跟虛擬角色的屬性……或是超頻連線者本人的資質……這類的東西有關。舉例來說，我總覺得我之所以能從手上變出劍，是因為Silver Crow的手原本就是這樣的形狀。」

「唔……那也就是說，就算我跟小春用同樣方法修練，也不見得就能變出光之劍了？」

「也許吧。不過若真是這樣，應該會有其他更適合阿拓……更適合Cyan Pile的心念型態。問題就在於這到底是什麼，又要經過怎樣的修練才能學會……現在回想起來，Sky Raker應該是從一開始就看出什麼樣的修練方式最適合我，才讓我去爬峭壁。還有這個也是推測：我想已經完全學會心念系統的高等級超頻連線者，多半也知道該怎麼指導別人學會心念……」

拓武輕咬嘴唇，沉思了一會兒後開口：

「這麼說來，就算我跑去『無限制中立空間』胡亂修練，學會這心念系統的可能性也很低，所以無論如何都得找個熟悉這個系統的人來指導？」

「嗯……我想Sky Raker一定肯教阿拓，問題是我沒她的聯絡方式……」

春雪嘆著氣說到這裡，拓武也皺起眉頭。

「這樣啊……她又不是NPC，不是只要跑去無限制中立空間裡爬上東京鐵塔遺址就可以找到，得先在現實世界裡聯絡好，再講好時間沉潛進去才行啊……」

「就是說啊。雖然只要在塔頂一直等，也許有一天會見到，不過那邊可是加速到一千倍了耶，根本不知道得等到何年何月……我唯一想得到的方法，就是在澀谷跟Sky Raker的『下輩』Ash Roller對戰，然後請他幫我們聯絡……只是……」

春雪說到這裡先頓了頓，雙手撐得臉頰鼓起。

緊接著拓武就一臉認真地模仿起某人的口氣：

「Hey、Hey、Hey，你們這些草莓族不要老是依賴別人啊……他一定會這麼說吧。」

「你、你會的才藝還真怪啊……不過我想也是，他一定會這麼說。」

光是昨天幫忙引見Sky Raker，就已經讓春雪欠了Ash Roller一份天大的人情。再怎麼說他們也屬於互相敵對的軍團，要再去找他幫忙，身為一個超頻連線者，這種行徑實在太軟弱了。

春雪又拿起一片快要冷掉的披薩，一邊咀嚼一邊拚命思索。

如果是在平常，照理說第一個該去拜託的對象，就是身為春雪「上輩」，同時也是軍團長的黑雪公主，畢竟她身為黑之王，對心念系統理應十分熟悉。但過去黑雪公主之所以沒有教他們，應該也有她自己的理由，春雪怎麼想都不覺得她會立刻答應傳授。而且她現在人還遠在南方的沖繩，沒辦法跟她在加速世界中見面。

那乾脆就找拓武的「上輩」——本來這應該是個好方法，但這位藍色軍團原幹部，在半年前的「後門程式案」被當成主謀，已經被藍之王以「處決攻擊（Judgement Blow）」永遠逐出加速世界。

除此之外，要熟知心念系統，而且還有理由幫助春雪他們的人，實在沒那麼——

「……啊……啊。」

春雪想到這裡就急著說話，甚至沒發現嘴邊掉出蝦肉碎屑。

「對……對喔，明明在北邊不遠的戰區裡頭，就有個等級超高的大人物欠了我們天大的人情啊。」

一聽他這麼說，拓武嘴角微微抽動：

「喂……喂喂，小春，你該不會……」

「已經別無他法了。『日珥（Prominence）』軍團長，紅之王『Scarlet Rain』。她的等級高達9級，相信絕對已經精通心念系統……」

就連放低聲音說這些話的當下，春雪腦中照樣鮮明地浮現出那名列純色七王之一的鮮紅虛擬角色身影。

紅之王一向以比本體大上許多倍的巨大強化外裝具備的重火力，將敵人轟得片甲不留。如果說那樣的火力其實還沒用上心念系統，那就表示她真正的實力不知道還要高出多少，但眼前春雪還是先把這太過駭人的想像放到一旁，繼續說下去：

「不只是這樣，為了完成Scarlet Rain……仁子的委託，我們當初搞得多慘，阿拓你應該也還記得吧？」

「這……記得是記得啦。」

仁子──上月由仁子，突然親自闖進春雪家裡，還只是三個月前的事。

她的目的是請春雪等人幫忙討伐出自她軍團的瘋狂超頻連線者「Chrome Disaster」。之所以這麼做，是考慮到Chrome Disaster可以在立體空間中自由移動，只有具備翅膀的Silver Crow可以逮住他。

春雪當時跟拓武與黑雪公主一起參加任務，但卻意外跟任務中來犯的黃色軍團展開一場死戰。死戰並非比喻，當時拓武就跟敵方一名大型虛擬角色同歸於盡。

「不過小春，我們幫忙討伐的代價，就是日珥現在跟黑暗星雲維持休戰狀態，不是嗎？站在紅之王的立場，她難道不會覺得這樣已經還了人情嗎？」

但當事人拓武卻以懷疑的口氣這麼說，讓春雪鼓起臉頰反駁：

「哪、哪有這樣的，那簡直就像用牛肉燴飯報答咖哩飯的恩情一樣好不好！」

「呃，你這比喻我聽不太懂……」

「不、不管怎麼說，現實世界裡聯絡得上的高等級超頻連線者，只剩她一個了。想跟能美打，至少要能夠擋住他的心念攻擊。那麼……我們也只能賭賭看仁子會不會大發慈悲……」

春雪越說越小聲的語尾，跟拓武深呼吸的聲音重合在一起。

這位身材修長的好友以瀏海遮住臉，沉默好一會兒。他輕輕握了握放在桌上的右手，春雪看出他正在回想跟能美征二的激戰。

隨後他抬起的臉上，已經有著與先前迴然不同的堅定眼神，說話的聲音也堅毅地迴盪在昏暗的客廳裡：

「嗯，小春你說得不錯。跟Dusk Taker那一戰，我打到一半左右，都還能跟他有來有往，但等他開始動用心念……說來慚愧，我根本毫無招架之力，讓我覺得力量差距實在是壓倒性地大。既然想打倒他搶回小千，現在可沒時間讓我在這邊退縮了。」

「阿拓……」

「而且啊，小春。」

拓武說到這裡先停頓一下，視線隔著眼鏡筆直與春雪交會。

「你的『光之劍』也跟Dusk Taker的『紫色波動』差不多……不，是比他更厲害。為了練出那一招，小春你一定非常努力，這我看得出來。你……以前在跟我打的時候有說過，說你在現實世界裡贏不了我，我在虛擬世界裡贏不了你，所以我們是平等的。」

「啊……不，那是……」

那是對戰打得起勁所以說出口的話。春雪想這麼辯解，但拓武伸手制止，繼續說下去：

「可是……可是呢，我不覺得那樣是真正的『平等』。不管在現實世界還是虛擬世界，都要互相競爭，互相肯定，我們才能真正平等。」

說到這裡，這位兒時玩伴忽然露出了懷念過往似的神情：

「……我讀小學的時候，每次去買新出的遊戲，都會立刻跑去看攻略網站。不只是動作遊戲，連RPG都會開著資料視窗來玩，還以為這樣就是在冒險。所以遇到『BRAIN BURST』這個別說攻略法，就連說明書都幾乎完全不存在的遊戲，我真的不安到了極點。現在回想起來，會去依賴後門程式這樣的東西，可能也是因為覺得不安——不過現在我總算懂了，安排好的劇情發展在這個遊戲裡根本不存在，一切都得靠自己去面對、去開創。如果說『心念系統』是種可以超越程式框架的力量……那麼我就要學會它，這樣一來才有資格繼續並肩站在你……站在Silver Crow身旁。」

拓武閉上嘴之後好一陣子，春雪都還默默咀嚼著他的話。

這半年來拓武動輒流露出自嘲的言行，一直放不下當初輸給害怕失去「BRAIN BURST」的恐懼，不惜在千百合的神經連結裝置裡施放病毒來獵殺黑雪公主的行為，鑽牛角尖地認定那是種永遠得不到原諒的罪，在許多場合採取自我犧牲的行動。

而這樣的他儘管遭千百合背離——哪怕還不清楚她真正的動機——雖然如此震撼，卻仍然試圖再次面對自己的脆弱。

……阿拓，你果然很堅強，在任何一方面都比我更堅強。雖然你這麼看得起我，但是我在現實世界裡實在沒資格跟你並肩啊。

春雪把自言自語壓在心中，露出得意的笑容：

「這才像話。你一定要練出可以不把能美的『波動』當回事的招式，然後痛宰他一頓，三兩下把小百搶回來……只是我想仁子的修練多半比Sky Raker還要斯巴達十倍就是了。」

「……我、我已經有心理準備了。」

春雪將目光從嘴角有點抽動的拓武身上移開，朝顯示在視野右端的時間瞥了一眼。這邊吃冷凍披薩邊開的作戰會議談得意外地久，不知不覺間已經過了晚上七點。

紅之王仁子儘管是個9級的最強超頻連線者，在現實世界中卻還只是小學六年級生，而且讀的還是完全住宿制的學校，夜晚外出受到嚴格限制，現在要找她出來多半非常困難。

「……明天放學馬上聯絡她，然後跑一趟練馬吧。阿拓，你連兩天不去社團沒關係嗎？」

這麼一問，拓武立刻點點頭說：

「嗯，畢竟我練劍道已經不是為了要在大賽拿到好成績，被指導老師或社長瞪一瞪，根本沒什麼大不了的。」

「這樣啊，那就這麼說定了。」

兩人對望一眼，點了點頭，接著同時從座位上站起。

正要走向玄關時，春雪忽然想問個不相關的問題。

──阿拓，今天對戰快結束的時候，你有沒有聽到奇怪的說話聲？

但這句話卻沒從他張開的嘴裡發出。春雪只對投來訝異眼神的拓武搖搖頭，舉手說聲明天學校見，同時在內心深處自言自語。

──一定是錯覺。當時那個場地上已經沒有任何觀眾或對戰者，所以不可能會聽到別人說話的聲音。

目送拓武走進電梯，關上門後響起喀嚓的自動上鎖聲，之後整個家就籠罩在一片深沉的寂靜中。春雪產生了有人站在自己背後的錯覺，整個背先用力貼在門上，之後才小跑步回到客廳去收拾。

3

四月十七日，星期三。

梅鄉國中三年級學生的畢業旅行總算過了一半，而春雪就在這天清晨夢到了許久沒夢過的黑雪公主。

但這個夢卻不同於過去那種讓他懊惱為什麼不能錄下來的夢，甚至可以說正好相反。

夢境裡的黑雪公主並未以現實中的模樣出現，而是以背負著黑鳳蝶翅膀的校內虛擬角色姿態現身。她身上同樣穿著黑色禮服，有著蕾絲滾邊的裙襬輕舞飛揚，在深邃的樹林間輕快穿梭。

春雪也換上粉紅豬的虛擬角色模樣，拚命動著短短的腳追逐黑蝶。妖精公主向他招手，輕飄飄地半飛半走，逐漸離春雪越來越遠。

——學姊！

春雪的喊聲加上了奇妙的回音，在森林深處迴盪。

——學姊，請妳等等我！

但黑雪公主沒有停步。儘管她不時會回過頭來，紅唇露出神秘的微笑，但身影立刻就會被長了青苔的粗壯樹幹遮住。沒多久，春雪看得見的只剩那妝點漆黑翅膀的紅寶石色花紋。而這些有如火焰般閃爍的光芒，也隨即融入昏暗的景色之中。

——不要丟下我，不要……不要拋棄我。

無論怎麼喊，她都不回答。

——我沒有了翅膀，所以妳就要拋棄我？就不需要我了？

她沒有回答。

春雪背上某個點忽然一陣抽痛，隨即化為實體劇烈扭動。

有種不明物體從體內穿出虛擬角色的感覺。不是翅膀，而是一條黑黝黝的細長尾巴狀物體從他背上長出，接著在空中甩動，隔著肩膀昂起尖端——像長槍似的筆直伸出。

森林遠處傳來一聲悶響。

春雪跟著自己的尾巴，搖搖晃晃地往前走。

繞過不知道第幾棵樹時，一幅景象在眼前展開。那兒有棵大樹比周圍的同類還粗上一圈，一隻黑鳳尾蝶被細針釘在粗糙的樹幹上。從春雪背上延伸出去的鋼索狀尾巴，刺穿了黑雪公主巨大翅膀的一邊，簡直就像釘十字架似的把她固定在上頭。

在受到異物阻礙的思考引領下，春雪走到蝴蝶面前，抬頭望向她。她那白得如夢似幻的美麗容貌上，沒有任何明顯的表情，就只是微微皺起眉頭，目光筆直與春雪對望。

——就是因為有這種翅膀……

春雪聽著自己的嘴吐露出陰沉而扭曲的聲音。

——就是因為有翅膀，妳才會隨心所欲地飛走。

他的左手擅自舉了起來。不知不覺間這隻手已經不再是豬型虛擬角色那造型逗趣的豬蹄，而成了泛黑的銀色鉤爪。發出兇惡光芒的指尖抓住拍動得十分無力的漆黑翅膀邊緣。只是輕輕一用力，四片翅膀中右下那片就被連根扯下，轉眼間便化為乾枯的黑沙，從春雪手中滑落。

再一片。

又一片。

不知不覺間，黑雪公主的臉龐與四肢皆已無力地垂下。春雪將手伸向最後一片翅膀說：

——這樣妳就哪兒都去不了了，妳會永遠困在這黑暗深淵之中。跟我一起，跟我一樣。

一扯下最後那片翅膀，黑雪公主苗條的身體就沉重地落到春雪懷裡。

春雪以黑銀色的鉤爪用力抱緊她。

但一秒鐘後，連他懷裡的身體也化為黑色的微小粒子，應聲灑落，在腳邊堆成一座小小的沙丘——

「……啊啊啊！」

春雪在這沙啞的喊聲中跳起。

心臟彷彿敲警報似的在胸口猛跳，全身冷汗直流，嘴裡卻十分乾渴。

他連連眨動惺忪睡眼，在從窗簾縫隙間射進的灰色光線中拚命打量雙手。上頭當然沒有那兇惡的鉤爪，只有十根圓滾滾的手指。他用力握緊手掌，貼在額頭上。

不同於半年前剛安裝BRAIN BURST的那一夜，這個惡夢他記得清清楚楚，分毫不差，更可怕的是春雪睡覺時還先摘下了神經連結裝置。也就是說剛剛的夢並非出於程式的干涉，純粹是由春雪的記憶跟思考編織而成。

他慢慢搖著頭，以乾啞的嗓音喃喃說道：

「學姊……我，沒有想對妳這樣……我，我只是……」

想一直跟妳在一起，就只是這樣而已。

春雪衝動地從床頭抓起神經連結裝置戴到脖子上，打開電源完成開機程序之後，朝時間顯示處瞥了一眼。上午六點十五分，比他平常的起床時間早得多，但睡意已經連一丁點兒都不剩。春雪放鬆全身，簡短地說出了全感覺沉潛的指令：

「直接連線。」

昏暗的房間光景就此消失，黑暗從放射狀光線的遠方擴散開來。春雪在虛擬重力的牽引下墜落，沒過多久就掉在一個樸素的灰色平面上。一陣清脆的音效中，幾個有掛上「公費提供」與「大樓管委會」等標籤的半透明視窗從周圍浮現出來。這個除了功能性以外什麼都不重視的區域，就是有田家家用網路的主控台。

春雪朝自己粉紅豬虛擬角色圓滾滾的右手看了好一會兒，接著才喃喃唸出語音指令：

「沉潛呼叫指令，編號〇一。」

眼前開出一個對話框，顯示：【是否確定對登錄位址〇一號之聯絡人要求全感覺通訊？】

春雪拋開一瞬間的猶豫，按下ＹＥＳ。

運用神經連結裝置進行的雙向通信，有數種模式可供運用。

最常用的就是跟既有的行動電話一樣，只靠聲音交談的語音通訊（Voice Call）；其次是取下裝在神經連結裝置前端的攝影機，拍自己的臉來交談的影像通訊（Video Call）。

全感覺通訊（Dive Call）則是讓雙方置身於虛擬空間，透過虛擬角色來交談，除非有非常重要的事情，否則一般不會使用。理由非常單純，因為收到通訊要求的一方不見得可以立刻沉潛。要進行這種通訊，必須事先以郵件或語音通訊等方式約好時間，而大部分事情只靠這些通訊手段就能談妥。

因此春雪現在一大早就打去找人，而且劈頭就要求對方進行沉潛通訊，無疑是相當沒常識的行為。明知如此，他仍然無論如何都想見這個人。希望不只透過聲音跟平面影像，而是用上所有感覺跟這個人相處。他覺得如果不這麼做，自己的一部分就會變質。

【呼叫中】的明朝體字閃爍了八九次，就在要切換成來電留言模式之際，轉變成【接通】的字樣。

周圍的視窗全都應聲消失，無機質的灰色空間裡開始產生白色的發光粒子。粒子的數目迅速增加，凝聚成一個虛擬角色。

高跟鞋的鞋尖喀一聲碰上地板，背著黑鳳蝶翅膀的妖精公主緩緩眨了兩三下眼，認出站在稍遠處的豬型虛擬角色後，露出溫和的微笑：

「嗨，早啊，春雪。」

儘管聽到她以平滑如絲絹的嗓音對自己開口，春雪仍然好一陣子什麼話都說不出來。一種擔心眼前的嬌小身影會化為沙粒崩解消失的預感讓他害怕，只能聚精會神地看著對方。

當然，不管過了幾秒虛擬角色都沒有消失。春雪這才驚覺過來，趕忙開口回話：

「這、這個，早……早安，黑雪公主學姊。呃……對、對不起，這種時間還突然用沉潛呼叫……」

「不會，我正好醒了，還在猶豫要不要睡回籠覺呢。」

黑雪公主又露出微笑，接著才開始環顧四周。

「……話說回來，這地方還真是空蕩蕩的啊。當然以資料傳輸速度為第一優先，確實很像你的作風啦……」

「啊，不、不是，這個。」

沉潛呼叫預設是將受話方叫到發話方所在的虛擬實境空間裡。由於春雪呼叫前還留在自家用網路的主區域，也就等於招待黑雪公主來到這個連張椅子都沒有的世界。

「對、對不起，我馬上換地方！」

春雪趕忙叫出選單，想要叫出自己編輯的物件組，但這些組合不是廢墟、戰場，就是戰艦的甲板，全都是一些焚琴煮鶴的地方。

黑雪公主在苦笑中等著春雪滿身大汗地捲動清單，過了一會兒後，忽然拍手說道：

「既然這樣，那可以讓我讀取手上的物件組合嗎？昨天才剛買的，我很想試試看，只是傳輸起來可能挺久的。」

「啊，好的，請請請！」

春雪像找到救星般連連點頭，黑雪公主又笑了笑，接著動起右手，以彈奏鋼琴般的指法高速操作選單。

進度條啵的一聲出現在春雪眼前，這表示物件組正從遠在沖繩的黑雪公主所配戴的神經連結裝置，透過全球網路傳輸過來。

她說傳輸要很久這點確實不假，光接收檔案便花了五秒，解壓縮跟執行又要兩秒。就在進度條消失同時，頭上突然出現強烈照明，不，是灑下了耀眼陽光，蒸發了四周的無機質感。

出現在眼前的，是片令人眼睛一亮的南國風光。場地或許是神社，可以看到長青苔的石獅蹲踞在短短的參道兩旁，左右都是成排棕櫚樹，參道最底端則有著往下的石梯，更遠方還可以看到蔚藍大海。

回過頭，就能看到個漆成深紅色的小神龕。站在一旁的黑雪公主啵一聲打開陽傘，撐在自己跟春雪頭上。簡直就像傘上有著開關似的，滿山遍野的蟬鳴聲立刻由四面八方湧來，春雪也深深吸了一口充滿太陽味道的空氣。

「我們就到那邊坐下聊聊吧。」

黑雪公主指了指設在神龕正面的小階梯。春雪點頭稱是，踩著小圓石鋪成的路行進，跟黑雪公主一起讓虛擬角色坐下。眼前的風景儘管屬於異鄉，卻又讓人有些懷念，兩人就這麼陶醉地看了好一會兒。

這當然是由數位資料建構而成的虛擬實境空間，但並非只是拿現有的多邊形布置而成。石獅與棕櫚樹等所有物件，都是以專用高解析度攝影機花了許多時間拍到的真正風景為基礎製作而成。像這樣精緻重現風景名勝的物件組，已經成了旅行時必買的紀念品。

別說是沖繩，足跡從來不曾踏出本州一步的春雪，甚至忘了這次通訊是他主動呼叫，看風景看得呆住了。黑雪公主雖然很有耐心地陪著他，但最後終於忍不住清了清嗓子說：

「怎麼說呢，就算只是跟你這樣一起看風景，我也完全不介意啦……」

聽到這句話，春雪連嘴也沒合上，就這麼呆呆地抬頭望向身旁妖精公主那令人愛憐的臉龐，接著才想起現在這狀況是從自己缺乏常識的清晨沉潛呼叫發展出來的。

「啊嗚啊……對、對不、對不起！」

「不會，你不用道歉，我只是想你似乎有什麼十萬火急的事要找我。」

春雪凝視微笑的黑雪公主——

接著他發現一件可怕的事實，那就是自己根本沒有任何要事。

沒錯，就只是黎明時作了個夢，而這個夢非常可怕——

夢裡扯下黑雪公主翅膀的觸感突然在手中甦醒，春雪表情一歪，握緊拳頭放低視線。

接著從他口裡說出的話，彷彿字句並非來自大腦的語言領域，而是神經連結裝置從更深層的精神核心汲取出來似的，悄悄地在空間中迴盪。

「我……我、我好寂寞。」

春雪沒有明確意識到自己在說什麼，任由自己的化身說下去：

「見不到學姊……離得這麼遠，讓我覺得好難受，所以……」

虛擬的森林似乎變得鴉雀無聲。他不知道是大片蟬鳴真的停了，還是自己的大腦屏蔽了環境音效。

持續良久的寂靜過後，他獲得了簡短的回答。

「我也是。」

豬型虛擬角色的肩膀微微一顫，戰戰兢兢地抬起頭，看到一張略微扭曲的白色臉龐。

「我也好寂寞啊，春雪。」

黑雪公主絲毫不壓抑淚中帶笑的表情，舉起雙手用力捧住春雪的臉：

「我從來不曾覺得短短一星期有這麼漫長……我明明經常在加速世界裡一待就是好幾倍的時間……現在卻只想趕快回東京見你。」

「……我也……一樣。」

好不容易擠出這句話，黑雪公主立刻咬緊嘴唇，以雙手將春雪的頭擁在胸前。

一股鮮明的溫暖、柔軟與香氣，在春雪全身的神經系統流竄，虛擬角色觸覺稀釋到極限的梅鄉國中校內網路裡，絕對體驗不到這樣的感覺。如果是平常，這樣的狀況早就讓他慌了手腳，現在卻是例外。春雪在壓倒性的渴望驅使下，不自覺地伸出雙手，同樣抱住了黑雪公主苗條的身體。

——請妳回來。

他很想這麼說：請妳回來，像平常那樣來救我。

這一瞬間，春雪明白地了解到自己已經被逼得離極限深淵多近。無論怎麼死命抵抗，敵人——Dusk Taker始終像一堵漆黑的鋼鐵牆壁攔在去路上，彷彿在嘲笑他的努力。憑Silver Crow瘦小的拳頭，無論是要在牆上打洞還是翻過牆去，都讓他覺得希望渺茫。

但他就是說不出口。

不只是為了千百合，也為了自己，他非得跟這個敵人抗戰到最後不可。要是此時輸給絕望，去依賴還在畢業旅行的黑雪公主，那麼在本質上就跟自己夢裡所作所為沒有兩樣。

「……我們應該很快就可以見面了吧，畢竟都只剩三天了。」

春雪勉力以沙啞的嗓音這麼說。

「嗯……是啊。」

黑雪公主也這麼回答，最後雙手再次灌注全力擁抱春雪之後才放開。她以水汪汪的黑色大眼，從零距離直視春雪的眼睛——

「春雪……」

黑雪公主似乎已經猜到事情不單純，以帶著幾分顧慮的聲音喊了他一聲。

春雪絞盡所有精神力擠出笑容，搶在黑雪公主說下去之前開口：

「那個，剩下的幾天，請學姊放心去玩。突然找妳出來真的很抱歉。」

「不會，就算你不呼叫，我也會主動找你。能見到你我很高興，就算只是透過虛擬角色也一樣。我會買真正的紀念品回去，你等著。」

黑雪公主微微一笑，起身踏上石子路。接著收起陽傘，叫出選單視窗。

即使對方按下斷線按鈕，身影化為發光的粒子消失，春雪仍然在原地呆站了好一會兒。音量再度增大的蟬鳴，沖走了他胸中的惡夢餘韻。

春雪吃完五穀片跟牛奶，跟寢室裡的母親說聲要去上學後，便打開自家門，整片灰濛濛的天空已在外頭恭候多時。

他將視線聚焦在排列於虛擬桌面左側的圖示上，按下氣象預報的捷徑。午後十二點四十分起降雨機率將達到百分之七十二。春雪看完預報後退開一步，從鞋箱旁邊拔出淺灰色的雨傘離開家門。

雨傘這種工具，多半是基本構造維持最久沒有改變的日常生活用品之一了。頂多只是傘布換成不會劣化的撥水材質，傘骨換成高彈性碳纖。

如果能像黑雪公主的虛擬角色那把陽傘一樣，配備自動折疊裝置，雨天也會多點樂趣吧？春雪這麼想著，穿過走廊搭上電梯。

當朝地面下降的箱子在兩層樓下停止時，春雪產生了一種近乎確信的預感。

滑開的電梯門後所站的，果然就是倉嶋千百合。

對個正著的視線所向之處，能看到千百合那對有點像貓的大眼閃爍著，顯得有些猶豫。如果是平常的她，早就大喊一聲「早啊！」然後活力充沛地衝進電梯，但那雙黑色的鞋子現在卻併攏在那兒毫無動靜。

過了幾秒，電梯門要關上的那一瞬間，春雪反射性地用左手按住「開門」按鈕，就這麼固執地注視千百合的臉。

就在警告聲即將響起之際，千百合別過視線，放輕腳步走進電梯。

「……謝謝，早安。」

聽到她小聲這麼說，春雪的手也從按鈕上放開。

電梯開始移動。千百合站得比平常稍微遠了一些，春雪以眼角餘光瞄過她拿著粉紅色雨傘的左手，無力地回答：

「……早。」

接下來該說的話不斷從腦海中湧出。

不管能美征二說什麼都不用聽；在淋浴室前偷拍到的影片就更不用擔心了，他不可能真的拿出這段影片來用，因為就在他以那段影片逼得春雪身敗名裂的那一瞬間，春雪也可以將能美的「個人資料」散佈到加速世界之中，藉此跟他同歸於盡。

但這種簡直像「保證彼此毀滅的核武嚇阻力」的說法，也明顯地很難讓千百合信服。春雪有可能背上極不名譽的罪名而退學——最糟的情形下甚至可能被警方逮捕，只要有一丁點兒這樣的可能性存在，想必千百合就會為了避免慘劇而竭盡所能，哪怕被強迫去當Dusk Taker的專屬治癒師，在加速世界裡跟春雪及拓武為敵也不例外。

因為他們是朋友，因為他們是在這個現實世界裡一起度過很長很長一段時間的兒時玩伴，也因為這樣的關係對千百合來說比什麼都重要，比其他一切都需要保護。

「……小百。」

春雪以小得幾乎會被電梯持續下降的輕微驅動聲掩蓋的音量，喊了兒時玩伴的名字。

千百合小小的肩膀微微一顫，但嘴唇仍然緊緊閉著。春雪視線落到千百合用力握住傘柄的左手，舉起自己的右手，想要抓住這隻手讓她面向自己。

但接下來該說的話卻成了一團滾燙的東西卡在喉嚨中。

春雪做不出更進一步的行動，只能呆呆站在原地，讓一陣平緩的減速感籠罩住他的身體。

千百合更不回頭，從打開的電梯門大跨步走向一樓大廳。

春雪轉眼間就被參加田徑社的青梅竹馬拉開距離，踩著跟昨天回家時一模一樣的沉重腳步走到學校。

平常每到星期三，他都會先到便利商店買本平常愛看的漫畫雜誌實體包裝版，但今天他沒有這樣的心情，直接從店門前走過。

春雪交互感受著順利跟黑雪公主沉潛通訊的喜悅，以及跟千百合什麼話都沒說上的苦悶，走在因為三年級生不在而導致人口密度少了三分之一左右的通學路上，就這麼駝著背慢慢通過出現在眼前的梅鄉國中校門。神經連結裝置連上校內網路，到校時間記錄、今日課程表，校方聯絡事項等資訊都接連表列在視野右側。

春雪在整排資訊的最後面找到一行紅色字體寫著「重要通知事項：個人通知」，不禁皺起了眉頭。

他先在樓梯口換好室內鞋，按捺住心中不祥的預感，用手指碰向這行字。

訊息內文咻一聲開啟，粗獷的明朝體排列在春雪的視野之中。

【二年C班　學號460017　有田春雪：到校後立刻至一般教室棟一樓生涯規劃諮詢室：二年C班導師　菅野浩次】

他一時以為能美真的提報那段影片給校方，整顆心糾在一起。但春雪隨即發現這個訊息的發信人是導師菅野，如果校方已經得到那麼明確的證據，不可能還讓教師來問話，多半會直接由管理部的人來處理。這次叫春雪過去問話，應該是出於菅野個人的猜測。

儘管腦袋裡這樣推論，春雪緊握的雙手仍然掌心冒汗，就這麼從往上的樓梯前通過，走向位於校舍一樓深處的生涯規劃諮詢室。他在移動的同時，還以瀏覽器打開校內網路的學生專用資料庫，不抱期望地想找找看有沒有「被老師叫去問話時的行動準則」之類的東西。

結果就發現幾年前的校報裡正好有著他要的東西，儘管這讓他有些傻眼，卻還是心懷感激地拜讀完畢。

一來到諮詢室前面，他就立刻遵照行動準則第一條，先往走廊左右看看有沒有學生在；接著在灰色的門前先做一次深呼吸，按下顯示在視野之中的入室按鈕。進行學生身分認證後，鎖就喀啦一聲解開。

然而這門終究不是自動的，春雪拉開門往裡頭一看，就發現菅野已經等在這個不怎麼大的房間裡頭。他坐在長桌前靠窗的椅子上，彷彿是要展現手臂有多粗壯似的雙手抱胸。

「你來啦？進來吧。」

年輕的日本史教師第一句話並不太友善，春雪按捺住想要直接關門走人的衝動，謹慎地踏進室內，以含糊的語氣打了聲招呼：

「……老師早。」

菅野一聽到這句話，就深深吸一口氣，顯得很想出口糾正，但似乎又打消主意，先閉上嘴之後才又開口說道：

「早，坐下吧。」

菅野指的位子跟他自己隔了一張椅子，春雪也不敢說自己站著就好，只好乖乖聽話。

這位教師蹙黑的額頭上起了一道深深的皺紋，對春雪投以一種「觀看」以上，「瞪視」未滿的視線好一會兒，接著揚起嘴角說：

「有田，其實啊，別看老師現在這樣，老師中學的時候一點女人緣都沒有。」

「啊……？」

「我可沒騙你。畢竟老師當時參加的是柔道社，對足球社那些三天兩頭就換女朋友的傢伙們可羨慕了。」

春雪啞口無言地看著菅野連連點頭的模樣，在腦子裡嘀咕：

——剛剛這段台詞至少有四個地方言論失當啊。說自己長得很帥，又說柔道社社員都沒女人緣，還說足球社的都是花花公子，最後還一口咬定我沒女人緣。

春雪在內心補上一句「只是最後一點我也不得不同意」，菅野的獨白卻還沒結束：

「所以啊，有田你這種年紀的男生會有很多地方管不住自己，這我也清楚得很，我非～常清楚……我說啊，有田。」

他說到這裡，在兩道粗眉毛上散發出「一切就交給我處理吧」的氣息，重重點了點頭：

「如果有什麼話想跟老師說……如果有什麼話非說不可，可以請你現在說出來嗎？老師答應你，會站在有田你這一邊，怎麼樣？」

「……」

春雪聽得更加啞口無言，凝視著對方的臉好幾秒之久。之後才好不容易整理好思緒開口回答：

「……這、這個。」

「哦哦，什麼事？有話儘管說！」

「呃……在這之前，我要錄下我們的談話……」

行動準則第二條上有提到一定要錄音，但話才剛出口，春雪就強烈地後悔。菅野瞪大了眼睛，從脖子到雙頰乃至於髮際全變得通紅，等到最後那可靠大哥哥的表情剝落時，春雪甚至覺得自己聽到了「鏗」一聲。

「有田，你這話是什麼意思！你信不過老師？」

看到他揚起眉毛大吼的模樣，春雪立刻縮起脖子，但他已經沒有退路，只好含糊地反駁：

「沒有，這不是相不相信的問題……學生可以把跟老師一對一面談的過程錄音，這是法律准許的權利……」

「去他的法律！去他的權利！」

菅野發出了以教師而言略有失當的怒吼，磅一聲用力拍在長桌上。

「你不明白老師是為你著想才這麼說的嗎？事情拖得越久，你的立場就會越糟啊！現在趕快認錯，還有可能不用跟警察局扯上關係哪！」

他的台詞忽然中斷，是因為春雪自暴自棄之下操作虛擬桌面，啟動了錄音模式。春雪並不是校刊社的人，所以必須對方答應才能錄下談話。相信現在菅野的視野之中，應該已經顯示出詢問是否准許錄音的按鈕。

要是他這時按下拒絕鈕，就會在記錄檔上留下拒絕正當要求的記錄。菅野一臉有氣沒地方出的表情直瞪著空中某一點，最後終於舉起手指，朝空氣用力一刺。

春雪的視野中出現通知開始錄音的訊息，同時【ＳＲＥＣ】圖示也開始閃爍。不過話說回來，春雪也沒膽得意，只是拚命縮起脖子，結果就聽到菅野更加僵硬的嗓音低沉地響起：

「有田，有件事我要你給我……要你說清楚。十四日星期日，你這……你沒有參加社團卻跑來學校，這是為什麼？」

——看樣子錄音這招比想像中還要有效。

「為了跟劍道社的朋友見面。」

儘管說話聲音變細，但春雪仍然立刻回答，菅野聽了就沉吟著不說話。菅野應該也知道劍道社的拓武跟春雪很要好，校內網路也有拓武星期天來學校的記錄。而且真要說起來，春雪這天會到學校來，的確就是為了跟拓武談事情。

但菅野的太陽穴卻青筋抽動，繼續追問：

「真的只有這樣？你敢斷言沒有任何其他理由？看著老師的眼睛回答。」

——算了，他應該不是壞人啦，只是我們多半沒辦法互相了解。

春雪心裡這麼想，同時抬頭看著菅野黑白分明的雙眼回答：

「我敢，真的就只有這樣。」

「……是嗎？我知道了，那你可以回去了。」

菅野以像是大型電風扇似的聲音嘆了口長氣這麼說，於是春雪趕快站起身，以進入這個房間以來最大的音量說聲「我告退了！」接著走最短距離朝門口前進，只拉開最低限度需要的寬度就跑了出去。

春雪逃到走廊上，猛力深呼吸之後停止錄音模式，確定錄音檔有正常儲存下來的同時快步走向教室。這麼一來，除非有新的證據出現，不然春雪的無辜已經算是得到校方認可。只是話說回來，剛才的互動多半會讓菅野對自己的觀感嚴重惡化。跟教師敵對不會有任何好處，而且春雪也沒有這種興趣。即便如此，如果只為了討菅野歡心而招認自己根本沒做的偷拍行為，就更是本末倒置了。

——不過話說回來……

春雪一邊上樓一邊思考。

即便能美沒有拿出那段致命的影片，他設下的圈套也已經像是微弱的毒素一樣開始生效。原因就是能美親自犯險，在女子更衣室裡藏了一台小型相機。

結果，他安排出那場實際發生的偷拍未遂案，導致沒有參加社團卻在星期天到校的春雪遭到懷疑。能美真的有算到這麼遠嗎？不——怎麼可能？

春雪搖搖頭，在預備鐘聲響起的一分前打開自己教室的門。

一開門他就覺得不對勁，整間教室的閒聊音量似乎有一瞬間下降了。

「……？」

他四處張望，但這時教室裡已經跟平常的早上沒有什麼兩樣。學生們三五成群，討論著網路節目與運動比賽，春雪就從這些學生之間走過，坐到自己的座位上。

就在他將書包掛在桌旁想要喘口氣時，視野中央開始閃爍語音呼叫的圖示。發信人是——拓武。

春雪忍不住就想回頭朝座位靠教室後面的他看去，但最後還是忍住，按下了圖示。

『小春，事情不妙了。』

劈頭第一句話，就讓春雪差點開口回答，但他還是選擇以思考發聲回話：

『啥？是……是怎樣啊，這麼突然。』

『班上傳開了奇怪的謠言，說你就是……』

說到這裡，通訊就毫無預兆地切斷，同時聽覺中充滿了輕快的鐘聲。原來是預備鐘聲已經響起，學生之間的即時通訊也跟著禁止。接下來要等到午休時間才能再行呼叫，唯一例外就是可以發出純文字郵件，然而內容跟學業無關的郵件往來仍然受到校規禁止。

春雪本想乾脆站起來，直接走到拓武座位前問個清楚，但這時導師菅野已經從前門走進教室，讓他不得不放棄。儘管對謠言內容十分好奇，但若真是無論如何都得立刻告知的事情，他們其實還有透過「加速對戰」來交談的手段。既然沒有做到這個地步，那麼等到下次休息時間也沒什麼太大的差別。

春雪做出這個判斷，跟其他學生一同起立行禮，眼睛完全沒跟老師對上。

然而——就在這堂課剛上完時。

春雪正準備動手發郵件給拓武，就有兩名男生擋在他桌前。

全身僵硬的春雪反射性地抬起頭來。這兩人都是同班同學，但他只記得右邊的男生姓什麼。如果春雪沒記錯，他應該姓石尾，是男籃校隊的先發選手。

石尾有著讓人怎麼看都不覺得跟自己同年的高大身材。他將那張早熟的臉往左一撇說：

「有田，不好意思，借一步說話。」

不知不覺間，整個班上都變得鴉雀無聲，但這陣寂靜之中卻幾乎沒有任何驚訝的神色。眾人反而顯得心裡有底，彷彿早已料到會有這種場面。

看到理解不了狀況而全身僵硬的春雪，石尾以快變聲完畢的低音說下去：

「我不想在這種地方講那些不愉快的事情，你應該也一樣吧，有田。」

聽到這句話的同時，春雪有種整個胃都縮起來的感覺。

「不愉快的事情」這幾個字，他想得到的就只有那起偷拍未遂案。

——也就是說不知不覺間，這個石尾還有他身旁的男生，不，應該說全班同學都一樣，相信我就是犯案者的氣氛已經極為濃厚。

「啊……我、我，不是……」

春雪以沙啞的聲音說著，抱著求救的心情將視線轉往右前方——也就是千百合的座位。

他看到青梅竹馬深深低著頭，用力閉起眼睛，在桌上握緊雙手，彷彿忍受著莫大痛苦。

一看到她這樣，春雪便忘了自己置身於危機之中，這麼想著：

——這瞬間，讓小百痛苦的並不是能美，而是我。是我愚蠢的行動造成了這個狀況，要是這時我擺出沒出息的態度，只會無謂地讓小百更難受而已。既然如此，現在我非得採取堅定的態度不可。

哪怕只是打腫臉充胖子。

春雪深深吸一口氣，猛然站起，帶得椅子喀啷作響。

「好，我們就出去。」

聽到這簡短的回答，石尾的眉毛抽動了一下。但他面不改色，點點頭開始往外走。

春雪隨後跟上，另一個男生則走在春雪背後。正當春雪心想「這簡直是在押送要犯」時，就發現教室後面有個學生慢慢站起。那人是拓武。

這個身高足以跟石尾匹敵的好友瞇起眼鏡下的雙眸，正要踏出一步。

春雪以右手制止他，很快地搖搖頭。

——不要緊，我一個人就能應付。

這不是語音通訊，所以思考自然不會直接傳達給對方，但拓武仍然用力咬緊牙關，再次坐回座位。石尾用力拉開門的聲響，在鴉雀無聲的教室裡顯得格外清楚。

石尾領著春雪到了一個他非常熟悉的地方——屋頂的西側。第一堂課才剛結束，這裡沒有其他學生在場。

春雪一年級時，幾乎每天都在這裡被一群不良學生勒索，被迫幫他們跑腿買麵包或飲料。春雪想起當時的種種，同時往霸凌地點——天線塔後面走去。然而石尾卻在此停步說：

「到這裡就好。」

春雪連連眨眼回答：

「……可是，這裡還在公共攝影機拍得到的範圍內啊。」

「我才不管。」

石尾撂下這句話，雙手插進制服口袋，背靠在高高的不銹鋼柵欄上說下去：

「……有田，菅野叫你去問話了對吧？」

——這件事果然全班都知道了。拓武在語音通訊裡說的「奇怪的謠言」，多半便是指這件事。春雪自認十分小心，但或許在走進諮詢室的時候還是被其他學生看到了？就算真是這樣，事情傳開的速度也未免太快，簡直像是有人在特意散播……

春雪轉念一想，覺得現在沒時間考慮這些多餘的事，於是先仔細看看石尾，以及站在稍遠處的另一個男生，輕輕點頭回答：

「……嗯。」

「那，事情是你幹的囉！是你在女更衣室裡裝相機囉？」

「不是我！」

這次春雪立刻回答。石尾從高處回看用力搖頭的春雪，搓了搓接近光頭的短髮，這時另一個男生才首度出聲：

「也是啦，有田你也不可能就這麼承認吧。不過啊，我怎麼想都不覺得這年頭學校會沒有任何證據就叫學生去問話，畢竟搞不好還會被提告。」

可是那個熱血菅野偏偏就是會這樣啊！連什麼「去他的法律，去他的權利」這種話他都說過咧！

但就算這麼主張，對方也肯定不會相信，春雪只能選擇沉默。看到他這樣，石尾一步步走近，用耳語的音量對他說：

「被叫去問話卻又白白放你回來，應該就是說校方雖然覺得你很可疑，卻沒有證據是吧？可是啊，就算沒有證據，我也不能就這麼算了。」

石尾突然用左手抓住春雪的領帶，猛力一拉，從零距離對他投以激憤如火的視線：

「你聽好了，那台相機被發現的時候，我的女朋友也待在更衣室裡你知道嗎？她受到很大的驚嚇，昨天跟今天都沒來上學啊！」

在這個時間點上，石尾已經明確地違反了校規。但這位籃球校隊的主力選手卻無視另一名男生的制止，高高舉起右拳。

「有田，我不能原諒你，無論如何我都非得這麼做不可！」

說著就以生疏的動作揮出一拳——

這一拳春雪或許躲得開。比起過去霸凌春雪那群幹架慣犯所揮出的拳頭，石尾動作顯得十分生硬。不，如果還嫌不夠，只要動用「物理加速（Physical Burst）」，也許反而可以痛扁石尾一頓。石尾的表情嚴重扭曲，彷彿在述說這是他第一次打人。

但春雪當然不閃躲也不反擊，任由這一拳打在左臉上。不用拿出黑暗星雲的團規，他也知道利用加速在打架中取勝是再惡劣不過的行為。「啪！」的聲音響起，這拳實實在在地讓春雪往後退了幾步。

如果是半年前的春雪，也許這時就已經完全崩潰，卑躬屈膝地開始道歉。

但現在的他儘管被打得腳步不穩，仍然努力站好，感受著臉頰上的滾燙之餘猛然回瞪石尾並大喊：

「要說幾次都行，我沒有做！」

石尾聽了咬牙切齒，準備再次動手……但不久就放開拳頭回答：

「……只要證明你是清白的，隨你愛打我幾拳都行。可是啊……」

理著三分頭的籃球校隊隊員放開拳頭，指著春雪斬釘截鐵地說：

「如果確定是你幹的，我就會砸爛你的神經連結裝置，讓裡面所有照片跟影片都讀不出來。」

接著石尾就轉身大跨步走向樓梯，還彷彿想要擦掉觸感似的不斷用左手摩擦右手。另一人也隨後跟去，屋頂上只剩下春雪。

剛剛這一幕理應已經被好幾具公共攝影機拍得清清楚楚，只要春雪控訴他施暴，無論有任何理由，石尾至少會被停學，籃球校隊主力選手的位子多半也會不保。

但春雪當然沒有這個意思，因為石尾同樣只是被牽連的，他也是被能美征二這個冷酷掠奪者所安排的虛無漩渦拖下水的受害者。

春雪摸摸左臉，確定沒有出血，踩著沉重的腳步走向樓梯。途中還啟動郵件軟體，敲了封簡訊給拓武。

上頭只寫了【事情沒鬧大，詳情等放學後我再跟你說，抱歉讓你擔心了。】這幾句話，接著他就要伸手去點千百合的郵件位址。

然而春雪在最後一刻縮了手。如今只靠言語已經去除不了千百合的憂慮，要搶回她唯一的方法，就是打倒罪魁禍首能美。

拓武立刻回了一句【了解。】春雪在這封訊息的簡潔中感受到好友的善體人意，這才總算放鬆肩膀，小跑步回教室以便趕上下一堂課。

午休時間。

鐘聲才剛響起，春雪就獨自前往學生餐廳。

餐廳也因為沒有三年級生在，比平常空得多。春雪沒心情在剛才發生不愉快的屋頂上吃麵包，於是在自助餐的櫃臺前排隊。他從顯示在視野中的菜單上，挑了豬排咖哩飯跟水煮秋葵，並確定自己身前有浮現出投影標籤。

廚房的大嬸以超高速盛好咖哩，排上秋葵，將飯菜放到櫃臺上，立刻就響起咯唧一聲結帳的音效。春雪雙手抱著托盤，看著四周心想要在哪裡吃才好。

他的目光自然地投向位於餐廳東側的交誼廳，但他又沒勇氣孤身一人闖進那個有盆栽圍繞著白色圓桌，氣氛顯然完全不一樣的地方，只好在排得滿坑滿谷的長餐桌角落坐下。

春雪拿起湯匙，雙眼往四周窺探。學生們都一邊大聲談笑一邊用餐，根本沒人會去看春雪

——本來應該如此。

但春雪就是覺得在場的每個人都透過心電感應式的通訊互相說「偷拍犯來啦」這種話。本來他還想告訴自己這種猜測太離譜，但早上走進二年C班時那種難以言喻的不快氣氛卻已經纏在他身上，甩也甩不掉。

春雪大口大口地猛塞咖哩飯，想要拋開這個想法。平常他只要這麼做，就能無條件地覺得幸福，然而現在卡在喉嚨上的東西卻遲遲嚥不下去。

如果——

如果就在沒有證據的情形下，全校學生都認定「二C的有田就是偷拍犯」的話……

恐怕就連身為學生會副會長的黑雪公主，也很難顛覆這樣的觀感，而且她難保不會被春雪拖累而失去現在的地位。儘管就算事情真的演變到這個地步，春雪也不認為她會拋棄自己——但要是連黑雪公主都因此遭人白眼呢？要是她變得像去年的自己一樣，在校內受到排擠，甚至遭到具體的騷擾呢……？

春雪感覺全身都因為這些念頭而起了雞皮疙瘩。

湯匙鏘一聲掉到盤子上，他雙手用力握住手臂，就在這時——

春雪忽然察覺到一股異樣的聲息，於是抬起頭來。

映入眼簾的是走在頗遠處的四、五個人。

私立梅鄉國中基本上也存在著運動校隊的體育資優生制度。雖然梅鄉並不是運動名校，因此這個制度的待遇也不高，只會對曾在首都大賽以上級別的賽事裡拿到好成績的選手給予低額學費減免，但「體育資優生」仍然無疑是種明確存在的特權階級。

春雪留意到的這幾個人，就是為數不多的運動校隊菁英。有女子壘球隊的先發選手，男子游泳隊的新星，而其中有個個子較小的學生站在他們中間笑嘻嘻地談天——

他無疑就是劍道社的一年級新生能美征二。

梅鄉國中劍道社的確實力堅強，但這個月才剛剛入社的能美並沒有參加正式比賽的經驗，理論上最快也要等到下半年才會獲得體育資優生的資格，但他卻已經打進這圈子裡，可見他在上週的社內錦標賽裡奪冠有多麼令人震撼。

——可是那場勝利明明不是你靠自己的力量贏來的！

春雪不知不覺間用力咬緊嘴唇。這時能美似乎感覺到了春雪從距離頗遠的長桌角落投來的目光，若無其事地將視線轉過去。

那張像女生般眉清目秀的臉上原本掛著天真笑容，此刻卻在春雪眼前變質。

面具剝落後出現的愉悅笑容，有如磨到薄得不能再薄的剃刀般冰冷而殘虐。春雪甚至覺得腦海中聽見了能美說話聲。

——有田學長，弄得一身是泥，從山坡往下滑個不停的感覺怎麼樣啊？珍惜的東西一樣樣被搶走、被破壞，感覺如何啊……？

接著能美就將臉轉回正面，對學長姊們投以先前那種天真的笑容，同時毫不猶豫地走進充滿耀眼光芒的交誼廳。

就算被用來隔間的盆栽遮住，春雪仍然一直瞪著能美所在的位置。

春雪心想錯不了，自己被導師叫去問話的事情會那麼快就在班上傳開，肯定是能美動了手腳。不，仔細想想，也許告知校方春雪星期天到校的人也是他。

忽然間身體最深處湧起一股莫大的憤怒，以及超乎憤怒之上的恐懼，春雪拚命按捺住想要往桌上一捶的衝動。

不行，不可以在這裡認輸，這樣只會回到半年前那個卑躬屈膝的自己。還不只這樣，要是自己在這裡認輸，無止盡地沉進能美挖出來的無底沼澤，就連拓武、千百合，甚至黑雪公主，都會被自己牽連進去。

——就從這裡開始。

春雪使勁握緊湯匙，在內心深處自言自語。

——這種程度的逆境已經遇過好幾次了，我要再次從這裡爬起來。不對，不管幾次我都要爬起來。我已經決定以後再也不要低著頭走路了。

春雪張大嘴吃著堆得高高的咖哩飯，非常用力地咀嚼，以驚人的速度清空盤子，讓坐在斜對面的一年級女生看得目瞪口呆。

4

下午的兩個小時，春雪就算不是如坐針氈，也有如坐在刨皮刀上。唯一不幸中的大幸，大概就是由於籃球隊的石尾率先找了春雪麻煩，讓班上維持一種有所保留的觀望態度。

只是話說回來，女生的視線還是比平常冰冷了三成左右，部分男生看樣子更是已經在審議要送給春雪什麼綽號。沒等他們從疑似最終候選方案的「相機阿有」跟「狗仔雪」敲定，春雪就抓起書包跟雨傘逃出了教室。

天氣預報沒有說錯，午後開始下起了雨。春雪筆直跑過地面濕潤發黑的前庭，出了校門後才鬆了口氣。就在「放學路上要小心」的訊息顯示出來的同時，跟梅鄉國中校內網路的連線也跟著切斷，取而代之的是各種來自全球網路的線上資訊，這種連線感甚至讓他覺得內心得到了撫慰。

春雪站在離校門約有二十公尺遠的牆邊，聽著雨滴打在傘上的聲音當背景音樂，漫不經心地看著頭條新聞。沒過多久，就有個聽慣的腳步聲慢慢接近。

「久等了，小春。」

看到拓武將海軍藍的雨傘輕輕往上一舉，春雪也小幅度揮了揮手，兩人就這麼並肩在人行道上往東走。

幾十秒後，春雪先開了口：

「阿拓，你連續兩天不去社團，真的不要緊嗎？」

「沒事沒事，社長跟指導老師都只顧著關心天才新人，根本沒把中途入社的我放在眼裡。」

「……這也讓人高興不起來啊。不過我們就解釋成能美那小子引人注目，反而讓你方便行動吧……」

兩人一起露出苦笑，就這麼默默走了一分鐘左右。

就在慢慢可以看到青梅大道與環狀七號線交叉口時，春雪才總算主動切入正題：

「今天我被菅野叫去問話，是問偷拍未遂案……當然犯人不是我。」

「那還用說。菅野那傢伙，竟然連證據都沒有就叫人去問話……」

春雪制止口氣憤慨的拓武，掙扎地解釋：

「但我就是處在這種容易變成犯人的立場啊。整件事情都是能美征二安排的圈套，而我就這麼傻呼呼地上當了……」

說明能美圈套全貌所花的時間，長得出乎他意料之外。

兩人搭上環狀七號線外圈路線的電力公車，一起坐在最後排。過了幾分鐘後，春雪才總算把自己所處的狀況幾乎全部說完。只有兩件事他沒有說：第一是能美設下的視野遮蔽程式感染途徑，再來就是在淋浴間裡撞見全裸的千百合。

但拓武腦筋的轉速在這種時候也不馬虎，立刻看穿了感染途徑。春雪幾乎才剛閉上嘴，好友就拿下藍邊眼鏡，手用力頂在額頭上。

「……這樣啊。」

拓武的聲音被自責壓得沙啞：

「是那張照片對吧？我傳給你的那張劍道社新進社員團體照……病毒就是放在那張照片裡吧？對不起，小春，都是因為我疏忽了檢查……」

「不、不對，這不能怪你。」

春雪連忙搖頭說：

「我想那個病毒多半特別設定過，當有劍道社名牌的系統讀取照片時，就會瞬間自毀，所以如果有誰可以發現病毒，就只有身為目標的我。因為那小子盯上的人從一開始就不是阿拓，而是我……」

「不，光是發現檔案太大，我就應該要起疑了。而我什麼都不知道，還跑到你家裡講那些踐得二五八萬的話……還打了你。」

拓武忽然間重新戴上眼鏡，用力抓起春雪的右手。

「哇、喂，你幹嘛？」

「小春，打我一拳。你不打我，我沒辦法原諒自己。」

「不要，不用了、不用了啦！」

春雪目瞪口呆，視線在拓武的臉與公車前方來來去去。坐在前面的主婦跟學生不是瞪大了眼，就是笑嘻嘻看著最後面的他們倆。身材高眺又俊美的的拓武，握著又矮又圓的春雪一隻手，上半身還壓過去，如果沒聽到談話內容，真不知道他們對這狀況會如何解釋。

但拓武根本不在意周圍的視線，一張臉越湊越近，春雪不得已之下只好小聲對他說：

「等等、等一下，阿拓，這個，我也……我也做了該讓你揍的事情。」

「咦……？什麼事？」

拓武訝異地眉頭深鎖，春雪看著他的眼睛，在腦海中大喊「小百抱歉！」雖然她說絕對不可以講出來，但春雪再也不想低頭不語敷衍拓武了。

「就是……我被視野遮蔽程式騙得闖進女更衣室的時候……在那邊撞見了小百。」

要說明這件事，又花了兩分鐘左右。

拓武的背重重靠回座位上，用手指按住眉間，夾帶著嘆息聲說出評語：

「這樣啊……原來小千她跟這件事有這種關連啊……」

「……就是這樣……」

拓武半閉著眼斜看春雪，豎起一根手指說：

「……小春，我就先不問你實際看到什麼東西了，這也是為了小千好。」

「你你……你果然是個紳士啊，阿拓。」

「謝謝誇獎——不過如果是這麼回事，那我們應該可以假設這就是能美用來威脅小千的材料。小春被偷拍的影片，對小千來說多半也確實是一張有效的牌。不，應該說……」

「嗯，應該說與其用來威脅我，不如用來威脅小千還比較有效……如果能美連這點都有算到才去威脅小千，那他可真是個攻擊別人弱點的天才啊。」

拓武在嘆氣的春雪膝蓋上輕輕一拍，以多了幾分銳利的嗓音低聲說道：

「不過，這同時也是他的弱點所在。」

「咦……？」

「你想想，靠硬搶、威脅的方式來逼人就範，對方也不會真正變成他的朋友。即使暫時逼得小千……『Lime Bell』就範，本質上能美這個人，也就是『Dusk Taker』終究還是孤獨的。我們才不會輸給這樣的傢伙。」

「……嗯，說得也是。」

這次換春雪反握住拓武放在他膝蓋上的手。這隻手雖然瘦削，卻令人感覺可靠得難以言喻，讓春雪由衷感謝現在身旁能有拓武——「Cyan Pile」陪在身邊。

兩人在公車即將越過新青梅大道開進練馬區前下了車。

他們打開傘，停步望著眼前流動的車河好一會兒。只要越過這條發出馬達或氫氣引擎低沉驅動聲行駛的車流，就是「日珥」所支配的土地。儘管對方跟「黑暗星雲」處於停戰狀態，但這個約定只限週末的領土戰，要是現在他們兩人讓神經連結裝置保持與全球網路連線的狀態到對面去，肯定不用五分鐘，就會有人找上門對戰。

春雪先跟拓武互相點點頭，深吸一口氣，說出了語音指令：

「語音呼叫指令，編號○五。」

只是聽著呼叫鈴聲，春雪就已經兩手冒汗。

雖然他告訴自己要冷靜，但就是沒辦法不緊張。畢竟他打電話的對象可是控制加速世界最強遠距型對戰虛擬角色的9級玩家，令人聞風喪膽的「不動要塞（Immobile Fortress）」紅之王「Scarlet Rain」，也就是——

『好久不見啦~春雪大哥哥~♪』

高音迴盪在腦海之中，讓春雪差點膝蓋一軟。好不容易站穩的他，為了讓身旁的拓武聽見，選擇實際動嘴回答：

「啊，妳、妳好，好久不見了，由仁子小妹妹……」

『叫我仁子就好了啦，真是的。今天吹什麼風啊？怎麼突然打電話給我？』

紅之王會以這種「天使模式」跟春雪說話，純粹只是高興時的心血來潮。但這種狀態下的確比較好說話，於是春雪決定抓住良機，一口氣說下去：

「呃、呃，我有些話想跟仁子說……不對，應該說是有事要找妳商量……可以的話，我是希望等會兒就直接在現實中碰面……這、這個，當然是我主動去練馬找妳。」

『嗯～～現在下雨耶？啊，不過我現在有點想吃蛋糕說，想吃那種上面放滿草莓的～♪』

「我、我請我請，要吃多少我都請。」

『太棒了！那我們就在這間店碰頭囉！』

這句話一說完，春雪視野中就開出一張地圖，上頭有個地方的像素在閃爍，是離春雪他們現在位置還挺近的西武線櫻台站外圍。

「嗯、嗯，從我這裡大概十五分鐘左右就能到。」

『ＯＫ，那就待會見啦。』

通訊就在這裡切斷。春雪氣喘吁吁地想著總算過了第一關，抬起頭一看，拓武就一臉正經地說：

「……茶點的費用我來出。」

「……不用，各付一半就好了。」

「不，你今天是陪我來的。」

兩人還在爭執，下一班公車已經開到，只好先跳上車再說。兩人才剛上車，就不約而同切斷了神經連結裝置與全球網路的連線。

公車在大型馬達低吼聲中起步，穿越新青梅大道，進入了由紅色軍團統治的練馬戰區。

仁子指定的地點，是小規模商店街裡一間小巧可愛的蛋糕店。店裡有一半的空間排放桌椅，看樣子可以內用。

兩人在店門外收起雨傘，甩掉水滴之後，就聽到一陣精力充沛，踩得積水啪啪作響的腳步聲從後接近。正要回頭的春雪還來不及閃開，一個小小的拳頭已經陷進他圓滾滾的肚子。

「嗚……」

一個背著書包，穿著深藍色制服的可愛小女孩，從大紅傘下抬頭看著春雪悶哼。她小小的臉上有雀斑，帶著幾分綠色的大眼睛閃閃發光；柔軟的紅髮在頭部兩側各綁了一小撮馬尾，脖子上露出的神經連結裝置則是有如寶石般晶瑩剔透的紅色。

少女退開一步，轉著雨傘說道：

「好久不見，春雪大哥哥還是一樣圓滾滾的呢！還有……」

她說著臉往左一轉：

「博士也好久不見，你也還是一樣陰沉耶！」

春雪跟拓武嘴角不約而同地抽動，低頭打了聲招呼：

「好、好久不見。不好意思啦，仁子，還找妳出來……」

「就說不要緊啦！別說這些了，趕快、蛋糕蛋糕！」

看著少女——練馬戰區的支配者，紅之王上月由仁子——收起傘後啵一聲丟進傘架，跟著就衝進店裡，兩人趕忙從後跟上。

他們在最裡面的一張桌前坐下，等候仁子點的「草莓迷宮」。當草莓多得駭人的蛋糕、冰牛奶，以及兩杯咖啡都送到桌上之後，仁子立刻拿起了叉子，叉起最上面一顆光澤鮮亮的大粒草莓，大口咬下，滿臉洋溢著幸福笑容。

仁子看著被引誘得動起嘴來的春雪，露出純真的微笑說：

「不給你！」

「……不、不用啦。」

「沒有啦，騙你的騙你的！來，啊～」

說著，她又叉起一顆草莓往前遞，於是春雪反射性地張大嘴。但草莓隨著一聲無情的「騙你的啦！」而一百八十度翻轉，讓春雪的牙齒喀啦一聲只咬到空氣。

多虧在一旁看他出糗的拓武刻意地咳了一聲，春雪才回過神來。他想起現在不是胡鬧的時候，挺直了背脊說：

「那……那麼仁子，今天我找妳來……像這樣請妳在現實中跟我們碰面，是因為有點事想拜託妳……」

「拜託？唔，只要價值不超過十個草莓我就答應。」

「我、我是不知道值不值啦……」

春雪瞥了拓武一眼後搔搔頭，切入這次會面的正題：

「呃，我想請妳教博士……不對，是教拓武一些東西。就是……『心念系統』的用法。」

一聽到這句話——

正要咬下第六顆草莓的仁子整個人停住。

她深綠色的眼睛眨了好幾下，頭微微歪向一旁，接著將叉著草莓的叉子放回盤上，身體也靠上椅背。

這一瞬間，春雪聽到了喀唧一聲的切換聲響，也就是仁子的「天使模式」結束的聲音。

少女收起國小六年級生的天真笑容，瞇起雙眼，以彷彿帶著火焰的危險聲音短短說了一句：「……你說啥？」

滿頭大汗的春雪想要說明事情原委，但仁子只伸出一根手指叫他閉嘴，起身朝著稍遠處櫃臺裡的店員說了聲：

「裡面房間借一下。」

穿著葡萄色圍裙的年輕女店員默默點頭，仁子右手端著還有半塊蛋糕的盤子，左手拿著玻璃杯，大跨步走向裡頭。春雪跟拓武對看一眼，只能拿起咖啡杯跟在後面。

內用區深處延伸出一條很窄的走廊，裡頭有扇掛「ＰＲＩＶＡＴＥ」牌子的厚重門板。看起來當然有上鎖，但仁子只用拿著玻璃杯的手在空中一敲，就聽到喀啦的開鎖聲。

門後是間裝潢頗有格調的歐風空房，約有三坪大。牆壁跟地板都是泛黑的木板，一套大型沙發坐鎮於房間中央，裡頭還有疑似廁所的門。

仁子將杯盤輕輕放到矮桌上，迅速操作虛擬桌面，不知道在查看些什麼。接著她突然轉身面對春雪他們大喊：

「你白癡啊！『心念』這種東西不要突然在公共場所講出來！」

「是、是，對不起！」

春雪跟拓武被嚇得立正，仁子以似乎能發出熱線攻擊的眼神瞪了他們一會兒，接著大大嘆口氣，嬌小的身體往沙發上倒去，高高翹起一條腿說：

「……算了，現在就先不管這個，坐下吧。」

「遵、遵命。」

兩人放好咖啡，並肩在對面的沙發坐下。仁子提起另一顆草莓丟進嘴裡，之後才稍稍放低聲調說：

「這個房間有經過遮蔽，很安全的……先告訴我，你們是從哪裡知道心念系統的？應該不是那女人……Black Lotus吧？不然你們直接要她教就好了，而且你們要學這個還太早了，實在太早。」

但在回答這個問題前，春雪也有事情想問，那就是……這間店到底什麼來頭？為什麼街上的蛋糕店會有電波屏障室？

但仁子的表情看來根本不容他扯開話題，春雪只好先放下自己的疑問，深深吸一口氣，筆直望向紅之王的臉說起：

「呃……這說來話長……事情的開端，是我們就讀那所梅鄉國中今年的一年級新生裡面，有個超頻連線者……」

春雪邊努力將要點簡潔整理出來邊說明：

這個新生「Dusk Taker」有連上校內網路，卻沒有出現在別人的ＢＢ對戰名單中。

他在現實世界裡詭計多端，逼得春雪他們走投無路，更在加速世界裡運用一種叫做

「魔王徵收令」的必殺技搶走春雪的翅膀。

為了對抗這個強敵，春雪在無限制中立空間裡花了很長的時間訓練，學會了「心念」的用法，並靠這種力量逼得Dusk Taker差點落敗，卻因為「Lime Bell」突然倒戈，被對方反敗為勝。

最後是黑之王Black Lotus因為參加畢業旅行，到下週六為止都不會在。

他沒說出口的就只有Lime Bell的「治癒」能力，以及Dusk Taker的個人資料——也就是能美征二這個名字。

春雪長達十五分鐘的說明結束之後，仁子仍然遲遲不開口。她邊聽邊慢慢吃著蛋糕，大口吃下最後一片，花時間嚥下之後，才總算哼了一聲：

「……原來如此。Dusk Taker……擁有掠奪能力的對戰虛擬角色啊？再加上這人還懂得運用心念，那的確不是現在的你們應付得了的。」

「很遺憾，妳說得一點都不錯。」

拓武平靜地承認：

「就連處於室內接近戰這種理應對我有利的狀況下，當他一開始動用心念系統，我就完全不是對手了。這樣下去，我只能當個礙手礙腳的包袱……我不要這樣，無論如何都不要。」

拓武交握的雙手用力頂在額頭上，仁子先以銳利的視線瞥了他一眼，又呼出一口氣說：

「所以你們兩個才會特地跑來練馬區，要我教你們兩個……尤其是教Pile你學會心念系統的用法了？」

「正是，紅之王。」

拓武深深點頭，仁子就靈活地用手指將叉子轉了一圈，依序用握柄指了指他們兩人。

「你們的狀況我也不是不同情，可是啊……說穿了這終究是別人家的事，而且還是其他『王』麾下軍團的爭執。你們不覺得我應該當作不知道，等『黑暗星雲』自己崩潰，這樣還比較合理嗎？」

春雪聽到這裡忍不住就想插嘴，但仁子的台詞卻還沒說完：

「……假設我這麼說，旁邊的Crow一定會說話。像是『雖然妳這麼說，可是妳當初還不是跑來委託我們解決妳自己軍團裡的問題？我倒覺得妳還欠我們一份很大的人情』之類的。你們是打著這樣的算盤對吧？」

春雪正想這麼說，卻被她先發制人，一張嘴開也不是，閉也不是。

仁子將手上叉子放回盤子上，推到桌子角落，接著把脫掉雨鞋的雙腳重重放到桌上，雙手抱在腦後說：

「唉唉唉，我早就覺得遲早有一天會碰到這樣的情形啦！只是沒料到竟然會要我傳授心念系統，這利息實在夠貴的了……」

春雪打量了長嘆的仁子好一會兒，接著忍不住探出上半身問道：

「咦，這、這麼說來……妳是答應了？」

「有什麼辦法？要是你們就這樣一直覺得我欠了人情不還，那多讓人不爽。受不了，早知道會這樣，我就不該點『草莓迷宮』，應該點『皇宮』才對。」

儘管她嘴上抱怨，但春雪仍然無法控制胸中一股熱流直往上湧。

加速世界果然不是只為了讓「對戰者」相爭而存在的。哪怕立場敵對，仍然有著更值得珍惜的事物存在。沒錯——那就是友情，是一種斬不斷的羈絆。

春雪不知道該怎麼表達滿腔情緒，看到一雙裹在白色襪子裡的腳放在眼前的桌上，就一頭熱地緊緊抓住其中一隻，緊接著——

「嘎啊啊！你、你這變態為什麼每次都要抓我的腳啊！」

另一條腿在大吼的同時踢了出去，深深陷進春雪的臉頰。

怒氣沖天的仁子教官第一道指令，就是：【從桌子底下拉出接頭，接上神經連結裝置。】

春雪歪著頭伸手摸索，就發現一個疑似ＨＵＢ，有附捲線器的的裝置上，確實有突出幾條ＸＳＢ接頭。儘管他跟拓武同時拉出了接頭，但要跟來路不明的線路直連，終究還是有些猶豫。

但仁子自己也隨手接上接頭說：

「裡面什麼機關都沒有啦！這麼做是因為這個房間有無線電波屏障，只能用有線方式連上全球網路！」

春雪聽了趕忙照做。連線警告在視野中浮現後又立刻消失。

仁子雙手在空中比劃了一陣，之後依序看看春雪跟拓武的臉，以嚴肅的嗓音說道：

「好，就快到下午五點了，我六點就得回宿舍去，所以只能陪你們到五點半為止，三十分鐘換算到加速世界就是五百小時……大約等於二十天，我要你在這段時間裡學會可以在實戰中派上用場的心念招式。就算你學不會，我也沒辦法幫更多了。」

聽到紅之王的冷酷發言，拓武立刻回答：

「不……有加速世界內的一個禮拜就夠了。」

「哦？你話可說得真滿啊，博士。我就試試看你的覺悟到底是不是玩真的。」

仁子得意地一笑，穿著深藍色外套與百褶裙的嬌小身體靠到沙發上。

「那麼，我們數到零就沉潛到無限制中立空間，準備好了嗎？」

春雪他們也同樣讓背部跟頭牢牢固定在沙發上，接著回答：「好了。」

「要上了。十、九、八、七……」

他們閉上眼睛，深深吸一口氣……

在仁子倒數到一的一秒後，三人大聲喊出飛向真正加速世界的指令。

5

首先感覺到的，就是一陣毫不留情的寒氣，冷得幾乎讓人以為季節回溯了三個月。

春雪戰戰兢兢地睜眼一看，整片視野充滿了介於白藍之間的色彩。

是雪——還有冰。所有的地形都由厚實的冰塊構成，上頭還薄薄鋪著一層純白的雪，而整片天空都是牛奶色的雲。

「『冰雪』場地喔？我可不喜歡。」

往右方瞧，就看到有著紅寶石般鮮豔紅色裝甲的少女型虛擬角色，正甩著頭頂的長天線站在那兒。

她的體型比Silver Crow還小上一圈，不管是有著滴溜溜鏡頭眼的面罩也好，還是幾乎沒有稜角的圓潤體形也好，怎麼看都只像是個無害的吉祥物。

但這個對戰虛擬角色正是令人聞風喪膽的遠攻火力惡魔，「日珥」軍團首領Scarlet Rain的本體。

紅之王抬頭白了春雪一眼，以不服氣的口吻說：

「喂，Crow，記得你這金屬裝甲對寒氣也有抗性？」

「是、是啊，算是有……」

看到春雪連連點頭，她大喊一聲：「喝啊！」忽然用雙手挖起一大團腳邊的雪，捧到春雪背上磨蹭。

「嗚哈嚕哇！」

「喝啊，這種身體給我生鏽去吧！喝啊喝啊！」

「喔嗚！說、說有抗性也只是數值上的損傷會少一點，還、還是一樣會覺得冰啊！」

春雪正蹦蹦跳跳地想要躲過冰敷攻擊，就聽到稍遠處傳來盛大的咳嗽。春雪跟仁子同時望去，看到暗藍色裝甲的大型虛擬角色雙手抱胸站在那兒，這人當然是拓武——Cyan Pile。

「喔、喔，對喔對喔。」

Scarlet Rain有點害羞地離開春雪身邊，跟著咳了一聲。

「總之，我就先說聲『歡迎來到我們練馬戰區』吧。雖然要不是遇到這種狀況，我二話不說就會把你們轟出去了！」

說著她雙手一攤，春雪仔細看看四周。

最先感覺到的，就是天空的寬廣，理由一目了然。他們三人站在一個結冰的交叉路口，雖然空間不算寬廣，但幾乎看不到任何會遮住視野的大型地形物件。

唯一的例外，就是西北方稍遠處可以看見一棟略高的冰雪宮殿。春雪在腦中比對現實世界的地圖，就發現那裡多半是練馬區公所。除此之外，就只有遙遠的東方有棟融入天空似的巨大高塔，那多半就是他們跟「Chrome Disaster」對打時所在的豐島區池袋陽光城。視野可及的範圍內看不到「公敵」，也看不到其他超頻連線者。

春雪深深吸進一口冰冷的空氣，說道：

「這地方這麼開闊，真是讓人暢快啊！」

緊接著一顆雪球勢夾勁風地飛來，正中Silver Crow的面罩正中央。

「真、真是不好意思喔，我們這裡什麼都沒有！你們杉並區還不是五十步笑百步！」

仁子倒豎天線大吼，別過臉說下去：

「啊啊夠了，開場白結束了！我們馬上開始上課！你們給我坐下！」

春雪察覺到自己的話似乎踩到了練馬區居民的地雷，跟拓武對看一眼，連忙在路口正中央採跪坐姿勢坐好。

Scarlet Rain雙手抱胸，大步走到兩人面前一站，整個人散發出來的氣息突然一變。先前流露出的幾分稚氣登時消失無蹤，鏡頭眼下的燐光更顯銳利，虛擬角色的體格彷彿也跟著變大了。

「我話先說在前面。」

她的說話聲也顯得比場地上的寒風更加凜冽。

「在教你們『心念系統』之前，我要你們先發誓。」

仁子看看大聲吞了口口水的春雪，再看看拓武，斬釘截鐵地宣告：

「我要你們以身為超頻連線者的尊嚴發誓，除非被心念招式攻擊，否則絕對不會動用心念招式。」

「……請、請問，這是因為，用心念太卑鄙了？」

春雪忍不住這麼問，仁子立刻否認：

「不，是因為在這個遊戲裡，自己才是真正的敵人。說得極端點，心念不是用來打倒敵人，而是為了跟自己的脆弱對峙而存在的……怎麼樣，你們敢不敢發誓？」

被她這麼逼問，自然沒法說不要。而且他們想學心念系統，也絕對不是為了在對戰中百戰百勝，純粹是為了打倒擅用心念攻擊的Dusk Taker。

春雪跟拓武對望一眼，同時大喊：「敢！」

「好，要是你們敢違背約定，我可會負起責任給你們慘痛的教訓。」

春雪連連點頭，接著戰戰兢兢地追加一個問題：

「……可、可是，該怎麼說呢，心念攻擊跟一般的必殺技很難分辨……我總覺得要挨了才分辨得出……」

「我說你喔，你不是已經學過基礎了嗎？」

仁子發出厭煩的聲音，右手食指筆直伸出：

「聽好，心念招式跟必殺技有兩個很大的差別。第一，用了也不會扣必殺技計量表！」

「啊……嗯，的、的確……」

春雪先點點頭，緊接著又湧出下個疑問：

「……不過，如果是在看不到對方計量表的無限制中立空間又該怎麼辦？」

於是仁子將伸出的手指增加為兩根：

「第二，會發光！」

「發、發光？」

這個說法實在太模糊，春雪只能跟著複誦。不過聽她這麼說也沒錯，春雪的「光之劍」可說招如其名，會發出白色的光，而能美的「虛無波動」也會發出紫光，所以這些跡象是心念招式共通的系統現象了？

聽到春雪含糊的聲音，仁子淺笑一聲說：

「我說的可不是什麼『氣勢』或『鬥氣』這種含糊的東西。你們聽好了，使用心念招式的時候，我們的意識就會透過『想像控制體系』來跟對戰虛擬角色連線，當過剩的想像通過這種線路時，系統就會將過量的非正規訊號當成粒子狀的特效——也就是當成光來處理。具體來說……就像這樣。」

仁子伸出的右手用力一握。

從拳頭到手肘附近的部分忽然火紅燃燒起來。不，嚴格說來那並不是火焰，而是一道火紅色的光纏繞在她的手臂上晃動。

「……雖然會受心念的強度影響，但只要想像堅定到能在戰鬥中派上用場的地步，就至少會發出這種程度的光，我們是稱之為『過剩光（Over Ray）』啦。你們聽好了，除了發動心念系統的時候以外，這種虛擬角色持續發光的現象絕對不會發生，就算是必殺技的光芒也只能出現一瞬間。」

仁子忽然消掉火焰，做出結論：

「也就是說，如果敵方虛擬角色像剛剛那樣發出有如靈氣的光，而且計量表沒有在扣，那就能確定是心念攻擊。可是啊……就算遇到這樣的狀況，跑得掉的時候就要跑，只有面臨絕對不能妥協的一戰時，才可以用心念應戰，知道了吧！」

——為什麼非得限制到這種地步不可？這樣的疑問當然存在，但等待他們回答的仁子卻散發著一種讓人覺得「不愧是王」的強烈壓迫感，讓春雪不敢追問下去。

「……是，我明白了。」

他跟拓武異口同聲地回答，紅之王才總算滿意地點頭：

「好，那開場白就到這裡。」

仁子雙手環抱在平坦的胸前，咳了一聲清清嗓子——

接著講出了他們意料之外的台詞：

「你們現在一定會覺得，既然我限制得這麼嚴，『心念系統』一定有非常強大的力量，學會以後就無所不能了，對吧？其實這是大錯特錯。」

「……咦……？」

對這段發言所產生的驚訝，壓過了紅之王散發出來的壓迫感，讓春雪不由得發出疑問：

「怎、怎麼這樣？照理說心念應該可以化一切不可能為可能……」

「不對，你們聽好了，心念的力量絕對不是萬能的，首先你們要把這點牢記在心。」

仁子以高溫火焰般的語氣這麼強調，接著嘴角露出些許笑容說下去：

「Crow，你看起來很不服氣啊，你不能接受這個說法？」

春雪吞了吞口水，心驚膽戰地點點頭：

「嗯……嗯。因為我……我親身體驗過心念的力量有多麼驚人。不但有挨過，也有對人用過。」

「哼？看起來你挺有自信的嘛。好，你站起來。」

春雪聽從晃動的手指指示，畏畏縮縮地站起。他在往前踏上幾步的同時，還感覺得到拓武的視線投注在自己身上。

「那就讓我們見識見識你所謂的心念力量吧。」

春雪早料到她會這麼說，所以起身時就已經做好心理準備，只回答一聲「我明白了」便走向不遠處一塊較大的冰。

相信我的心念招式看在仁子這個王的眼裡，一定沒什麼大不了——但在這種預測的底下，也的確存在著想讓她吃驚的心情。畢竟春雪面對東京鐵塔遺址那超過三百公尺的峭壁花了一個星期練出來的「光之劍」，甚至貫穿了強敵Dusk Taker的「虛無波動」。

春雪在這塊約跟自己差不多大，有著剔透藍色光澤的冰塊前一點五公尺之處停下腳步，放低姿勢。如果只是正常出拳，從這樣的間距絕對打不到。

他右手拇指折進掌心，剩下四指伸直併攏。上半身往右扭轉，舉起化為銳劍形狀的手刀。

——我的手是劍，是一把能以光速貫穿一切的劍。

場地上肆虐的寒風聲逐漸遠去，最後終於消失；四周的風景也沉入昏暗的光線之中，只剩藍色冰塊正中央的一個點鮮明地浮現在視野當中。

嗡一聲輕微的振動透過身體傳遞，手刀前端產生了白光，也就是仁子所說的「過剩光」。光芒隨即從手腕一路傳到手肘附近。

「……叱！」

隨著這聲低喝，春雪筆直刺出了加上腰部扭轉力道的手刀。

咻一聲高亢而清澈的聲音響起，銳利的白光從他伸直的右手迸出一公尺以上，被吸進冰塊的正中央。

光芒消失後隔了一拍，冰塊發出霹的一聲響——巨大的冰塊上頭出現垂直的裂痕，分開倒向左右，沉重的振動掀起了地上薄薄的積雪。

春雪呼出一口氣，站直身體轉過身去，隨即獲得兩個掌聲的迎接。拓武由衷以右手的「打樁機（Pile Bunker）」跟左手互拍，仁子也輕輕拍動雙手鼓掌。

「哦？沒想到還挺像樣的嘛，了不起。」

對紅之王的評語，春雪正要搔搔頭客氣幾句，但接下來這句台詞卻讓他停住動作。

「——以初步中的初步來說還不錯。」

「那還用說！你剛剛用的就是心念的基本技術之一，『強化射程距離』。」

「……初、初步？」

「……基、基本？」

仁子對茫然複誦的春雪招招手，讓他坐回原位，咳了一聲之後繼續說：

「你聽好，雖然我們煞有其事地稱之為『心念』，但這玩意兒說穿了只是一種在BRAIN BURST程式上運作的邏輯引擎，要旨在於『覆寫現象（Overwrite）』……也就是透過沉潛者的想像力來操作現象。換句話說，就是透過堅定的自我催眠，讓這個世界的天神……也就是系統誤以為那是事實。」

說到這裡，火紅的虛擬角色先深吸一口氣，接著彷彿是要讓自己的話深深刻在兩名學生心中似的慢慢說下去：

「可是呢，要實際引發現象，就得先有連自己都騙得過的堅定想像，才有辦法去欺騙系統，所以需要超越想像力層次的『確信』。而要讓心中有這樣的確信，就得符合兩個條件。首先是投注大量時間的『經驗』，再來就是以絕對性的欠缺為根源的『願望』。沒有這兩者支撐，想像就絕對不會變成事實。」

「……經驗跟、願望……」

春雪以沙啞的嗓音喃喃自語，正要微微點頭，仁子卻退開幾步，軟軟地垂下雙手說道：

「——這可是大優待，我只示範一次，你們看清楚了。」

一聽到這句話，春雪跟拓武維持跪坐姿勢重新坐正，面罩下的雙眼更是睜得幾乎都要掉出來似的，生怕漏看了任何一個畫面。

體型屬於最小一級的少女型虛擬角色身體轉向路口南方——

突然就像先前那樣，在左拳加上了淡紅色火焰般的鬥氣。

「這就是四種基本技術之一的『強化射程距離』。」

她這句話說得平淡，同時左手以快得冒煙的速度往前一揮。空氣就像甩鞭似的發出聲響，在空中劃出一道火線。

緊接著，距離有三十公尺遠的冰牆上就嗤一聲噴出全白的水蒸氣，當水汽被風吹散，就看到牆壁的正中央開出了夠讓一個人鑽進去的巨大洞口。平滑的牆壁內側顏色由藍轉黑，根本看不出這個洞開得多深。

正當兩人看得目瞪口呆之際，又有一句話傳到他們耳裡：

「然後這是基本技術之二『強化移動能力』。」

火焰鬥氣這次裹住了她小小的雙腳。虛擬角色一沉身——便忽然消失無蹤。

不，春雪眼裡，勉強看得見一個快得只留下殘像的身影在後面。他連忙轉身，仁子已經雙手叉腰站在那兒，離她原先所站的位置至少有二十公尺。再仔細一看，就發現結冰的路面劃出一道冒著白煙的融化軌跡。還來不及倒吸一口氣，仁子的身影又咻的一聲消失無蹤。她以圓形的軌跡圈住了春雪跟拓武，接著回到原地。

一切都那麼令人震撼。

遠距離攻擊的射程勝過Silver Crow的「光之劍」不知道多遠，而滑步移動的速度也遠遠凌駕在Ash Roller的機車衝刺之上。

春雪握緊雙手，按捺巨大的震驚，同時聚精會神準備觀看下一次示範，生怕錯過任何一個畫面。

——然而天不從人願。

火紅的虛擬角色輕輕攤開雙手說：

「就這樣。」

「可、可是……」

出聲抗議的人是拓武。

「妳剛剛說基本技術有四種……」

「有啊，第三種是『強化攻擊威力』，第四種是『強化裝甲強度』。可是啊……這兩種我都不會。」

「不會用？身為王的仁子妳……連基本技術都不會？」

仁子瞪了反射性喊出聲的春雪一眼，但說明時的語氣倒是心平氣和：

「沒錯，原因就在於……我非常清楚地知道自己沒那麼堅強。而這就是這個對戰虛擬角色……Scarlet Rain根源所在的『精神創傷』。」

惹人憐愛的面罩正對著下雪的天空。身為支配加速世界的最強玩家之一，有著駭人遠攻火力的紅之王，以帶著幾分寂寥的聲音開始獨白：

「……我害怕這個世界，因為世界越接近我，就越會不擇手段傷害我。BRAIN BURST就是吞下了我這種想要遠離世界的渴望，才塑造出這個虛擬角色。Scarlet Rain的遠攻火力其實就跟

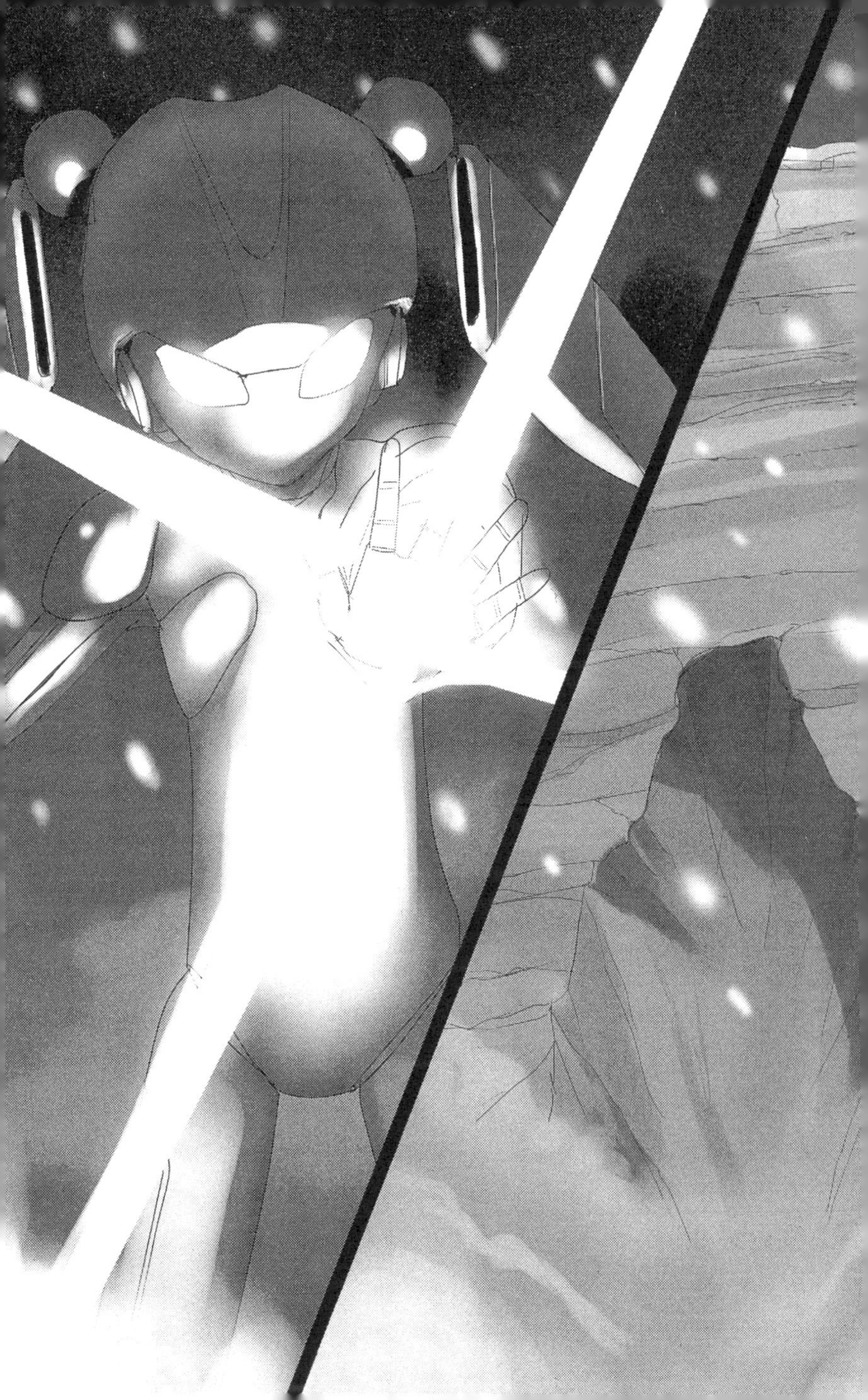

刺蝟的刺一樣，躲在裡面的我，只是個軟弱無力的小鬼頭……所以我沒有辦法透過心念來強化這個虛擬角色本體的攻擊力跟防禦力。Crow、Pile，你們懂了嗎？這就是心念系統絕對跨越不了的極限。」

接下來好一陣子，冰雪世界裡只剩北風的音色細細流過。

春雪深深低頭，在心中咀嚼紅之王的話。

對於現實世界之中的仁子——上月由仁子，他了解的不多。只知道她連親生父母的長相都不曉得，就讀兼作育幼院的全校住宿制國小。她就只透露了這些，但這樣的身世，想必會讓仁子受到各種讓春雪根本無法想像的傷害，傷得她就算化身為虛擬世界中的虛擬角色，也無法相信自己的堅強。

春雪接著又想，那我呢？

——我的虛擬角色反映出「想逃離這裡」的渴望，這點已經明顯得不能再明顯。手的存在是為了追求碰不到的事物，翅膀的存在是為了逃到沒有人在的地方。所以我才得以學會「強化射程距離」的心念，也因而得以用「強化移動能力」的心念來重新充填「疾風推進器」的計量表。而我多半也會因為同樣的理由，而沒有辦法學會提升防禦力的「強化裝甲強度」。

——可是，哪怕事實真的是這樣，我還是想要去相信……相信學姊一次又一次對我說過的「你可以改變」這句話……

「……也就是這麼回事了？」

持續良久的沉默被拓武的輕聲細語打破。春雪驚覺地抬起頭，望向身旁的Cyan Pile。

「……每個人可以學會的心念，必須與各自的對戰虛擬角色性質一致。換句話說，就算學會心念，做不到的事情還是做不到。」

「沒錯。」

仁子簡短地斷定，接著視線轉往春雪身上：

「例如說，剛剛Crow示範過的『強化射程距離』，說穿了只要有Silver Crow原有的速度跟飛行能力，是用不著這種技術的。當然我想之所以要練這個，多半是因為那種修練最適合用來讓他學會想像控制回路的用法啦。我剛剛示範過的技術也一樣，雖然我在冰塊上開了大洞，但是這種事情根本不用集中什麼想像力，只要用這玩意……」

說著，她拍了拍腰間的槍套。

「就可以更簡單地開出更大的洞。那為什麼會需要用到心念招式呢？」

春雪盯著停頓下來的仁子，歪著頭思索。但拓武則果然不簡單，他端端正正地保持跪坐，斬釘截鐵地回答：

「因為只有心念攻擊才能抵禦心念攻擊，是吧？」

「就是這樣。因為想像控制體系能夠搶在運動命令體系對系統下令之前，就決定攻防的結果。就像我方只拿著皮盾跟棍棒，對方卻拿著雷射步槍一樣。博士你曾經在完全不知情的狀況下挨過那個Dusk Taker所用的心念攻擊，應該很清楚那種沒天理的感覺吧。」

「……所謂切身之痛指的就是這麼回事吧。Dusk Taker那種什麼東西都能用鉤爪削下來的攻擊，多半是屬於『強化攻擊威力』的技術，我當時的感覺簡直就像用有血有肉的拳頭去跟刀刃硬碰硬一樣……」

仁子哼了一聲，雙手啪一聲叉到腰間這麼說：

「說穿了，如果你要正面跟Dusk Taker對打，至少得學會『攻擊』或『防禦』其中一種技術才行……好了，總算回到我們來這兒的主要目的了，不過……」

說到這裡，紅之王難得在語氣中摻進了些許躊躇：

「……剛剛我也說過，與自身虛擬角色屬性相反的心念，無論花多少時間修練，學會的可能性都是微乎其微。所以呢，有件事我非問不可——Pile，你這虛擬角色到底是『近戰』還是『遠攻』型的？」

「咦？」

大聲驚呼的人是春雪。他交互看著仁子跟拓武，茫然說道：

「當、當然是近戰啦……對吧？他這『象徵近戰的藍色』這麼明顯，就連新宿區都很難看到吧？」

「我也是這麼覺得，只是他的強化外裝可就……」

「啊……」

聽她這麼一說，春雪重新細細打量裹住Cyan Pile右手肘以下部位的巨大「打樁機」。這件強化外裝能猛烈地高速擊出長度超過一公尺的內藏鋼樁，貫穿力十分驚人，連好歹算是金屬色的Silver Crow，都曾經被他一樁扯斷手臂。

如果只是這樣，還勉強可以算是近戰武裝，問題在於Cyan Pile的最強必殺技「雷霆快槍（Lightning Cyan Spike）」。這個招式會將刺樁化為光線發射出去，射程肯定超過五十公尺，顯然應該分類成遠距離攻擊。

春雪忍不住仔細凝視了好幾秒之後——

忽然驚覺地抬起頭，接著視線猛然撇向一旁。

對戰虛擬角色是以精神創傷為根源塑造出來的。Cyan Pile的模樣以及他右手的強化外裝，理應顯示出拓武心中懷抱的恐懼與慾望，而春雪也早已決定不擅自臆測。

然而——

「沒關係的，小春。」

拓武以平靜的語氣這麼說，春雪才戰戰兢兢抬起臉來：

「……阿、阿拓……」

「昨天晚上聽你說起心念系統的時候，我就隱約猜到了，要學會這個系統的用法，就非得正視我的精神創傷不可……」

「那、那我先下線了。」

「不，我希望你也在場一起聽。因為老實說，這件事我早在更早以前就該說了……」

拓武端正坐姿，目光依序直視春雪與仁子，接著說道：

「——我認為Cyan Pile這個虛擬角色，本質上還是屬於近戰型，那為什麼誕生時會具備這種遠攻型的起始裝備呢……那多半是因為我的恐懼就表現在強化外裝之中。」

「……恐懼……？」

拓武他……優秀的黛拓武從外貌、能力到其他各方面條件，看似一樣不缺，這樣的他還會害怕什麼呢？

拓武對聽得入神的春雪繼續說下去：

「我從國小三年級到五年級，一直受到嚴重的霸凌，其間也不只一兩次想從大樓屋頂跳樓自殺。」

「……」

春雪打了個冷顫，全身僵硬。騙人，怎麼可能，拓武竟然會被人霸凌……這樣的想法在腦海中劇烈翻騰。而拓武反而像在憐憫震驚不已的春雪，以平靜的嗓音說下去：

「也難怪你沒有發現，因為我被霸凌的現場既不在學校，也不在我們住的大樓，而是當時我去上的劍道班。我……這麼說有點太自大，不過我想我在劍道上還真有點天分。從升上三年級的春天開始學劍道之後，各種招式似乎都學得很快，級數也很快就往上跳，到後來甚至贏得了年長的學生。可是……記得大概是在第二學期快結束的時候吧。有一次老師只留學生在道場，一群學年比我高的傢伙就提議說要練突刺招式。」

「突、突刺？可是……」

「當然在上高中之前都是禁止用突刺的。當時我就說不要，可是說要練習只是藉口。他們從後方架住我，一次又一次、一次又一次地用竹刀猛刺我的咽喉，那真的好恐怖……我在面罩下哭喊著住手，向他們求饒。沒過多久，我連聲音都喊不出來了……雖然有隔著護具，還是造成了很嚴重的傷痕。到現在……」

Cyan Pile舉起右手，用力按了按脖子左側。

「……這裡的傷痕都還留著。同樣的事情之後還發生過很多次，可是我終究沒有退出劍道班。不對，是不敢退出。對父母……還有對小春你跟小千，我都說不出口。『因為被霸凌所以不練劍道』這種話，我實在說不出口。」

「……阿拓……我完全……沒注意到……」

春雪好不容易擠出這句話，但拓武卻輕輕搖搖頭，彷彿是要他別放在心上。

「我當然也可以選擇跟父母或老師商量，可是那個道場裡沒有公共攝影機，而且神經連結裝置也因為老師的教學方針而取下，根本就沒有證據……不，先不說證據，我想當時的我甚至沒有力氣去抵抗他們。在去道場的路上，我不知道有多少次想要就這麼消失……霸凌一直持續到主謀上了國中，退出劍道班為止。當他離開的時候，我不知道有多高興……」

在嘆息聲中說出的這幾句話，聽在春雪耳裡，就像親身經歷過似的心有戚戚焉。

但拓武還沒說完。接在後面的，是一段春雪萬萬沒有料到的自白：

「可是啊，升上六年級後沒有多久，我就注意到自己養成了一個習慣。練習的時候不要緊，可是到了比賽裡，對方的竹刀一指向我的咽喉，我就會反射性地想用自己的竹刀去擋。這種破綻非常致命。我很努力想改掉，但越是專心比賽，這個習慣就越是明顯……那天咽喉被他們亂刺一通的恐懼，已經深深留在我心裡。所幸現在規則禁止使用突刺招式，總算還勉強可以蒙混過去，但是等到升上高中，我多半連一場比賽都打不好。不管是挨突刺也好，還是自己對別人用也好，我一定會受不了。」

拓武說到這裡先頓了頓，看看一直沒有說話的仁子，看看她身旁的春雪，最後看看自己右手上的強化外裝，平靜地做出結論：

「這具『打樁機』體現的就是我對突刺招式的恐懼……還有憤怒。我想讓當時霸凌我的傢伙排成一排，用這根鐵樁一個個刺穿他們的喉嚨……所以我才會身為近戰型的對戰虛擬角色，誕生時卻不是帶劍而是配備貫穿武器，紅之王。」

最後這句話，是對默默站著的火紅虛擬角色說的。

仁子聽完這段漫長的獨白，點頭說道：

「你的『精神創傷』我聽得很清楚了。你的大部分潛能會灌在屬性跟虛擬角色本體相反的強化外裝上，原來有這樣的理由……那Pile，你非得面對不可的創傷就是你自己的刺樁。只要你能克服這種恐懼，相信你就可以成為真正的近戰型，讓你的虛擬角色得到『強化攻擊威力』的心念。」

仁子以莊嚴的口吻這麼宣告，接著就轉身朝春雪問道：

「……就這樣，我跟博士要開始實際修練了……Crow，你打算怎麼辦？要陪我們嗎？」

「咦……呃。」

為了不讓他們兩人發現自己銀色面罩下已經淚流滿面，春雪先猛力眨了眨眼才回答：

「……不，我想我不在應該會比較好，雖然理由我也說不太清楚……」

「謝謝你，小春。」

拓武也點點頭，於是春雪生硬地笑了笑，接著站起身來，看著仁子補上幾句：

「而且接下來我打算一個人去查些事情，要搞清楚Dusk Taker可以不出現在對戰名單上的機關。」

「這件事的確也不能聽過就算啊，從某些角度來看，這問題比心念攻擊還嚴重。而且我總覺得最近好像聽過類似的消息……」

「咦……真、真的嗎？」

春雪忍不住靠向仁子，紅之王立刻用力推開他大喊：

「就說了你為什麼每次都要離我這麼近！只是謠傳啦，謠傳！有人比我更清楚，你自己去問那個人！」

「咦？這……這人在哪兒？」

春雪不由得望向周遭，但當然一個人都沒看到。

「你登出以後就會知道，登出點（Portal）就在那棟練馬區公所的一樓。」

「知、知道了……」

仁子一副已經沒事找他的模樣冷淡地揮揮手，於是春雪就要邁出腳步……

「啊，等一下！」

但立刻又被叫住，於是再次轉過頭去：

「什、什麼事？」

「呃——你剛剛那招『強化射程距離』的心念招式，有取名字嗎？」

「名、名字？」

聽到這個意料之外的問題，春雪拉高了聲音，緊接著仁子就指著他大喊：

「我問這個可不是為了『這樣比較帥』那種幼稚的理由！心念招式的關鍵就在怎麼加強想像，最理想的就是可以練到跟原本就擁有的能力或必殺技一樣想用就用。你剛剛從擺出架勢到實際出招，就花了將近三秒的時間在集中精神，那樣實在太慢啦！所以你要先幫招式取名字，濃縮招式的意念，用聲音來觸發。給我取就對了，現在就取！」

被她這樣大吼一陣，春雪趕忙看著雙手思索：

「呃……劍刃……劍……光……那、那就……」

說著抬起視線說道：

「就叫雷……『雷射劍（Laser Sword）』。」

「噗，土爆了。」

春雪拚命想出來的名稱，以他自己的基準來說算是超帥氣，卻被仁子一笑置之，讓他忍不住回嘴：

「那、那剛剛仁子妳的『射程』跟『移動』強化又叫做什麼名字！」

「誰會告訴你啊，白癡。」

這時又聽見熟悉的咳嗽聲，春雪趕忙看了拓武一眼，搔搔頭說：

「不，這個，呃……阿拓，加……加油！」

他生硬地伸出右手大拇指，就看到站起來的Cyan Pile也比出同樣的手勢說：

「小春也是，不過你千萬別太冒險啊。」

「我知道，晚上再跟你報告。」

兩人互相點點頭，春雪總算真的朝聳立在西邊的練馬區公所跑了幾步，最後又回頭大喊：

「仁子！謝謝妳！」

得到的回答則是仁子一如往常那很有精神的罵聲：

「少囉唆，快走啦！」

6

春雪經由設置在練馬區公所大廳的登出點，回到了現實世界。

他喘了口氣，從沙發上坐起並拔掉ＸＳＢ傳輸線，身旁的拓武則是低垂著長睫毛，呼吸十分平穩。

現在好友的意識應該處在不同時間流之中，焚膏繼晷地拚命修練。不，那不是修練兩個字就可以交代過去的。拓武正面對長年壓在心底的精神創傷，想要加以克服。

「……加油啊，阿拓。」

春雪以最小的音量低語，接著站起身。

桌子對面身穿國小制服的少女，露出了天真睡臉——雖然實際上並不是在睡覺——看著她天使般的容顏，春雪在心中說了句謝謝，打開電波屏障室厚重的房門來到走廊。

——就在此時。

「這邊，快點。」

頭上傳來這句話，讓他瞪大了眼。

錯不了，站在那兒的正是先前送飲料跟蛋糕到春雪他們那桌的店員小姐。

她身穿有公主袖的暗櫻桃色上衣跟長裙，披著一件裝飾少許蕾絲滾邊的圍裙，頭上還戴著白色髮箍，胸前的細絲帶則是色調比衣服稍微明亮一些的火紅色。

說穿了，這位店員小姐的打扮就是女僕。站這麼近看，才發現她比春雪想像中年輕得多，雖然身材相當高䠷，但多半還是高中生。她將瀏海中分，後面編成過肩的長辮；輪廓十分銳利，細細的單眼皮更讓這印象加倍明顯。

……她這麼說是要我快點出來嗎？不知道放著仁子他們這樣要不要緊？

春雪想歸想，還是先點頭示意，就要從走廊走向店裡。然而……

「不是那邊。」

聽到這句話的同時，春雪制服後領被她用力一拉，整個人猛然往後一仰。

穿女僕裝的蛋糕店店員居然對客人做出這種事？春雪對此大感震驚，接下來這句話更將其增幅到數十倍之多。

「走後門。跟我來，Silver Crow。」

「……什麼……？」

現實身分竟然曝光了？春雪腦中暗叫不妙，同時反射性地拔腿就跑，不過衣領被牢牢抓住，只換來了脖子又被勒住一次的下場。這位店員小姐雖然苗條，握力卻非常驚人。

「不必逃，而且現在才逃也已經太遲了。」

聽她用沒什麼起伏的沙啞嗓音這麼說，春雪只好放棄逃走，轉過頭去。

女僕小姐面無表情地注視了春雪好一會兒，這才放開他制服衣領，若無其事地宣告：

「Scarlet吩咐我要協助你調查，我的名字叫『Blood Leopard』，叫我的時候不要叫Blood，要叫Leopard，要省略的話也不可以叫Leo，要叫Pard。」

「等……請……等一下。」

春雪好不容易擠出這句話，拚命想搞清楚狀況。

有人比我更清楚，你自己去問這個人。

紅之王仁子在春雪即將登出之際確實說過這句話，但春雪卻理所當然地以為她是指在加速世界裡碰面。

然而看樣子眼前這個在現實世界中露相的女僕小姐，正是仁子口中「更清楚的人」，也是紅色軍團旗下的超頻連線者，更是這間店的店員。換句話說這裡並非尋常蛋糕店，而是「日珥」的活動據點……

他好不容易思考到這裡，女僕小姐「Blood Leopard」，簡稱「Pard小姐」卻已經等得不耐煩地說道：

「我等了兩秒，剩下你就邊移動邊想吧。」

接著她長裙一翻，往昏暗走廊上最裡頭的門走去。

春雪只剩下唯一的選擇，那就是遵從這位神秘年長女性的命令。

看樣子這扇門就是後門，一出去就到了蛋糕店隔壁的車庫旁邊。

女僕小姐以手指操作了幾下，正對馬路的鐵捲門就開始升起。看樣子「Blood Leopard」性子急得很，連等門拉開的時間都不想浪費。她指著春雪說道：

「軍團長告訴我的情報就只有兩點：一，有超頻連線者連上區域網路卻沒出現在對戰名單上；二，你想看破其中的機關。就這樣，K？」

聽她以把「OK」又再省略一半的縮寫這麼一問，春雪點了點頭。

「是……是啊，妳說得沒錯。」

「可以阻隔名單搜尋的事我是第一次聽到，不過最近我也有聽說過『區域網路鬧事分子』的傳聞。」

女僕小姐突然這麼說，讓春雪忍不住往前一跌，急著追問：

「區、區域網路鬧事分子……？那是什麼樣的人？」

「詳細情形我不清楚。聽說是在某個網路上，有超頻連線者突然現身挑戰，可是等到別人想再找他打一場時，卻已經消失無蹤。」

「妳、妳說的『某個網路』在哪裡？」

「秋葉原。」

聽到她簡潔的回答，這次春雪改往後縮。

「……秋、秋葉原，記得那不是黃色軍團的領土嗎……」

「對。」

看到女僕小姐若無其事地點頭，春雪忍不住吞了吞口水。

率領「宇宙秘境馬戲團（Crypt Cosmic Circus）」的黃之王「Yellow Radio」設下詭計，逼得紅之王仁子陷入絕境，還只是三個月前的事。當時同行的春雪等黑暗星雲成員也被拖下水對抗多達數十人的埋伏而大吃苦頭，所以黃色軍團可說是六大軍團之中黑暗星雲最敵視的軍團。

雖然春雪滿心想去收集情報，但又少了點深入敵境的膽識，不由得咬緊嘴唇。

——然而現在不是退縮的時候，光是問出秋葉原有線索，就已經非常幸運了。如果只是在那裡正常觀戰，佯裝不經意地打聽傳聞，應該不至於會搞得太狼狽……

正當春雪打著這樣的主意，絞盡為數不多的勇氣時……

同樣沉默了幾秒的Blood Leopard簡短地說：

「K，這就去。」

「咦？」

……去？去秋葉原？跟她一起？她該不會打算穿這樣去搭電車……？

春雪還猛眨著眼，女僕小姐就一副不想繼續在這裡說話的模樣，再次抓起他的衣領並走進車庫，踩得半長靴喀喀作響。

裡頭有著散發壓倒性存在感的物體——

一輛全長恐怕有兩公尺以上的巨大電動機車。

怎麼看都覺得這輛機車跟路上那些跑得十分和平的電動速克達機車「不一樣」。整個車身最外層是光亮的紅黑車殼，內藏馬達的前後輪也寬得離譜，固定車輪的可動懸吊輪架厚實得讓人覺得像裝甲，整輛機車的外型卻彷彿貼在地上一樣低而平滑。

「好……好猛……」

Pard小姐從牆邊置物架上拿起一個圓形的物體，朝著忍不住發出感嘆聲的春雪扔去。春雪反射性地接住，低頭一看，就發現那是頂紅色的半罩式安全帽。

「……這？」

春雪搞不懂她的用意，兩眼盯著安全帽猛瞧。Blood Leopard快步走近，又一次拿起這頂安全帽，啾一聲套到春雪頭上，靈活地以單手扣上環扣。

接著她自己也戴上一頂黑色全罩式安全帽，甩了甩露出來的辮子，再度抓起春雪的衣領，把他丟在大型機車的後座上。

……不會吧？不要、等等、等一下……

春雪還來不及在腦海中嚷嚷，女僕小姐就這麼直接跨上機車，用戴上皮手套的纖細雙手握住厚重的握把。

「發動。」

她唸的似乎是語音指令，只見機車的儀表板應聲亮起，原本伸到最長的前後輪架也強而有力地加上預載負重。

看來春雪的神經連結裝置也有連上機車的ＣＰＵ，速度與電池計量表等視窗接連在視野中開啟，同時他還能透過無線通訊聽見Blood Leopard說話的聲音。

『抓緊。』

『咦，請問、不、可是……』

思考發聲剛說到這裡，就有兩隻手從前面伸來抓住春雪雙臂，就這麼拉過去讓他隔著圍裙抱住自己苗條的腰身。看樣子「同樣指示不說第二次」乃是這位女性的原則。

儘管半死心地領悟到事態已經不容他退縮，春雪還是不認命地開口：

『請……請問，妳要穿這樣騎車嗎？』

『換衣服太浪費時間。』

『還……還有，妳不用看店嗎？』

『我的班只到五點，有其他問題一次問完。』

『……沒有了。』

『K。』

說著女僕小姐想也不想地催了電門。

隨著一陣平穩中暗藏無窮扭力的馬達聲，巨大機車平順地從蛋糕店附設車庫中滑了出去。

視野右下方顯示現在時刻是下午五點八分。不知不覺間雨已經停了，往西流動的雲層縫隙間染成漂亮的橘色。

啊，傘忘在店裡了。算了，反正阿拓應該會幫我帶走。

電動機車載著腦中滿是這些念頭以便逃避現實的春雪，以幾乎無聲的低速，平順地在櫻台街上穿梭。看樣子Blood Leopard雖然急性子，騎車卻是安全第一——

正當春雪這麼想而準備放鬆時，機車往右彎過一個較大的路口，跑上了環狀七號線。

前後輪的內藏馬達發出咆哮，投影儀表的指針一口氣往上跳。

長裙在視野角落連連翻動，風壓隔著安全帽的面罩打在臉上。

「……啊————！」

春雪以自己的喉嚨發出慘叫。

大型機車載著女僕裝騎士與身穿制服的國中生，從環狀七號線轉進了目白大道，一路往東疾馳。

——話說回來，這個時代的機車跟小客車根本就不可能超速，因為控制系統會自動根據行駛道路的速限來對車速設限。要想破除這個限制，就得非法改造系統，再不然就是切換到緊急模式，讓控制ＡＩ暫停運作。當然沒有正當理由就停止ＡＩ運作也會違法，所以無論如何都得做好被取締的心理準備。

Blood Leopard所駕馭的機車當然沒有違規，老老實實將最高速設定為目白大道的八十公里速限。然而機車從零加速到上限的時間短得非比尋常，春雪圓滾滾的身體也就必然得承受在現實世界中從未體驗過的巨大Ｇ力，每次都讓他大聲慘叫，再加上Pard小姐那苗條的身體也被Ｇ力推得往他肚子上重壓，讓春雪不知該如何是好。

……坐在後座總算是不幸中的大幸。如果反過來，就得面對前方的觸感……不對，從原理上來說不可能發生這種情形啊！

春雪還在用暈頭轉向的腦子想著這些念頭，機車已經走飯田橋騎進了外堀大道。畢竟是傍晚時分的東京都心，道路逐漸擁擠起來，周圍的電動小客車駕駛跟電動速克達騎士一看到春雪他們的機車，都驚訝得瞪大了眼。

這也難怪，他們看到一輛這年頭幾乎連看都沒機會看到的大型競技用機車，騎車的又是個身上純白圍裙在暮色中十分耀眼的女僕，再加上她身後還載著個子又小又圓的國中生。

等紅燈時朝自己集中照射的視線多得讓春雪受不了，他縮著頭用思考發聲說道：

『……我、我說呢，我總覺得這樣有夠招搖。』

『是嗎？』

Pard小姐的回答彷彿在說她根本不在意……不，肯定真的不在意，但春雪還是不死心地問：

『……要、要是就這樣衝進ＣＣＣ團的大本營，我總覺得危險了點。』

這次的回答聲長了一些：

『ＮＰ（沒問題），這樣反而不招搖。』

『咦？』

但她沒有更進一步回答，一轉成綠燈就全開電門，催得馬達發出電光，令春雪當場窒息。

等她將機車停進位於秋葉原地區西端不遠處的立體停車場，兩人徒步走了幾分鐘後，春雪就了解她那句話的意思。

一走進南北向貫穿這條電器街的大路，至少就有三名女僕進入春雪的視野。不過雖說是女僕，她們當然不是真貨──儘管若要論真假，Blood Leopard同樣不是正牌女僕──看樣子是在幫各自的店宣傳，只見她們對行人投以燦爛的微笑，同時遞出投影傳單。確實，她們跟Pard小姐在外觀上唯一的差別就是笑容。

「……原來如此……」

春雪大為信服，再次仰望不夜城．秋葉原雄偉的景觀。

聽說這個市區在二〇〇〇年代初葉的重劃案中，曾經整理成清爽的智慧型街景，但之後家電販賣的重心轉移到了池袋與新宿等地區而導致地價下滑，又正值不景氣的衝擊，因此體質不佳的銀行立刻抽手，讓地權越分越細，到了二〇年代，宛如上個世紀的混沌景象又再度充斥在整條街上。

而到了二〇四七年的現在，這條街上擠滿了無數電器、網路及次文化相關的各行各業小規模商店，成排的大樓窗戶全都成了任由店家愛怎麼放就怎麼放的霓虹燈，色彩上完全沒有統一性可言，讓人覺得簡直像是置身於三原色恆星密集的銀河正中央。

如果春雪現在將神經連結裝置連上全球網路，而且還對ＡＤ（廣告）的接收不設限，整個視野一定會塞滿神經連結裝置、桌上型ＰＣ用改造零件，以及各種應用程式的投影優惠傳單，除此之外什麼都看不見。

「真好……」

這種讓人怎麼想都覺得已經超脫現實，只有在虛擬世界才會實現的資訊無序性，讓春雪嘴角自然放鬆，此時他的衣領又突然被人一把抓住。

「這邊。」

Blood Leopard看來不怎麼感慨，拖著春雪在擠滿了購物群眾的步道上開始往北走。

她帶春雪走到一條離大道有段小距離的巷子裡，在某棟特別吵的大樓前停下腳步。乍看之下根本看不出這是什麼店，入口處寫著「QUADTOWER」的霓虹燈不停閃爍，店裡的照明則調得很暗，更層層疊疊地傳出了無數大音量的電子音效。

「……QUADTOWER？這是什麼店……？」

春雪有點被嚇到，但還是出聲發問。

「遊樂場。」

Pard小姐只答了這句話，就毫不猶豫地踩響腳步聲走向店內。春雪小跑步從後追去，還納悶地想著什麼是遊樂場。

走下短短的樓梯，一踏進昏暗的樓層，他立刻就知道了這個字眼的意思。

在沒鋪地磚的水泥地面上排得密密麻麻的，正是無數巨大框體上塞進舊式ＣＲＴ螢幕與搖桿式控制面板的前世代遊戲機台。這些機台的喇叭毫不客氣地將各自遊戲中的打擊聲、爆炸聲或背景音樂散發到空氣中，坐在寬椅上的玩家們一心一意地猛力搖著搖桿、拍著按鈕。

春雪從牆邊茫然地看著這樣的景象。有組機台背靠背排在一起，其中一邊玩家擺出握拳姿勢，他背後的大群觀眾也大聲歡呼，而坐在他對面的一名年輕男子則懊惱地站起。看樣子他們剛剛就在用這兩台機子對戰。

台子空出來後，後面的觀眾群裡立刻走出一人坐了上去。這名穿著打扮誇張得彷彿自己就是遊戲人物的少女，從口袋裡掏出一枚銀色百圓硬幣，投進位於面板中央的投幣孔。

「原……原來如此。」

春雪以乾渴的嘴喃喃說道：

「妳說的遊樂場……指的就是電玩遊樂場……那些機台，就是很多年以前所謂的『街機』對吧！」

春雪興奮地說著，但Blood Leopard只照慣例答了一聲「對」，又再度邁出腳步。

春雪自認知道來這裡的目的，也清楚自身所處的狀況有多重大，但還是無法自拔地想要坐在那種對戰機台上看看。儘管沒有碰過那種大型機台的搖桿，但那些用手把控制的2D對戰格鬥遊戲，他早就已經用家裡的電視遊樂器玩到不想玩了。

不過非常遺憾，無論是口袋或背上的包包，都找不到一枚百圓硬幣這種落伍的實體貨幣。當然在店裡找找，或許能看到電子貨幣兌幣機，但若在這麼黑、這麼大的店裡跟Pard小姐走散可就麻煩——不，是多半會被她罵，春雪只好萬般不情願地放棄。

再說她為什麼會到這裡來？春雪心中抱著這個來得實在太晚的疑問，跟著在女僕裝背上甩啊甩的辮子走，最後來到一部設置在最裡頭牆邊的電梯前面。

這個舊得令人害怕的包廂裝進他們兩人之後，就搖搖晃晃地開始上升，在四樓停下。

門一打開，就能發現這裡跟一樓大異其趣，整個空間鴉雀無聲。排在裡頭的並非遊戲機台，而是以看起來十分牢固的隔板分開的狹窄隔間，右邊牆上則密密麻麻地排滿了飲料機。

這種地方春雪就不陌生了。這裡是所謂的「沉潛咖啡廳」，是一種在街上以低價提供房間，供使用者完全沉潛的店家。各個隔間都可以上鎖，比起將現實中的身體丟在快餐店或一般咖啡廳之類的開放空間不管，這裡的安全性要高得多了。

不過話說回來，如果只是要找沉潛咖啡廳，記得在她剛剛停機車的停車區附近就有好幾家，為什麼要特地跑到這麼遠的大樓來呢？春雪心中納悶，但Pard小姐很快就在正面的無人櫃臺登記好，大步走向裡頭，春雪只好跟上。

然而——

「進去。」

Blood Leopard指的隔間怎麼看都是單人用，而且她自己也理所當然地跟進來，讓春雪實在是非問不可：

「這、這個，椅子只有一張。」

「雙人座的隔間都滿了，擠一擠就坐得下。」

Pard小姐面無表情地這麼回答並關上滑軌式的門，堅固的鎖喀啦幾聲鎖上。接著她理一理長裙，同時橫向坐在坐臥兩用的沙發椅上。

她苗條的身體往旁一靠，就看到椅面上確實空出了約四十公分寬的空間。然而要讓圓滾滾的春雪坐下，這樣的空間只能算勉強夠用，而且肯定會很擠。

「……我想……」

春雪本想說他自己也另外找間房，但女僕小姐卻先發制人地說：

「NP，我不在意跟小朋友擠一擠。」

——我超在意的好不好！而且考慮到當上超頻連線者的第一要件，我們頂多也只差三歲！

春雪儘管在心中這麼吶喊，最後還是不管三七二十一，吞吞吐吐地說聲「我我我失禮了」就在Blood Leopard身旁坐下。他極力想讓身體貼往一旁的扶手，但不管再怎麼分開，裹在純白圍裙下的胸部跟春雪鼻頭之間，還是只空得出兩公釐左右的距離。

一陣輕柔的甜香傳來，春雪發現那是奶油跟草莓的氣味，差點眼前一黑。他好不容易撐住，就從近得連額頭都感覺得到氣息的距離聽見對方輕聲細語說道：

「先設定一種讓人聯想不到你現實身分的完全沉潛用虛擬角色。」

「……咦？好、好的。」

春雪好不容易將減速中的思考整理好，迅速操作虛擬桌面，將虛擬角色從他在梅鄉國中校內網路所用的粉紅豬，換成從來沒用過的綠色蜥蜴。

「完、完成了。」

「等到完全沉潛之後，就鑽過掛有『秋葉原ＢＧ』標籤的網站入口。」

「知、知道了。」

「Ｋ。開始倒數，一、零。」

……一般人至少也會從三開始倒數吧！

就在這個念頭浮現時，兩張嘴說出了同樣的指令：

「「直接連線。」」

隨著咻的一聲，春雪的意識從現實身體切離，在黑暗中不斷下墜。

幾個網站入口從下方接近。由於春雪現在沒有連上全球網路，照理說這些入口都是通往這棟「QUADTOWER」大樓所經營的區域網路。大群寫著「漫畫隨你看！」跟「網路遊戲免費玩」的文字閃閃發光，其中確實有個不太醒目的標籤寫著「秋葉原ＢＧ」。

春雪朝這個入口伸出無形的手，視野立刻拉近。被吸進圓形入口的瞬間，產生了些微的延遲，看來應該是在進行某種認證。

移動的感覺隨即再度來臨，不久春雪的腳就在堅硬的金屬聲響中著地。

他抬起頭一看，發現這裡是個又像巨大酒館又像夜總會的地方。

地板跟牆壁全都以鏽成紅色的鋼板跟鐵絲網構成，中央有個方形空間特別挑高。圍繞著這

個空間而設置的一樓跟一樓半部分，則按照等間隔排列著鐵板直接外露的樸素餐桌。

昏暗的餐桌座位上，可以看到幾名狀似同時沉潛到這間酒館裡的虛擬角色。他們的身影融入陰影之中，但一看到他們的輪廓，就覺得有種刺人的感覺。

這個地方不是加速世界，而是一般的虛擬空間，但春雪仍然感覺得出這些人全都是超頻連線者。換言之這個叫做「秋葉原ＢＧ」的網路，只有神經連結裝置中安裝了BRAIN BURST的人才能進來。

春雪讓綠色蜥蜴虛擬角色的喉嚨吞了吞口水，接著繼續轉動視線。

接著他注意到正中央那寬廣的空間裡，有四面大型螢幕用鎖鍊吊在天花板下。由於店裡的光線很暗，顯示在虛擬畫面上的文字顯得十分清晰。

顯示在最上面的——是串寫著【TODAY'S BATTLE】的黑體字形。

下面的【18:00】多半是時間。

更下面的【「Frost Horn　Lv5」1.57 VS「Slate Bolt Lv4」3.22】，肯定是對戰預告不會錯，但寫在等級後面那些有小數點的數字，春雪就不知道意思了。

「……請問，這裡是……」

春雪這才停止四處張望，小聲對站在身邊的Blood Leopard發問。

也不知道該覺得當然還是意外，這個虛擬角色已經不再穿著女僕裝，換成了緊緊包住全身的黑色騎士皮衣。但皮衣上卻不是人類的頭，而是有著亮麗暗紅色毛皮的貓科野獸。這時春雪才總算想起「Leopard」這個單字的意思就是豹。

豹頭的女性騎士以微微發出金光的眼睛看著春雪的蜥蜴虛擬角色回答：

「這兒是『Akihabara Battle Ground（秋葉原對戰場）』，超頻連線者的對戰聖地。」

「聖、聖地……？」

春雪先複誦一次，這才忽然想起什麼似的問道：

「既然冠上秋葉原的名字，也就表示這裡是黃色軍團的據點了？」

「不。秋葉原裡只有這兒是絕對中立……跟我來。」

她踩響皮靴開始行走，春雪只好先跟過去再說。

酒館最裡頭有個同樣用鐵板組成的吧台，Blood Leopard以強韌而優美的動作，坐上正中央的一張高腳椅，春雪也用小小的蜥蜴身體爬呀爬地坐到她身旁。

「晚安，『賽程安排人』。」

Pard小姐這句悄悄話，使得某個虛擬角色從吧台後方探出頭來，春雪一看之下立刻心想：

「是矮人！」

他身體粗短、滿嘴鬍鬚，凹陷的雙眼戴著鐵框眼鏡，脖子上還綁著巨大領結，甚至讓人納悶他手上為什麼沒有拿著厚重的雙手斧。

矮人型虛擬角色看看Pard小姐的豹頭，揚起眉毛，再看看春雪的蜥蜴頭，哼了一聲，最後又轉回去看Pard小姐，得意地笑著說：

「這可真是稀客啊，豹，妳幾個月沒來啦？」

完美的男中音，完美的矮人語氣。然而既然有連上這個網路，控制這個虛擬角色的人應該也是超頻連線者，也就是說這人資格再老，應該也不超過十七歲。

不過在意這種事多半很煞風景。Pard小姐微微聳肩，簡短地回答：「八個月。」

這位別名「賽程安排人」的矮人又一次動著鬍鬚發笑，說道：

「妳是懷念起這裡真刀真槍的比賽，還是來賺點外快的？」

「不好意思，我今天不是來對戰，也沒打算下注。」

聽到這句台詞，春雪反射性地喊出聲：

「下、下注……？」

矮人聽了就揚起眉毛，用鬍子指向中央的巨大螢幕說：

「看到那些數字了吧？那玩意兒不是賠率，還能是啥？」

「賠率……」

聽他這麼一說，就覺得一點都沒說錯。接在預告對戰者名稱後面的1.57跟3.22這些數字，確實只可能是下注的賠率。

也就是說，這是拿超頻連線者之間的「對戰」來賭博的地方。

「……到、到底是拿什麼來下注？該該該不會是超頻點數？」

春雪以沙啞的嗓音這麼一問，矮人就重重哼了一聲：

「你白癡啊，要是讓他們賭點數，那些賭昏頭的蠢材肯定會陷得太深，最後一個個輸到被強制移除。賭金當然是現實中的錢，這還用說嗎？」

「現、現實中的錢……」

這也一樣很危險，不，應該說私營賭博根本完全違法。看到春雪驚訝得一張嘴時開時閉，賽程安排人突然滿臉堆笑：

「你知道這個豹頭大姊在這裡賺了多少錢嗎？」

「不要說這種容易讓人誤會的話。我只賺過參戰費，從來沒有賭過。而且就算打贏，一場也只有五百圓，比打工的時薪還低得多了。」

「……五、五百圓……」

春雪一聽之下，又茫然地自言自語，矮人聽了後愉悅地嘻嘻笑：

「說穿了就這麼回事，一場比賽的賭金上限是三百圓，憑國高中生的零用錢，頂多就是這樣了。」

「……原、原來如此……」

春雪總算稍微鬆了口氣，但聽了Blood Leopard說的話，又立刻緊張起來。

「招呼就到這裡，切入正題。」

「妳還是一樣性急啊。既然不打也不賭，那妳來做什麼？」

「今天我是來見身為情報販子的你。我想知道『區域網路鬧事分子』……也就是那個明明有連上網路，卻可以阻隔對戰名單搜尋的超頻連線者相關情報。」

對方的反應非常明顯。

一聽完Pard小姐的問題，矮人立刻面露兇光，迅速往吧台左右一掃。確定聽得到說話聲音的範圍內沒有其他使用者之後，才壓低聲音說道：

「……阻隔名單搜尋的事妳是從哪裡聽來的？現在外頭的傳聞應該沒有這麼詳細。」

這次換Blood Leopard皺起了豹頭上的眉毛說：

「是我在問問題。」

「唔……也對。這件事的相關情報我不收妳錢，告訴我妳知道的部分。」

「K，可以說的我就會說。」

賽程安排人哼一聲點點頭，上半身探出吧台，從鬍子下發出低吼似的聲音開始說起：

「……有超頻連線者可以阻隔對戰名單搜尋……這正是在水面下動搖這整個秋葉原ＢＧ的大問題。」

矮人對第一次來到這裡的春雪這麼說：

年輕人，你聽好了。

秋葉原ＢＧ是個只能從「QUADTOWER」遊樂場連上的區域網路。如果超頻連線者想參加這裡的下注比賽，就得先來到這個酒館，在吧台登記為選手。接著系統就會考慮等級跟相剋，挑出適合的對手，並在酒館正中央的螢幕上顯示比賽開始時間跟賠率。

如果有人想下注，就得在截止時間之前，將上限三百圓的金額押在其中一方。剩下就是由其中一方的選手在比賽時間即將來臨時加速，從對戰名單點選對手來開始「對戰」。基本的運作方式就只有這樣，簡單吧？

這個區域網路裡最重要的規則，就是除非雙方皆為已排進賽程的選手，否則不能在這裡進行「對戰」。要是有人觸犯這條規矩，擅自找賭客或選手對戰，就會有實力堅強的保鏢出手——當然是透過對戰——把他從這個區域網路轟出去。這裡是連支配秋葉原的「黃之王」都不能染指的對戰聖地。

「可是啊——」

賽程安排人先拿起不知不覺間出現在吧台上的平底杯，啜了一口杯中液體後繼續說：

「大概一個禮拜前，跑來一個不知好歹的傢伙，在預告比賽就要開始時，找了其中一個對戰者對戰。凡是進來秋葉原ＢＧ的人，第一次登入時都會自動分配一組ＩＤ，所以我們的保鏢打算抓準這小子隔天大搖大擺跑進來的瞬間加速教訓他一頓，沒想到這小子明明就有連上區域網路……對戰名單上卻沒出現名字。」

「……！」

春雪倒抽一口氣。

賽程安排人所說的情形，就跟梅鄉國中校內網路中所發生的狀況一模一樣。

矮人喝乾杯中的琥珀色液體，將平底杯重重砸在吧台的鐵板上：

「當天那小子又跑來亂了一場比賽，打掛選手之後還好整以暇地登出。隔天又來，再隔天又來。目前我們對選手跟客人的說法是比賽登錄系統故障，但這個解釋也快撐不下去了，畢竟『區域網路鬧事分子』的傳聞已經傳開了。若繼續放任這小子作亂，整個秋葉原ＢＧ都會經營不下去。」

春雪先吞了口口水，才戰戰兢兢地問道：

「請、請問……這個不會出現在名單上的超頻連線者名字叫做……？」

矮人忿忿不平地說出了一個名字──

「『Rust Jigsaw』。」

——是另一個人。

春雪不由得鬆了口氣，但又覺得另有一個這樣的人也是問題，因為這就表示像能美那樣可以阻隔對戰名單搜尋的超頻連線者不只一個。對BRAIN BURST系統來說，這樣的特權實在太大了。

賽程安排人也說出了同樣的擔憂：

「『不能自由選擇對戰對象』是加速世界的大原則，畢竟就算想只挑好對付的對象來打，也不知道對方什麼時候會出現。在等對方出現的過程裡，也可能反而會被自己不擅長對付的傢伙找去對戰。因此每個超頻連線者都會拚命努力，想加強自己拿手的招式，或是克服自己的弱點。」

「……你說得對極了。」

「可是『Rust Jigsaw』卻利用秋葉原BG的系統，自由挑選對戰對手。只要看一眼那個螢幕，馬上就知道哪個超頻連線者會在幾點幾分上線，接下來只要挑選自己肯定打得贏的對手，在比賽即將開始時插隊就行了。這傢伙光是透過在這裡進行的對戰，就已經賺了一百點以上。不光是站在賽程安排人的立場……我身為一個超頻連線者，也同樣不能容許這種事情發生。」

矮人苦悶地說完，就從圓眼鏡下依序瞪了春雪跟Blood Leopard一眼：

「我要說的已經說完了。好了，現在換你們。知道『Rust Jigsaw』可以阻隔對戰名單搜尋的人，應該只有我跟我們這裡的保鏢，你們到底是從哪裡聽到這消息的？」

春雪抬頭往左邊的Pard小姐一瞥，接著吞吞吐吐地動起了蜥蜴虛擬角色的嘴：

「……這個，其實跟這裡無關。我平常有在連的一個區域網路上，就出現了另一個有著完全相同能耐的超頻連線者……所以我才想說秋葉原裡應該有人知道一些情報……」

「你說什麼？同時期還有另一個……？這可不能聽過就算啊……」

矮人先沉吟幾聲，接著理所當然地問起：

「你說的區域網路是哪裡？」

「對、對不起，這跟我現實中的身分有關……」

「你說什麼？那不是變成幾乎只有我在透露情報了嗎？」

——就在這時。

Pard小姐終於悄悄出聲了：

「賽程安排人，你說的Rust Jigsaw等級跟類型是？」

「嗯唔？等級是6，跟妳一樣，顏色也是名符其實的鐵鏽(Rust)色，這點也跟妳很像，不過戰鬥方式不同。那傢伙擅長保持中遠距離應戰，專門獵殺近戰型的人，老實說以近戰為主的妳打起來會很辛苦。」

……Pard小姐是近戰型？參加紅色軍團，名字裡也有個偏紅的血(Blood)字，卻屬於近戰型？

不過春雪的疑問，一聽見Blood Leopard接下來的話便拋到九霄雲外了。

「K，那情報費我用另一種方式來付。我跟他登記成雙人組選手，為我們安排一組遠戰型的團隊當對手。然後只要把其他比賽全部取消，沒有其他對手可以攻擊的Rust Jigsaw應該就會挑我們當今天的獵物。」

「……妳、妳、妳說什麼？」

矮人一臉狐疑，望向差點從高腳椅摔下趕忙抓著吧台穩住的春雪說道：

「……豹，妳要當誘餌，名頭確實夠響亮……可是話說回來，這個新來的小子到底是什麼人，又是哪裡來的？」

Pard小姐聽了後露出輕描淡寫卻又實在的笑意，朝矮人耳邊輕聲說道：

「搞不好比我更有名，他就是復活的黑暗星雲軍團旗下的『銀鴉』。」

咻。

這低沉的聲音，是賽程安排人吹響的口哨。

春雪跟Blood Leopard各自打開自己的BRAIN BURST選單，互相登錄為雙人搭檔。這樣一來只要有人找他們之中的一個對戰，兩人都會自動連上對戰場地。

超頻連線者是否有設定成雙人組，可以從對戰名單上看到，單人還是可以挑戰雙人組，但相反的情形當然行不通，雙人組不能去挑戰單人玩家。

「Blood Leopard」跟「Silver Crow」的名字以團隊形式出現在酒館中央的大型螢幕時，整層樓瞬間掀起了一陣交頭接耳的聲浪。到處都傳出了「喂，日珥的『豹』要下場耶！」不然就是「為什麼她會跟NN（Nega Nebulus）的『鴉』搭檔？」之類的聲音，賠率的數字立刻開始變動。

兩人從吧台移動到昏暗的餐桌席位。在等待比賽開始的期間，春雪決定先解決幾個疑問：

「……請問，為什麼要組成搭檔？我們要找的Rust Jigsaw是單獨行動，應該不會找雙人組出手吧……？」

「未必。」

Pard小姐先以雞尾酒杯輕觸豹嘴，接著搖搖頭說：

「等級差距是以雙人組的合計而非平均來計算，所以他以單人來挑戰的情形下，就算輸了也扣不了幾點，贏了就可以拿到很多點。看樣子Rust Jigsaw對點數很執著，所以他很可能會覺得我們這組獵物好賺。畢竟我是出名的近戰型，而聽來Jigsaw又正好擅長獵殺近戰型，戰術上對方並非不利。而且……」

說到這裡，她金色的眼睛望向春雪，沉默一陣子後才繼續說：

「……而且你似乎飛不起來的傳聞也已經傳得很開了。要是Rust Jigsaw知道，跑來挑戰的可能性就會更高。」

哪怕只有一瞬間，看到Blood Leopard對自己失去翅膀一事表示擔心，仍然讓春雪覺得既難受又欣慰，趕忙找話來說：

「這樣啊……只要能瞬殺我，接下來就可以跟妳正常單挑了。」

Pard小姐微微點頭，再次將酒杯送到嘴邊，春雪也有樣學樣，喝了一口虛擬的雞尾酒，接著一邊為那奇妙的滋味皺起眉頭一邊思考。

就算這個Rust Jigsaw跟Dusk Taker有關，已經知道Silver Crow的個人資料，照理說也不會因此而產生戒心。畢竟Dusk Taker就是搶走Silver Crow而導致他戰力降低的元凶。

春雪看離比賽開始還有段時間，提出了下一個疑問：

「還有……這其實是比對戰更基本的事……雖然Rust Jigsaw可以不出現在對戰名單上，但既然有連上這個區域網路，也就表示他人待在現實世界裡的『QUADTOWER』之中對吧？」

「對。」

「那麼，有辦法找出他的本體嗎？」

Pard小姐聽了就聳聳穿著皮衣的肩膀說：

「這裡從地下一樓到三樓都是遊樂場，四樓到六樓是沉潛咖啡廳。這個時間應該有多達幾百個客人待在裡頭，人口密度很高，很難篩選出來……不過……」

「不、不過？」

「也許還是有辦法。」

「什、什麼樣的辦法？」

「晚點再跟你說，更重要的是……」

Pard小姐動了動跟春雪並肩坐在沙發椅上的身體，將嘴湊在蜥蜴型虛擬角色的耳邊，以其他沉潛者絕對聽不見的極小音量悄悄說了一句話：

「除非敵人先用，否則千萬不能動用『心念系統』。」

春雪全身一縮，點了點頭，但還是忍不住多問了一句：

「好……好的，這點紅之王也吩咐過。可是……可是這是為什麼？我也知道那力量太強，只有一方在用確實很不公平，可是如果是對付觸犯BRAIN BURST規則的傢伙……」

「不。不是為了對方，是為你好。」

「咦……？」

——這麼說來，仁子似乎也說過一樣的話。正當春雪想到這裡……

Pard小姐將身體湊得更近，於極近距離看著春雪的眼睛輕聲說道：

「『心念』的力量來自心中的洞。從裡面抽出力量時，你自己也會慢慢被拉進洞裡。等到有一天拔河拔輸了，你就會被洞底的黑暗吞噬。」

「黑、黑暗……？」

「跟你打過的『災禍之鎧』，就是初代Chrome Disaster失控的心念塑造出來的。正因為知道這件事，幾年來諸王才會一直隱瞞心念系統的存在。」

「……！」

春雪再度全身僵硬。

心念的產生，靠的是以絕對性缺損為根源的願望——紅之王仁子確實也說過這句話，說一定要正視自己的精神創傷，才有辦法學會心念。

「……可是……」

春雪有一句沒一句地說著，彷彿不是在跟Blood Leopard對話，而是要說給自己聽：

「最先教我學會心念的人曾經說過，心念是來自『願望』的力量，精神創傷跟『希望』是一體兩面。」

聽到這幾句話，深紅色的豹就夾雜著嘆氣聲悄悄回答：

「……我也覺得這個說法同樣有他真實的一面。可是就像BRAIN BURST一樣，心念系統也是一體兩面的存在。『希望』的另一面是『絕望』，既然要追求那種力量，就一定會失去某些事物做為代價，我想就連你的師父也不例外。」

春雪腦海中瞬間浮現出Sky Raker坐在銀色輪椅上的身影，以及她那再也不會恢復的雙腳。

春雪用力地眨動虛擬角色的雙眼，說出一番誠摯的話語：

「……就算如此，我還是想要相信『心念』……相信『願望』的力量。不……應該說想相信曾經拯救我的BRAIN BURST。」

「……」

Blood Leopard難得欲言又止，卻又很長一段時間沒有說話。

過了一會兒，她剽悍的眼角一鬆，嘴湊在春雪的耳邊輕聲說道：

「原來如此，Rain說得沒錯，你……也許加速世界得由你來……」

但這句話他卻沒能聽到最後。

比螢幕上預告的正規比賽時間還早一分鐘以上，清脆的雷聲就敲響了春雪的聽覺，接著宣告挑戰者出現的文字列就在整個視野中熊熊燃燒。

7

春雪變成對戰虛擬角色「Silver Crow」後，落到突出於大樓屋頂的水塔上。

周圍的街道就跟沉潛進來以前看到的風景一樣，有無數霓虹燈在其中點綴。地上多不勝數的燈光與雷射投影，照亮了夜空中低垂的雲。掛著巨大閃亮廣告看板的飛船從頭上經過，街上到處都在播放由奇怪語言構成的廣告影片。

但這裡當然不是現實世界當中的秋葉原，而是根據公共攝影機拍到的畫面重新建構出來的3D空間，屬性是「鬧區」。

春雪立刻蹲低，先檢查視野上方的HP計量表。

他的計量表在左上，下面一點的地方則以較小比例顯示雙人組搭檔Blood Leopard的計量表。

而在右上方發光的計量表，則果然不出他們的安排，顯示出「Rust Jigsaw」的名字。春雪在銀色面罩下屏氣凝神，瞪著浮現在視野正中央的一個藍色小游標，照理說敵人應該就位於游標所指的方向。也不知道運氣是好還是壞，鬧區場地就跟世紀末場地一樣，禁止進入建築物內，所以系統會幫本來位於建築物內的各個虛擬角色拉開距離，再重新安排位置。

好了，得先跟Pard小姐會合——

才剛想到這裡，背後就傳來一個小小的說話聲，讓春雪打了個冷顫回頭。

「K，上鉤了。」

別說腳步聲，甚至沒感覺到任何氣息，這個又高又瘦的虛擬角色便已靜悄悄地站到春雪背後了。

她的外型就跟在酒館用的豹頭騎士十分類似，但現在覆蓋她全身的並非連身皮衣，而是沒有光澤的暗紅裝甲。面罩有著砲彈狀的尖頭外型，後端左右又有狀似耳朵的突起，看起來確實有點像貓科猛獸。

那苗條修長的輪廓裡，最引人注目的就是結實的大腿。這位「日珥」旗下的6級超頻連線者「Blood Leopard」讓她那顯然十分敏捷的對戰用虛擬體在春雪身旁蹲下，繼續小聲說話：

「我跟你是近戰型，相對的敵人則是中遠距離型。對方應該會先以長程攻擊逼我們分開，再從你開始料理。所以你不要勉強想反擊，專心顧好別跟我分開。」

「……了、了解。」

就在春雪點頭的半秒後。

嗤一聲刺耳的振動聲響從游標方向急速接近，讓春雪反射性地跳開，Leopard則跳得比他遠上許多。

短暫的延遲後，先前他所站的水塔一分為二，大量的水在屋頂上擴散。春雪小心避開積水，一路跑到遠方背貼在煙囪上的隊友身旁。

「剛剛應該就是這傢伙的遠程攻擊『輪鋸（Wheel Saw）』。」

聽到她的快嘴解說，春雪一邊回想事先從賽程安排人口中聽到的Rust Jigsaw能力情報，也盡可能以最快速度回答：

「就是將線鋸捲成輪狀丟出的招式對吧？可是這麼暗，根本看不到輪鋸本體啊。」

「只能聽聲反應了。看樣子這招不能連發，躲過下次攻擊後就一口氣縮短距離。」

「K、K。」

春雪還來不及點頭，嗤嗤聲已經再度逼近。

他看清……不，應該說聽清楚聲音來源，往右前方一跳。一個極細的環從他左側掠過，背後的煙囪斷裂倒塌。

但春雪毫不回頭，拚命跟上跑在自己前方不遠處的Blood Leopard。

深紅豹型虛擬角色的速度果然非比尋常，那動作已經不像奔跑，反而比較接近跳躍。她三兩步就跑到大樓邊緣——接著毫不猶豫地縱身一跳。

從他們所在處到對面大樓之間隔著一條很寬的道路，距離明顯超過二十公尺，深紅豹卻輕巧地躍過這條有著霓虹燈光點綴的空隙。

……我也跳得過嗎？

──不要猶豫，跳就對了！

春雪將這一瞬間的思考灌注在右腳，同樣全力一蹬。空氣在他耳邊咻咻作響，對面大樓的屋頂迅速逼近。

春雪的腳所捕捉到的位置，離水泥屋頂邊緣只有十公分左右。但他沒有時間喘息，因為敵人就在隔壁大樓的屋頂上。周圍燈光照出一個外觀呈鏽紅色的直線輪廓。

──Rust Jigsaw！

春雪在心中大喊。

──你是能美的……Dusk Taker的同夥嗎？你也是用同樣的手段來阻隔搜尋嗎？這秘密到底是什麼？

Rust Jigsaw彷彿在嘲笑春雪的焦慮，大大攤開雙手，接著輕巧地轉過身去，以出人意表的高速退往另一棟大樓。

「……別想跑！」

春雪低聲一喊，猛然往前衝刺。哪怕沒有翅膀，他在速度上也不可能輸給遠攻型……

「停。」

要不是聽到這尖銳的聲音而稍微放慢速度，也許春雪已經腦袋搬家。

他喉頭忽然受到一陣猛烈的衝擊，感覺有種很細的物體陷了進去。接著嗡的振動湧向咽喉，橘色火花有如鮮血般飛濺，ＨＰ計量表與頸部裝甲同時被削掉一段。

「嗚……」

春雪咬緊牙關，全力後仰上身，逃開了陷進脖子的物體。往後倒下之際，他看得清清楚楚，空中──也就是幾秒前Rust Jigsaw雙手一攤的位置，有條極細的線水平浮著。是線鋸。

Blood Leopard才伸手用力拉起滾倒在屋頂上的Silver Crow，遠方飛來的圓鋸就切開了他剛剛躺著的地方。

「幸虧你是金屬色的。」

「對……對不起，我忘了……剛剛那下就是對方的另一招……」

「『定位鋸（Still Saw）』，一種將線鋸固定在空中的招式。」

Leopard瞇起尖形面罩下的金色眼睛，繼續說道：

「以固定線鋸阻擋對手逼近，再用圓鋸持續進行遠程攻擊，確實是近戰型的天敵啊。」

「……怎、怎麼辦？」

豹稍加思考後說道：

「必殺技計量表給我。」

春雪還來不及反應，她就張大了面罩下方的嘴，利牙一口咬上Silver Crow的肩膀。

「嗚？」

春雪差點發出哀嚎，不過看到接著發生的現象便震驚得說不出話來。Silver Crow先前因傷累積到三成左右的必殺技計量表正迅速削減，Blood Leopard的計量表則以同樣速度增加中。

豹搶完計量表後，放開嘴大喊：

「『變形（Shape Change）』！」

雙手按上水泥地的虛擬角色，瞬間發出深紅色的光芒——

霎時，她從「手腳撐地的人」變成「以四腳步行的野獸」。背部延伸得更長，肩膀也雄壯地隆起，後腳更是彎成蘊含了巨大力量的Z字形。

「……這、這……」

Blood Leopard以特效變得更重的嗓音，對連續震驚了三次的春雪說道：

「上來。」

不管怎麼說，他唯一確定的就是如果現在繼續發呆，一定又會被咬。春雪跳到巨大的豹背上，豹吼了一聲放低姿勢，往旁邊一跳閃過再度飛來的「輪鋸」，緊接著筆直跳向映著霓虹燈光芒的夜空。

「……嗚！」

這衝刺絕非一個快字就能形容，讓春雪忍不住從喉頭悶哼一聲。

一蹬的距離肯定有十公尺，無數燈火化為細細的光軌從視野兩旁流過。

轉眼間，Rust Jigsaw奔跑的身影便從隔了幾棟的大樓屋頂現形。他一邊奔跑，一邊重複做出迅速轉身並雙手外分的動作。照理說他做出這個動作的位置，應該都會有致命的固定線鋸留在原地，但以這樣的速度移動，根本什麼也看不見——

春雪才剛擔心起這個問題，豹就往右前方用力一跳。

她以四肢在打著探照燈的廣告看板後方落地，又往左方一跳，踢倒落地處的霓虹燈塔，接著再度往右跳躍。她以鋸齒狀的大跳躍行進，避開設有「定位鋸」的空間，逐步而確實地拉近跟筆直奔跑的敵人之間的距離。

就在只差三次，不，只差兩次跳躍就能趕上的時候，轉過身來的Rust Jigsaw卻做出了跟先前不同的動作。

他以右手在空中劃了個大圈，接著筆直朝春雪一甩。

嗤的一聲振動響起，「輪鋸」來了。然而Blood Leopard正處於跳躍的軌道上，根本沒辦法進行閃避——

「交給你了。」

聽到身體下方傳來這句話，春雪反射性地回答：「K。」

輪鋸確實有著壓倒性的切斷力，但仍有死角存在。如果說輪鋸是由先前差點鋸下春雪首級的線鋸彎成輪狀而成，那麼內側應該沒有鋸齒。而最重要的是，這種攻擊遠比槍彈要慢。

當然如果沒有看到投射的動作，他多半無從判斷時機。但春雪的雙眼卻在極為驚險的間距，捕捉到了細線劃過原色夜景的畫面。就在這條細線即將碰到Blood Leopard右肩時——春雪毅然將右手伸向輪鋸的內側。

鏗一聲尖銳的聲音響起，他的指尖冒出了火花。但Silver Crow纖細的手指沒被切斷，反而鉤住直徑有五十公分的輪鋸，並改變了飛行軌道使其往背後飛去。絕招被春雪從萬無一失的距離破解，讓Rust Jigsaw微微露出動搖的模樣。

「GJ。」

Blood Leopard留下這句話，做了最後一次跳躍。

往正要攤開手在空中設下線鋸的Rust Jigsaw正面撲去——

張得極開的下顎深深咬進了他的肩膀。

猛烈的衝擊將春雪從Blood Leopard背上拋了出去，坐倒在地的他也不起身，就這樣茫然看著眼前的獵殺戲碼。

「嗚……」

彷彿由鐵架組成的虛擬角色Rust Jigsaw悶哼一聲，拚命用左拳胡亂毆打撲到自己身上的深紅豹。然而深深陷進他右肩的巨大牙齒卻像老虎鉗一樣緊咬不放。

如果Jigsaw是近戰型，也許還有辦法扭轉局勢。每當他的拳擊打中，Leopard的ＨＰ橫條都有減少，但Jigsaw的ＨＰ卻以更快的速度不斷消耗。他被咬住的肩膀週期性迸出代表傷害的紅色特效火花，看上去就像真正的血。即使Jigsaw想強行翻身逃過利牙，Leopard也不打算放過他，立刻又撲過去咬向同樣部位。

就在他受到不知道第幾次的撕咬攻擊後——

「嗚……嗚啊！」

Rust Jigsaw的面罩下迸出一聲痛苦不堪的慘叫。

令人不舒服的金屬聲同時響起，Jigsaw的右手被連肩扯下，滾落在地。部位缺損的傷害，讓他剩下的ＨＰ計量表當場消失無蹤。隨著耳熟的玻璃碎裂特效聲響起，Rust Jigsaw的虛擬身體化為無數碎片爆炸飛散。直到一串寫著【YOU WIN!】的火焰文字在視野中央熊熊燃燒，春雪還是站不起來。

……太強了！

春雪發麻的腦袋裡就只轉著這個念頭。單靠一下撕咬就屠戮敵人的巨豹倏地抬起頭來，以金色雙眼看著春雪，說了一句話：

「GG（Good Game）。」

接著加速就此結束。

歷經一瞬間的暈眩，全身感覺恢復之後，春雪霎時間還想不起現實中的自己人在哪裡、在做什麼。

也因此，他根本無法推測自己即將睜開眼睛之際，臉上那種軟綿綿又有彈性的觸感到底是什麼。全身僵硬的他反射性再次閉上雙眼思考，卻有人扯他的衣領，還聽見兩個字：

「起來。」

他立刻從單人隔間中的坐臥兩用沙發椅上跳起，這裡當然是位於QUADTOWER的沉潛咖啡廳。BRAIN BURST預設為一旦對戰結束，完全沉潛的狀態就會跟加速一起解除，因此他們沒有先回到秋葉原ＢＧ的酒館，而是直接回到現實世界。

同樣坐在椅子上沉潛的女僕裝女性已經起身，打開了隔間的鎖。她一開門就探出頭去，迅速往左右查探。

滿懷疑惑的春雪跳下座位，但聽到她的下一句話便全身一慄。

「我們出店去，現在也許可以篩選出來。」

篩選？篩選什麼──那還用說，當然是篩選出Rust Jigsaw的現實身分。

春雪先不去想做法為何，跟著女僕裝背上搖擺的辮子出去。

Blood Leopard邊留意四周，邊高速走向電梯按了往下的按鈕。她一走進電梯包廂，就小聲以極快速度說了一大串：

「我剛剛連續對Jigsaw的右邊脖子造成損傷。若被人長時間連續刺激同一個位置的痛覺，那麼就算登出超頻連線，短時間內還是會留下影響，我們就在入口附近找找看有沒有人露出馬腳。」

「……了、了解。」

真虧她想得出這麼可怕的標記方式，然而這或許真的是加速世界中唯一可以在敵人現實身體上標記的手段。

電梯到了一樓，春雪吞了口口水，從這群熱中於用街機對戰的少年少女之間走過。他以最小的動作讓視線左右掃動，但沒看到有誰顯得肩膀疼痛，每個人都盯著舊式的平面螢幕看得目不轉睛。

春雪跟Pard小姐就這麼走過整層樓，離開大樓走向人來人往的馬路。兩人對望一眼，接著無言地兵分兩路。

春雪沿著大道左側行進，將全身的神經集中在映入眼簾的數十名行人上。

一名女性作遊戲人物打扮在發投影傳單；三名年輕人站在路旁聊得起勁；一名男子提著五花八門的紙袋快步行走——

這些人潮後方有一名少年的背影，將春雪的視線吸了過去。

他頸子上有著沒配戴神經連結裝置而露出的白色曬痕。春雪心中一凜，凝神觀看，就看到他以左手用力按著脖子右側。

——就是他？

春雪加快腳步，追趕漸行漸遠的少年。少年身穿灰色棒球外套與褪色的牛仔褲，頭上帶了頂皮帽，底下露出暗咖啡色的頭髮。

少年低著頭，快步朝車站方向前進。他左手按著頸子，右手則彷彿想趕開人群似的在空中往旁一撥。

春雪回頭想叫Blood Leopard一聲，但在人牆的遮掩下，他根本找不到女僕裝的身影。無可奈何之下，只好轉回視線往前看，就在這一刻——

「請參考看看！」

隨著可愛的說話聲，有隻手掌伸到春雪眼前，擋住了他的去路。春雪嚇了一跳，抬頭就看到幫店家宣傳的大姊姊臉上掛滿了笑容。想來她應該是在發投影傳單，但沒有連上全球網路的春雪什麼都看不見。

春雪搖搖頭說聲對不起，從手掌底下鑽到前面去。然而……

「咦……奇怪……」

看不到，灰色的棒球外套背影已經消失無蹤。

春雪暗叫不妙，加快步伐拚命轉動視線，但少年或許已經彎過了轉角，不管走了多遠就是沒找到。春雪趕忙折回，仔細觀察左右的小巷，但還是沒有發現目標。

「嗚……」

他無奈地停下腳步，嫌他擋路的無數行人通過，但春雪對這些人的表情視而不見，心中只剩自責與悔恨苦澀地迴盪，懊惱不該跟丟了大費周章得來的線索。

「看到背影已經很成功了。」

會合後Blood Leopard這樣安慰他，但春雪仍然靠在大樓牆上，好一陣子抬不起頭來。

「……對不起，枉費Leopard小姐出了那麼多力……卻因為我……」

無論對戰還是之後的跟蹤都沒幫上忙，自我厭惡的情緒沉重地壓在他肩上。

接著有隻手放到春雪亂糟糟的頭上。

「你也出了很多力。」

「……咦……」

春雪不由得抬起頭來，這位先前一直擺著完美撲克臉的年長女性，唇邊露出淡淡笑意，輕聲說道：

「你很英勇……我會把你看到的背影特徵告訴賽程安排人。等下次Jigsaw來的時候，如果可以篩選出他的現實身分，也許之後就能靠監視行動揭開阻隔名單搜尋的秘密。一旦查出機制，我也會馬上通知你。」

「……好、好的……」

這樣一想就覺得總算留住了一線希望……不知道這樣是不是太樂觀了？

春雪這麼安慰自己，儘管多半還是很沒出息，但總算擠出了笑容回應。Pard小姐的手從春雪頭上移往肩膀，恢復原本的表情補充說明：

「Jigsaw今天一定不會再出現了，而且到這時間，小朋友也差不多該回家了。」

說別人是小朋友的Pard小姐，照理說頂多也只有高中二年級，但春雪還是不由得老實地點點頭說：

「好的。」

Blood Leopard聽了就以一貫的簡略語法，宣告當晚冒險行動的結束：

「K，回家。」

過了晚上八點，兩人離開益發熱鬧的電子街，騎上機車走原路朝西返回。

Pard小姐騎車還是一樣剽悍，轉眼之間就從目白大道回到環狀七號線上，還一路送春雪回到杉並區。

就在大約可以看到中央線高架道路的地方，春雪出聲請Leopard放自己下車。還了安全帽之後，他再次深深鞠躬道謝：

「那個……非常謝謝妳，真的……明明是其他軍團的問題，卻讓妳幫這麼多忙……」

Blood Leopard脫下安全帽，輕輕搖了搖頭說：

「秋葉原ＢＧ對我來說是個重要的地方，所以這也算是我的問題。而且……」

穿女僕裝的超頻連線者先頓了頓，撇開視線，接著以有些靦腆的表情說下去：

「……我一直很想正式跟你道謝。謝謝你在Chrome Disaster事件時保護Rain……保護我的『王』。」

「咦……」

「希望你今後也繼續跟她做朋友。」

Blood Leopard露出了相遇以來第一次的明確笑容，接著立刻戴上安全帽。馬達發出低吼，重型機車一百八十度掉頭，轉到對向車道上，以驚人的速度往北方離去。

春雪目送機車尾燈混入車流中，慢幾拍湧上的情緒讓他用力咬著嘴唇，再次深深鞠躬。

一回到沒人在的家裡，春雪就將書包丟到房間地板上，整個人往床上一倒。

——不知道拓武那邊怎麼樣了。

只是想歸想，他現在卻覺得連動動右手呼叫都費力。肉體與精神兩方面的疲勞一起爆發，沉重地壓在背上。

春雪就這麼在床上躺了一會兒，卻只覺得眼皮越來越重，於是用力搖搖頭起身。他現在不能睡，畢竟得趁對秋葉原那些事的記憶還比較鮮明時先跟拓武商量，而且今天的家庭作業也還沒動。

他先脫掉制服，順便沖個澡，用微波爐加熱冷凍海鮮焗飯，並利用等待微波的時間，將神經連結裝置連上全球網路，以語音呼叫聯絡拓武。

「嗨，小春。」

答話聲聽來一如往常，讓春雪先鬆了口氣。

「喲……還好嗎？到今天為止發生的事情都還記得嗎？」

春雪戰戰兢兢地以思考發聲這麼一問，就有一陣苦笑透過線路傳來。

「喂喂，我再怎麼說也沒有潛那麼久吧？不過倒也潛了整整一個禮拜就是了……」

「那、那麼，你順利學會心念了嗎……？」

「嗯～」

對面傳來短短的沉吟聲。

「紅之王是說離可以用在實戰的水準還差得遠啦，不過我好歹抓到了起頭。」

「這樣啊？畢竟你一向是完美主義者嘛。你可不要一個人偷偷地潛到無限制中立空間練上好幾年啊！」

鬆了口氣的春雪這麼說完，拓武也跟著笑了笑：

「我可沒這種力氣了。話說回來，你那邊情形如何？有查到什麼有關Dusk Taker阻隔名單搜尋的線索嗎？」

「你不知道，事情有了很意外的發展……」

春雪邊極力簡略跟Blood Leopard有關的部分，邊說出離開蛋糕店內那間電波屏障室之後所發生的一連串事情經過。儘管如此……

「……哼？原來我孤伶伶一個人修行的時候，你又跑去跟年紀比你大的女生約會啦？」

聽到拓武第一時間的反應，春雪趕忙抗辯：

「才、才不是那麼回事呢！而、而且你還不是一整個禮拜都跟仁子在一起……」

「很不巧的是，她說難得進來要去獵公敵賺點數，只有剛開始跟最後有來指導，其他時間都跑得不見人影。」

「這……這樣啊……」

春雪趁對談還沒發展到太奇怪的方向，強行拉回話題：

「不提這個，重點是阻隔名單搜索的機關。因為我搞砸而跟丟『Rust Jigsaw』本人，現在只能等『秋葉原ＢＧ』的管理員提供情報了。」

「對戰聖地啊……我是有聽過傳聞，原來真的有這種地下競技場啊？」

「不過賭金跟下場參戰的報酬都沒有那麼法外啦。」

「要不是處在這種狀況，我也想去玩玩啊……」

拓武頓了頓，接著送來了安慰的聲音：

「不管結果怎麼說，我覺得小春你已經做得很好了，辛苦了。剩下的部分，我們就期待那邊的管理員可以馬上查出機關所在吧。」

「這……說得也是，謝謝你。」

「你的傘我已經幫你拿回來了，那我們明天學校見。」

春雪切斷通訊，喘了口氣之後，拿出已經加熱完畢的焗飯來吃。

吃完並整理好桌子後，他就回房間開始做功課，卻沒辦法像往常那樣迅速集中精神解決。

他內心深處其實多少有在預期——不，應該說是期待——今天一天就破解能美阻隔名單搜尋的系統，明天立刻找他對戰，跟習得心念的拓武一起打得他體無完膚。

然而很遺憾，這種情形已經不可能發生了。每過一天，能美跟千百合扯上關係的時間就會增加。就算只是講上一句話，光想像那兩人有往來，都讓春雪十分難受。

他搖搖頭，試圖讓意識專注在眼前的投影視窗上，但就連辛辛苦苦翻譯英文的期間，仍然沒有擺脫心中沉重的負擔。

而事態的發展簡直像在嘲笑春雪的焦慮——

就在這一天，四月十七日傍晚，「Dusk Taker」與「Lime Bell」這對雙人組搭檔，正式在加速世界公開亮相。這件事春雪到了隔天才從拓武口中得知。

他們兩人並沒有在杉並區出場，而是跑去東京西部的對戰聖地新宿區踢館。Dusk Taker擁有「飛行能力」跟「遠距離火力」這種終極的能力組合，加上Lime Bell的「治癒能力」，讓這對雙人組名副其實地所向無敵，徹底擊潰了每一種類型的對戰者。

能美的戰法非常合理：他積極利用攻擊力較差的千百合作為誘餌，再以火焰放射來屠戮想要先解決她的敵人，有時甚至不惜讓搭檔也捲入範圍攻擊之中。這種冷酷的作風裡找不到任何死角，讓第一次跟他們對戰的超頻連線者全都束手無策地燃燒殆盡。

最後就連藍色軍團兩名主力成員組成的搭檔也戰敗，讓Dusk Taker的名號帶來了比半年前Silver Crow出現時更大的震撼，響徹了整個加速世界。

8

「勝……勝率百分之百？」

隔天，也就是十八日星期四的午休時間。

春雪在梅鄉國中屋頂的長椅上，發出了驚愕的喊聲：

「這話……不是比喻，是真的一次都沒輸過……？」

身旁的拓武點點頭，他從餐廳買來的三明治還放在膝蓋上沒動。

「對，我是從新宿區的朋友那邊聽來的。他似乎從能美跟小千第一次對戰起，就開始觀戰到最後，想來應該是真的……他說等Dusk Taker的計量表集夠，開始飛行之後，任何對戰虛擬角色遇到他都是束手無策。」

「……」

春雪茫然地盯著正要咬的漢堡好一會兒，才慢慢點頭說：

「……想來也是啊……近戰型根本就接近不了，遠戰型就算跟他用火力對轟，多半也打不下有治癒術士幫忙的Dusk Taker。」

「嗯——這麼說對小春你很不好意思，不過『飛行能力』本來應該是種強大到必須捨棄其他所有潛能才能體現的力量，可是能美卻透過奪取的方式，讓飛行能力跟遠攻能力並存。現在的他已經遠遠擺脫了『等級潛能比例守恆』原則，在戰術上也沒有死角……」

拓武半機械式地撕開三明治包裝膜，以沉重的嗓音補充說明：

「聽說昨天7、8級的高等級玩家都還只是觀望，要是他們出場，情形也許會很難說……不過如果連這樣的對手能美都打得贏，那事態就遠比我們想像中還要嚴重了。」

「這、這話怎麼說……？」

「……小春，我們內心深處應該多多少少都有這樣的想法：認為不管能美多強，只要軍團長……只要Black Lotus回來，一切就能解決；認為憑學姊的本事，必然可以將這種狀況一刀兩斷。可是……」

聽到拓武這麼說，春雪手中的漢堡差點掉了下去。他反射性地猛力一抓，也沒注意到擠出來的醬汁沾到手上，以沙啞的嗓音喊說：

「阿、阿拓，你是說她會輸？學姊會輸給能美？」

「我也不想考慮這種事！但能美是這麼打算，我們非得認清這點不可啊！」

春雪留意到拓武的手在微微顫抖。好友白皙的臉變得更加蒼白，掙扎著說道：

「沒錯……能美多半一開始就打這種主意，要趁軍團長不在的這一個禮拜逼得我們走投無路，掌握我們的把柄，湊齊足以對抗軍團長的牌。不，他要的不是對抗這麼簡單，那小子……打算拿下黑之王Black Lotus的人頭。」

「人……人頭……？」

「對──過去的我是因為黑之王只以偽裝用虛擬角色現身，不具有戰鬥力，才敢打這種主意。就連當時那種情形，我也只想多少拿到一些點數就好。可是能美不同。他肯定是想打倒以真面目現身的Black Lotus，統治這間學校……不，搞不好想搶下黑之王的寶座……」

春雪用力搖搖頭，彷彿想要甩開背脊上的寒意。

「不可能……學姊怎麼可能輸給那種、那種傢伙……」

對春雪來說，那個美麗的漆黑虛擬角色，是整個加速世界中唯一絕對性的存在。他一直相信無論對上什麼樣的超頻連線者，哪怕對手是其他「王」，她都不可能會輸。

要說這樣的「黑之王」會敗給能美那種犯規的「加速利用者」，根本就不可能。雖然不可能──

……要是我扯她後腿……

要是我這個被人放了病毒、偷拍影片，連翅膀都被搶走的笨蛋，害得她出手遲疑……

最糟糕的事態也許就會成真……

「──小春。」

拓武忽然用力抓住春雪肩膀。

「小春，不管能美到底有什麼意圖，我們該做的事都只有一件，那就是在星期六以前，竭盡我們一切所能。」

「你說竭盡我們所能……我們又能做什麼？只要那小子繼續阻隔對戰名單的搜尋，我們根本就束手無策啊。」

春雪無神地咕噥完這句話，臉用力皺成一團繼續說下去：

「不然你是說我們也該去新宿？我們兩個去挑戰能美，連小百一起幹掉嗎……？」

這次換拓武沉默了。

過了很長一段時間，他的手從春雪肩膀上拿開，閉起鏡片後的雙眼悄悄回答：

「——不要讓我……說這句話。」

「……抱歉。」

春雪同樣垂下頭，嘆口氣之後出聲道歉：

「實在不能把學姊跟小百放到天秤兩端去衡量啊……現在我們要有信心，相信秋葉原ＢＧ的人跟Blood Leopard會揭穿阻隔名單搜尋的秘密……」

這話已經不像是期待，比較接近抱佛腳，但他們已經無計可施也是事實。即使再跑一趟秋葉原，也只能在路上瞎撞而已。

春雪咬了一大口壓扁的漢堡，動著塞滿的嘴，抬頭凝視有些陰沉的天空。

撐完下午的兩堂課以後，春雪逃命似的快速離開氣氛冰冷的教室，接著換上外出鞋，全力衝出校外。

他以祈禱的心情將神經連結裝置連上全球網路，看看告訴Blood Leopard的匿名郵件信箱裡有沒有信……

「……還沒啊……」

儘管知道事情沒那麼簡單，春雪仍然感受到一股巨大的失望，變得垂頭喪氣。

後天，也就是星期六晚上，黑雪公主就要從沖繩回來。他明明衷心盼望這一瞬間快點來臨，然而希望她在安全的沖繩哪怕多留一天都好的心情也同樣強烈。

還剩四十八小時。他非得在這段時間裡看穿能美的祕密、刪除影片，同時奪回千百合不可。然而現在除了等待情報之外，他完全無能為力。

春雪忍受著灼熱的焦躁感，頭低得不能再低，就這麼獨自踏上回家的路。拓武終究不方便連續三天請假，所以今天去參加社團活動了。

在陰鬱的天空下，春雪踩著沉重腳步回到所住的公寓。進到大樓入口時他抬頭一看……

遠處一條通道盡頭的牆壁前，有個同樣穿著梅鄉國中制服的女生，站在電梯前面。

這個女生留著及肩短髮，斜背著運動提包。即使只看到背影，春雪仍然立刻認出了她——可是、為什麼、會在這種時間碰到？

千百合參加田徑社，每天都在操場上跑到學校快關門才回家。照理說她回家的時間，應該與一放學就回家的春雪差了兩小時以上，而從今天她在教室的模樣看來，也不像是感冒了。

等這個熟悉的背影消失在電梯中，門也關上之後，春雪才總算恍然大悟。

能美不讓她去參加社團活動。這是為了跟昨天一樣，從傍晚就到新宿去「對戰」；也為了用她的虛擬角色當誘餌去吸引敵人，並持續治療躲在空中應戰的Dusk Taker。

「……小百。」

春雪喃喃自語之餘，無意識地用力握緊雙拳，丹田深處湧起一股有如液態金屬般高溫高密度的情緒。他不知道這是什麼，但就在這股火熱情緒的驅使下衝到電梯前，門一打開就跳了上去。接著他任憑衝動驅使，一拳打在比自己家低了兩層的樓層——也就是二十一樓的按鈕。

他一出電梯，就飛奔至倉嶋家門前，接著毫不猶豫地按下眼前的門鈴，音效輕快地響起。

相信千百合也已經透過家用伺服器，知道來訪的人是春雪。

春雪就這麼堅決地等待，過了一會兒，鎖喀嚓一聲解除，大門應聲而開。

或許是伯母出去買東西了，站在玄關口墊高地板上的就是千百合本人。她已經脫下制服外套，鬆開的藍色絲帶從上衣領口垂下，看樣子衣服才換到一半。

千百合乍看之下頗為平靜的臉孔微微一歪，只說了一句話：

「……什麼事？」

「我來找妳談談。」

春雪立刻回答。其實他完全沒有演練過自己該說什麼話，但嘴卻全自動地發出聲音。

「……是嗎。」

千百合再次簡短地回答，轉身回到走廊。春雪吸了口氣走進玄關，脫下鞋子從後跟上。

半年前春雪就曾經在一股類似的衝動驅使下，來到千百合的房間。

當時，他是想透過直連，查清楚千百合是不是襲擊梅鄉國中校內網路的神秘超頻連線者「Cyan Pile」。

這次也同樣跟BRAIN BURST有關，但狀況看似相近，情勢卻大不相同。如今千百合確定是超頻連線者「Lime Bell」，而且至少在表面上是自願跟春雪他們敵對。

她咚一聲坐到床上，從房間裡無數大布偶型坐墊中撿起一個——多半是某種海洋生物——抱在膝蓋上，又說了一次：

「有什麼話要跟我說？」

春雪仍然站在房門附近，任憑一張嘴自顧自地說話：

「……妳社團請假了嗎？」

「嗯。」

春雪鼓起勇氣，牢牢盯住只做最低限度回答的千百合雙眼，繼續追問：

「是能美要妳這麼做？」

「……如果我說是呢？」

「是的話就別再這樣了，讓BRAIN BURST比現實還優先是不對的。」

一說到這裡，千百合的表情首次有了改變。她微微皺起眉頭，以尖銳的聲音回答：

「你在說你自己吧？小春你不管什麼時候，都只想著BRAIN BURST不是嗎？」

「才……才沒有。我又沒參加社團，而且也不曾為了它忘記做功課。」

「只是除此之外的時間全都砸了進去……」

千百合頓時住了口。

突然嘻嘻一笑：

「別說了，只不過是個遊戲，別那麼認真嘛。」

千百合的笑容看似開朗，但看在對她的臉遠比對自己的臉更熟的春雪眼裡，藏在表情下的些許生硬卻再明顯不過。然而千百合卻笑得更加開朗，用右手比了個V字形說：

「……我很厲害吧？光昨天一天我就連升了兩級。觀眾裡有人說像我這樣一天內從1級升到3級的例子，搞不好是BRAIN BURST史上最快，邀我進他們軍團的更是多到數不清呢。」

「……小百。」

春雪往前踏並喊了她一聲，那聲音聽起來彷彿有東西卡在喉嚨裡。

「我也只有這陣子會請假不參加社團，別在意。等練到單打表現也穩定下來，我就會放慢步調了。現在就連對戰的訣竅，我也已經……」

「小百！」

春雪半叫喊出聲，滿腔話語從他的喉嚨源源不絕湧出：

「小百，妳會聽能美的話，都是因為那段影片對吧？他是不是說他會對學校提出那段偷拍到我的影片？如果是這樣，妳根本不用理會！能美不敢動用那段影片，因為他也知道一旦動用那張牌，我就會把他的個人資料散佈給其他超頻連線者知道。那張牌……那段影片對我不管用，只能用來威脅妳啊，所以妳千萬別再理他了！」

——理智告訴春雪，這番話說了也是白搭。

一旦能美公開那段影片，春雪幾乎肯定會被退學，而且還會遭到逮捕。少年法庭審理後，甚至有可能判他進少年觀護所。

只要這個可能性確實存在，千百合多半就會一直聽命於能美。原因很簡單，因為她是千百合，是從小就隨時都想保護春雪的兒時玩伴。

「……」

千百合雙眼低垂，沉默了很長一段時間之後，再次微笑說道：

「不是這樣的，小春。我只是想要多賺點數趕快升級而已，之前我不也說過嗎？」

「這樣……這樣一點都不像妳啊！」

不知不覺間，春雪已經雙目含淚地大喊：

「都怪我，都是我不好！是我被能美耍得團團轉，還被他抓住這麼多把柄，要是連……連妳都被他搶走，我、我到底該怎麼辦才好……」

春雪無力地蹲在地板上，垂頭喪氣——

耳裡卻聽到了千百合同樣帶淚的說話聲。

春雪抬起頭一看，發現兒時玩伴曬黑的臉上仍然掛著笑容，卻流出了兩行細細的淚水。

「……小春，你不懂，你根本不了解我。」

「咦……」

「你明明……你明明什麼都不懂！」

千百合突然哭喊，做出了春雪意想不到的行動。

她以顫抖的手指，開始接連解開白色上衣的鈕釦。

就在看得倒吸一口氣，全身僵住不能動彈的春雪眼前，千百合猶豫了一瞬間，接著一口氣脫掉上衣。只穿著簡單款式內衣的上半身毫無遮掩，暴露在春雪的視野中。

幾天前，春雪被視野標記程式所騙而衝進女子淋浴室時，就曾經看過千百合一絲不掛的模樣，但不知道為什麼，現在眼前的身影卻有著遠比當時更巨大的意義，擊潰了春雪的意識。

「……我這樣，你總該懂了吧？」

千百合以顫抖的嗓音輕聲說道：

「就算加速世界的虛擬角色對能美唯命是從，現實世界的我就待在這裡……待在小春你想碰就碰得到的地方。這樣你還不懂？不懂我根本沒有被他搶走？」

千百合含淚卻閃耀著強烈意志的雙眼注視著春雪，一字一句彷彿恨不得刻下來似的說道：

「我是照自己的意志行動，以前是，以後也是。」

春雪——

還是不懂。

千百合是照千百合自己的意思在行動，這句話是什麼意思？是該照字面解釋，認為她是從超頻連線者的角度出發，認為投靠能美會比投靠春雪他們有利，所以為了拿到更多點數，才會跟那小子聯手？

這一刻，春雪體會到那股從大樓入口驅策自己來此的情緒，就叫做嫉妒。自己明明喜歡黑雪公主，希望拓武跟千百合的感情順利，但光想到千百合待在能美身邊，一股醜惡的情感便無窮無盡地從內心深處上湧。

但春雪拋開這些感情，只是深深低頭開口說道：

「……抱歉，請妳穿上衣服。」

他不懂千百合的用意。

但春雪決定相信她。千百合多半也在努力抗戰，想憑自己的力量克服逆境，唯有這點他非相信不可。要是聽她這麼說，卻還不肯相信她，那自己就再也沒有資格當她的朋友。

千百合始終不動，春雪刻意不看她，起身走向房門，最後以有力的聲音說：

「……我相信妳，所以也請妳相信我。我不會輸給能美那種人，被搶走的東西我絕對會全部奪回來。」

接著他打開門，大步走回自己的家。

春雪從自家客廳來到陽台，雙手放上欄杆，看著輪廓浮現在東方天空中的新宿副都心。以高度超過五百公尺的東京都廳為首的高樓群，在斜陽的照耀下閃閃發光。照理說就連現在這一瞬間，都有許多人忙著以那棟摩天大樓為舞台進行「對戰」。

Dusk Taker一步步增強戰力，威名遠播，自己卻只能眼睜睜地看著。

但這時絕對不能放棄，春雪用力握緊欄杆喃喃說道：

「……我還有事可以做。」

那就是思考。

針對所有情報仔細審核、評估跟推測。

無論掠奪者的能耐有多大，這種武器他絕對搶不走。春雪連制服也不脫，便吹著二十三樓呼嘯的冷風，開始仔細回想事情的開端——也就是從八天前能美征二入學以來發生的所有事情。

這一天，Dusk Taker出現在澀谷而非新宿，這件事春雪一直到了深夜，才從拓武口中得知。然而即使區域不同，進行的事情卻跟昨天一模一樣。能美湊齊了「飛行」、「治癒」、「超火力」這幾張已知範圍內最強的牌，中等級的超頻連線者根本沒有人能在第一次遇到這樣的敵手時，就找出有效的對策。

這對雙人搭檔接連兩天寫下全勝記錄，再度取得大量的點數，結果Dusk Taker升上6級，Lime Bell也達到了4級。

這已經超脫了「對戰」的範疇。

而是一種對既有加速世界的「侵略」。

當澀谷的天空被戰火染紅的當下，春雪仍然靠在陽台的欄杆上不動，不斷地思考。記憶已經重播完星期二跟能美的死鬥，正要進展到昨天在秋葉原發生的那一幕。

神秘超頻連線者「Rust Jigsaw」的所作所為，同樣是一種對既有系統的侵略。這人運用阻隔名單搜尋的特權，在區域網路秋葉原ＢＧ之內賺取點數上的暴利。

既然如此，認為Rust Jigsaw跟Dusk Taker之間有某種關連，也不能說是牽強附會，至少他們阻隔名單搜尋的機制很可能一樣，因此跟丟Rust Jigsaw讓春雪怎麼想怎麼懊惱。

他再次品嚐這份從昨天以來就不知咀嚼了多少次的苦澀，從腦中喚出曾閃過自己眼前的那個背影。

對方身穿灰色的棒球外套，脖子上清楚地留下白色的神經連結裝置曬痕。一副十分疼痛的模樣，一邊用左手揉著右肩，一邊快步離去。

即將從春雪視野中消失之際，少年彷彿嫌面前的行人擋路，右手很快地往旁邊一撥——

記憶的重播在這個場面暫停了。

接著倒轉幾格。

少年右手手指伸直，在大約跟自己胸部同高的空間迅速地往右一劃。

為什麼這個場面如此令人在意？

春雪雙手握緊陽台的欄杆，絞盡所有的思考力。玩解謎遊戲找到通往解答的線索時，腦中那種微微的觸電感，正斷斷續續地湧起。

想清楚、想清楚啊！

春雪一次又一次地播放少年的背影，自己也無意識中開始做起同樣的動作。

舉起右手，迅速往右一劃。

神奇的是，他覺得自己的手臂也很熟悉這個動作。

右手迅速一劃。右手劃過去。劃過去。

這——這恐怕不是用來趕開前面的人而做的手勢……

而是用來消除虛擬桌面上視窗的動作？

當時少年並沒有配戴神經連結裝置。那他是配掛了某種視網膜投射型的可穿戴裝置嗎？

不，根據記憶裡的畫面，他身上並不存在任何這類器材。

沒有神經連結裝置，也沒有其他替代裝置，卻在看投影視窗？

……不可能。據春雪所知，現在還沒有開發出隱形眼鏡型極小螢幕這類的科技產品，應該也不存在可以植入眼球的裝置。

正當他心想也許是誤會，準備放棄這條思考路線時，過去能美征二說過的台詞卻忽然在腦海中甦醒。

『……學長是不是以為這世上除了神經連結裝置以外，就沒有其他攜帶型的電子產品了？』

這句話是指他設置在梅鄉國中更衣室前那台用來偷拍春雪的小型數位相機，僅此而已。那為何自己現在卻這麼在意這句話？

「裝置……神經連結裝置以外的裝置……」

春雪一邊摸著戴在自己脖子上的鋁銀色神經連結裝置，一邊喃喃自語。

神經連結裝置以外的虛擬實境器材的確存在。在春雪出生以前的二〇二〇年代，應該是在頭上配戴一頂巨大的頭盔。但當時的這種器材專供全感覺沉潛用，最早實際配備擴增實境(AR)功能，讓使用者能一邊在現實世界活動，一邊操作虛擬桌面的器材應該是神經連結裝置……

「……不對。」

春雪忽然皺起眉頭。

「不對，好像不是。記得最先實現ＡＲ的應該是……」

他停止自言自語，讓視線在空中亂飄。模糊的記憶中有個東西讓他覺得耿耿於懷。初期的頭盔型器材跟現在的神經連結裝置之間，應該還存在著另一種不同的裝置。

猶豫了一會兒後，春雪輕動手指，敲下虛擬桌面上的儲存裝置區圖示。

他在神經連結裝置本機記憶區裡無數的資料夾中不斷下潛，最後在一個極深極深的層級，看到了一個只寫著【Ｆ】字樣的資料夾。

Ｆ是父親(Father)的Ｆ。裡頭儲存著從多年前離家以來就不曾聯絡家裡的父親留下的所有相關資訊……不，應該說是回憶。裡面有少少幾張照片、幾個錄音檔、一些純文字備忘錄，還有一個在母親正準備從家用伺服器裡完全刪除之前複製過來的資料夾。那是父親工作相關的資料。

父親過去在一家中型的網路相關企業擔任業務員，幾乎完全不回家。即使偶爾放假在家，也只會將工作資料攤滿整個視野，除此之外什麼都不去看。

春雪想起了父親在伺服器裡留下的資料中，應該有類似虛擬實境裝置開發史之類的文件，於是拋開一股稍稍刺痛胸口的情緒，拚命地翻找資料夾。沒多久，他找到了想找的資料夾，於是打開來查看，並以手指捲動整理成年表形式的文字列。

最先實現全感覺沉潛技術的頭盔型虛擬實境器材，是在二〇二二年五月登場。

現行的神經連結裝置第一世代機種，則是在二〇三一年上市。

當視線被吸引到寫在這兩行之間的一行小字，看到裝置名稱的那一瞬間——

春雪心臟猛然一跳，呼吸跟著停住。他感覺全身皮膚急速變冷，猛力以雙手握住欄杆。

——怎麼會？怎麼可能？太離譜了。可是……

——有可能。只要用了這種器材，就可以不靠神經連結裝置而操作虛擬桌面，同時也可以不透過神經連結裝置而連上區域網路。

春雪嘴唇發顫，以沙啞到了極點的聲音，將這個字眼吐到空氣之中。

「……腦內……植入式晶片……」

Brain Implant Chip，縮寫為ＢＩＣ。

它在可穿戴式虛擬實境器材發展史上只存在過一段短暫的時間，可說是種異類。裝置本身就是種植入大腦表層跟硬膜之中的小型神經電子晶片。它透過將自我成長型的端子遍佈於大腦表面的知覺領域，讓使用者不需要配戴任何體外裝置，就可以顯示虛擬桌面等擴增實境資訊，甚至進行全感覺沉潛。從某些角度來看，可以說超越了神經連結裝置，乃是一種最極致的虛擬實境器材。

這種器材於二〇二九年上市，但短短數年之後，就被禁止在日本國內使用。理由是ＢＩＣ跟神經連結裝置不一樣，不但不能取下，甚至不能切斷電源。一旦受到惡意入侵，將會非常難以處置。

反之，一旦使用者懷抱惡意使用，就可以進行各式各樣的非法行為。最明顯的例子就是高中、大學的入學考，或是各種證照考試。當時還沒有神經連結裝置存在，原則上考試都禁止攜帶虛擬實境器材，但只要植入ＢＩＣ，背誦類的科目都可以輕鬆拿到滿分，畢竟這無異於帶了所有的辭典跟參考書應考。

因此全國各地都發生了多起雙親讓考生子女植入ＢＩＣ的案例，後來就連司法考試與國家公務員考試也都發生同樣的情形，逼得政府非得立法禁止ＢＩＣ的製造與使用不可。

沒錯──二〇四七年的現在，ＢＩＣ這種虛擬實境器材是違法的。

所以春雪在能美入學時，根本沒有考慮過這種可能性。現在他卻覺得除此之外，不會再有其他結論。ＢＩＣ雖然受到立法限制，禁止一般民眾使用，但仍然有繼續製造，以供專門用途使用，甚至還聽說過有醫院會幫忙植入非法買賣的黑市晶片。雖然他完全想不出國中生怎麼有辦法植入晶片，但能美的言行舉止確實讓人覺得他也許有辦法走後門。

能美征二／Dusk Taker──想來Rust Jigsaw多半也是如此──在大腦表層擁有第二具虛擬實境裝置。

能美並不是在連上梅鄉國中校內網路的同時，卻還阻隔住對戰名單的搜尋，而是從一開始就沒有將安裝了BRAIN BURST程式的神經連結裝置連上網路。

說穿了就是這麼回事。他的神經連結裝置平常是以離線方式運作，這樣一來就可以規避超頻連線者獲得「加速能力」這項特權而須背負的「不能避開對戰」的風險，卻又能透過ＢＩＣ來連上網路。

舉例來說，在劍道比賽跟拓武對打的時候，能美就用頭蓋骨內的ＢＩＣ連上校內網路，同時使用離線狀態的神經連結裝置來進行物理加速，不斷躲過拓武的竹刀。對戰名單上找不到他的名字也是理所當然。

只有一次例外，就是能美為了使用「加速」在社會科考試中獲得高分，因此以神經連結裝置來連上考試用程式的那一瞬間——

「原來……是這樣啊……」

春雪先揮手消掉佔滿整個視野的無數視窗，才擠出沙啞的聲音。

終於——終於找到了唯一的答案。

而且這項情報對能美征二來說非常致命。腦內是否植入BIC，可以透過X光掃瞄來辨識。一旦在能美腦中發現晶片，他在梅鄉國中的學籍肯定會被開除。

只要打出這張牌，就可以將能美拖到跟自己平等的地方——沒有特權的戰場。那麼接下來要做的事就只剩下一件，也就是跟他「對戰」，使盡全力跟他打——並且取勝。

春雪凝視著黃昏時的東京都心天空，此刻Dusk Taker應該正在其中飛翔吧？他吐出一句話，聲音有如扣下步槍扳機似的簡短有力：

「能美……這次真的該做個了斷了。」

9

四月十九日。

星期五。

離黑雪公主回東京只剩一天。這天的午休時間裡，春雪前往學生餐廳，橫越成排的長桌，筆直走向最裡面。

他的目標是交誼廳。除了只有二、三年級生可以使用的不成文規定之外，這裡的許多桌椅已成為部分委員會及強勢社團的專用座位，春雪從未於黑雪公主不在時踏進裡頭一步。

但唯有現在，他鼓足勇氣走過白色的大門，來到一張圓桌前。桌旁談笑吃著午餐的學生留意到春雪接近，抬起頭看他。

游泳社與壘球社的菁英分子對這個似乎來錯地方的學生投以訝異的目光，而春雪就在他們面前，對唯一一個仍然背對著他的小個子一年級生低聲說：

「能美，我有話要跟你說，麻煩你到我們第一次談話的那個地方一趟。」

接著不等對方回答就轉身離開。

中庭深處某片沒有公共攝影機的茂密樹林下，春雪在此等著能美，同時回想起第一次與那個一年級生交手的事。

這個長得像女生一樣可愛的學弟，以嘻皮笑臉的表情跟開朗的嗓音，對春雪宣告戰鬥已經結束。而他所言不虛，之後春雪越是掙扎，就越是惡化自身的處境。

動手要打能美，卻反而被他痛揍一頓之後用腳踐踏；在直連對戰之中被搶走了飛行能力；在無限制中立空間學會心念系統後再戰，眼看就要反敗為勝，卻又因為千百合出乎意料的攪局而吞下更慘痛的敗仗。

能美的攻擊還不只這樣，他在現實世界中散播春雪是偷拍犯的謠言，逼得春雪走投無路；在加速世界則利用翅膀跟千百合賺取大量的點數，甚至還提升了等級。

再這樣下去，難保不會應驗拓武的話，讓能美的最終目標黑之王Black Lotus陷入險境。

——可是……

到此為止了，能美。

背後有個踩到枯枝的腳步聲接近，春雪轉過身去。

對方從水橡樹樹幹後現身，春雪盯著那張天真卻又狡猾的笑臉——開口說道：

「遊戲結束了，能美征二……不，應該叫你Dusk Taker。」

「……你說什麼？」

能美臉上仍然掛著笑容，微微歪著頭說：

「也就是說，這次學長終於完全認輸了嗎？你打算棄權，求我不要再欺負你了？」

「……不，我是說我跟你的『鬥智（遊戲）』已經結束了。」

春雪低聲回答。他將所有力道灌注在兩眼，接下對方揶揄的視線。

能美的微笑逐漸淡去，厭煩地微微皺眉。

「……學長，你這人真是學不乖。我也知道你非常努力，不但練會小家子氣的心念招式，還去撿了那種沖天炮似的強化外裝。可是這些努力一點用都沒有，應該已經再明白不過了吧？你跟黛學長唯一能做的，就是在旁邊乾瞪眼，看著我打倒黑之王，支配學校……不，是支配整個杉並區。」

春雪用力搖頭，甩開這番如刀般冰冷的話語：

「沒這回事，我不會讓你稱心如意。」

說著他踏上一步——

以斬釘截鐵的嗓音宣告：

「你能不出現在對戰名單上的理由，在於你的腦袋裡有第二具虛擬實境器材，也就是……

違法的腦內植入式晶片。」

這一瞬間，能美表情的劇變印證了春雪的推測正確。

能美瞬間瞪大雙眼，接著又陰沉地瞇起，外露的牙齒咬得嘰嘰作響，鼻子上還皺起好幾條細紋。

「……」

能美完全沒有要說話的樣子，春雪乘勝追擊：

「要是你想否認，現在就馬上拿下你脖子上的神經連結裝置看看。我想就算拿下裝置，你顯示在我視野內的學籍標籤應該也不會消失。」

他當然可以說自己沒有義務這麼做，但兩人都很清楚死不承認沒有意義。一旦春雪匿名將這個疑點通知校方，能美就得在學校管理部職員的見證下，在醫院接受頭部掃瞄，而無論他多麼神通廣大，都不可能竄改檢查結果。這一來就證明能美在入學考中作弊，不但會受到退學處分，還必須接受癱瘓ＢＩＣ的處置。

這種傷害比起春雪被當成偷拍犯處置的下場，多半有過之而無不及。

能美毫不掩飾怒意地瞪著春雪，以沙啞的嗓音撂話：

「……本來以為你是隻豬，真沒想到你其實是隻老鼠啊。老是給我到處鑽來鑽去，亂嗅一通……」

「那你一開始就該毀了我，沒這麼做就是你的失誤。」

聽到春雪反唇相譏，能美逐漸收起憤怒的神色，再次露出輕蔑的笑容：

「算了，這點我就承認吧。那學長打算怎麼做？你希望我們兩個拿核彈對轟，拚個同歸於盡？我跟學長都退學，我被送去醫院，學長被關進少年觀護所，將來我們兩個還會在現實中受到攻擊，喪失BRAIN BURST……這就是學長選擇的結局嗎？」

「若有必要，我倒是不怕事情演變成這樣。」

春雪用力握緊冒冷汗的拳頭，說出他花了一晚想出來的了斷方法：

「——能美，你有我的影片，我有你的祕密，我們各自握有一張王牌。如果說除了用這些東西逼得我們兩個都在現實中身敗名裂以外，還有什麼方法能做個了斷……當然只剩『對戰』這條路，不是嗎？」

「對戰……？」

「沒錯，畢竟我跟你都是超頻連線者。你現在就別再用ＢＩＣ，改用神經連結裝置連上校內網路，而且要解除一天只能對戰一次的限制，跟我一直打下去，直到有一邊認輸，或是輸光超頻點數為止……只是我自己就算打到最後1點輸光，也不打算投降。」

——而且就算我輸了，接著還有拓武，以及黑雪公主學姊會跟你打。

相信能美也聽見了春雪在心中補上的這幾句話。

能美征二臉上再次短暫露出深沉的憤怒與焦躁：

「……對戰、超頻連線者，這兩個字眼我都討厭。不，應該說會認真講出這兩個字眼的精神最讓我討厭得不得了。不過……如果學長這麼希望，那也無可奈何。」

能美換回一貫的淺笑，背靠在水橡樹上，輕輕豎起一根手指說：

「既然如此，我這邊也有個提案。」

「……提案？」

「對。為了打光我跟學長其中一邊的點數，重複打上幾十場，甚至幾百場加速對戰，不覺得這樣很愚蠢嗎？而且就算其中一邊投降，又要怎麼保證那是真心的？」

「那你說該怎麼辦？」

「我們一次了結吧，就用有田學長最喜歡的『決鬥』。」

能美在臉上刻出悽厲的笑容說道：

「在無限制中立空間裡，有個方法可以在一次對戰裡賭上雙方的所有超頻點數。只要有兩名以上的對戰者把所有點數都灌進一件物品，活下來的一個就可以拿走全部點數。如何？學長不覺得這樣了斷比較聰明嗎？」

「……」

春雪凝視能美的笑容好幾秒，接著微微搖頭說：

「……說來遺憾，能美，我已經沒辦法相信你了，雖然我想你也不意外。要是在無限制中立空間打，就沒辦法排除你事先找好同夥埋伏在決鬥地點的可能性。」

能美聽了，一副無可奈何的模樣雙手一攤：

「我倒覺得我也有同樣的危險呢……那好，我就再多給學長兩道保障吧。首先，學長你可以帶Cyan Pile……黛學長來，我會輪流跟你們兩位打。第二就是決鬥時間，學長要臨時延後幾次，每次延後幾分鐘都行，這樣一來，先找人埋伏的手法在現實上就已經不可能實現了。」

「……」

春雪屏住呼吸，迅速思量了一番。

無限制中立空間的時間流動速度是現實世界的一千倍，假設剛開始指定下午五點沉潛，但卻在數秒前延期十分鐘，加速世界內就會整整過掉一星期。只要多來幾次，裡頭經過的時間就會變得極為龐大，照正常人的耐性根本不可能一直等下去。

如果不想一直等，因而頻頻下潛又登出，每次都得消耗多達10點的超頻點數，這種消耗也只有「王」級的玩家才付得起。

說到在無限制空間埋伏，便讓春雪想起三個月前的Chrome Disaster事件中，黃色軍團伏擊紅之王仁子的情形，但他們並非在內部等候不知何時才會出現的仁子等上好幾個月，而是從轉讓強化外裝的過程中找出Disaster本體「Cherry Rook」的現實身分，監視他的動向，藉此推測沉潛的時間。

如果不用上這類手段，要在無限制空間中設下埋伏的確是不可能——在他想來是這樣。但春雪也有自覺到自己對於加速世界的知識還不夠充分，所以沒有立刻回答。

「……既然這樣，我先跟拓武商量一下應該無所謂吧？」

「那當然，請請請！學長愛怎麼商量都行。」

能美嘻嘻一笑，退開一步。

「等學長討論出結果，請寄信到這個位址，畢竟我也需要一些時間做好心理準備。」

說著他就彈給春雪一個匿名的郵件位址，之後轉身離開。春雪屏氣凝神地看著能美的背影漸行漸遠。

春雪有種不妙的感覺。照當初的預測，當他說出ＢＩＣ這個詞，應該就要立刻發展成對戰的局面才是。這時被能美來了個緩兵之計，讓他覺得步調又被對方掌握住。

確定能美消失在校舍中之後，春雪靠在附近的樹上，以思考發聲問道：

『……阿拓，你怎麼看？』

『……很危險。』

一直在線上傾聽所有談話的拓武，立刻做出回答。

春雪昨晚發現關鍵在於ＢＩＣ之後，立刻將情形告訴拓武，同時也決定好要怎麼利用這項情報來跟能美征二做個了斷。也就是先由春雪挑戰，再來是拓武，不斷地找能美進行區域網路對戰，直到能美的超頻點數輸光為止。

當然他們也不是沒有考慮到，要面對6級的Dusk Taker，也許他們兩人的點數都會輸光。但如果是敗在公平的對戰——那不就表示事情也只能這樣了嗎？「一旦沉潛到戰場上……唯一要做的就是一心一意地戰鬥！」這正是軍團長黑雪公主的教誨。

然而能美的提案卻出乎預料。拓武緊張地再次重複：

『小春，這樣太危險了。到了無限制中立空間裡，根本不知道會發生什麼事，更何況對方是狡猾的能美啊。』

『難道我們要拒絕嗎？』

『……』

這時拓武也沉默了。過了一會兒，低沉的聲音在春雪腦海中響起：

『……能美說得的確沒錯，就算他投降，也沒有方法可以保證他就此認輸……還是會留下他有朝一日設下新圈套的可能性……』

『那阿拓，能美說讓我們「臨時延長指定時間」，你有想到什麼方法能規避這種安全措施，在無限制空間裡埋伏嗎……？』

拓武又沉默了幾秒，接著緩緩回答：

『要有莫大的超頻點數……或是莫大的耐心，除此之外應該別無他法。所以問題應該在於能美有沒有願意為他犧牲這麼多的同夥了吧……』

這次換春雪沉吟了一會兒說道：

『嗯……我想他很可能有參加某種組織，而且還是一群會替成員植入ＢＩＣ的傢伙。我在秋葉原打過的Rust Jigsaw多半也是其中之一。只是他們兩個的虛擬角色名稱上都沒有掛標籤，所以這組織多半不是系統規定的軍團……』

『也就是一群試圖用腦內晶片有效率地賺取超頻點數，在現實中毫無節制地使用的傢伙？能美之前說過他們是「加速利用者」，還真是名副其實啊。』

『的確……這樣的一群人，會為了能美個人的問題，幾乎毫無節制地浪費點數或時間來幫他嗎……？」

春雪用力咬緊嘴唇，隨即說下去：

『不，我怎麼想都不這麼認為。能美說這世上不存在無償的友情，我想這句話對他來說多半屬實。換個角度來看，如果能美有這樣的同夥……我想他應該會是一個更像樣的超頻連線者。』

春雪這番話沒有根據，但拓武立刻表示同意：

『嗯，也對……你說得對。這是我們這些超頻連線者，跟能美那種加速利用者之間的戰鬥。就是這個信念支撐著我們……對吧……』

瞬間，雙方的共同意志化為白色閃光，在語音呼叫線路中流過。

春雪用力點點頭，送出強而有力的思念：

『好，我們就接受決鬥。第一次的指定時間，得訂在你跟能美社團活動完畢回家以後……我想想，就定在晚上八點吧。之後最少也要延長十次，合計一小時以上，去除埋伏的可能性。』

『了解。』

聽到拓武二話不說地答應，春雪稍稍放鬆肩膀，補上一句：

『……而且老實說，一次決勝負也比較省事。』

『呵呵，因為小春你是屬於單點集中型的啊，我會期待你可以速戰速決的。』

『對特地跑去修練心念的你可就不太好意思了。』

兩人互相笑了笑，說好放學後見，春雪就切斷了通訊。

——幸好身邊有拓武在。

春雪深深這麼覺得，接著由衷高興半年前首次跟Cyan Pile對打時，沒有選擇徹底終結他。

放學後，晚上七點三十分。

春雪整理完自己家客廳，才剛從冷凍庫裡拿出常吃的盒裝冷凍披薩，準備拿去加熱，就聽到門鈴響起。

他朝著顯示在投影視窗的拓武臉上瞥了一眼，就跑向玄關按下開鎖鍵，朝著開啟的門說：

「嗨，你很準時……」

「嘛」這個字還沒說完，春雪就驚訝得張大了嘴，上身直往後仰。

一臉嚴肅站在門前的拓武身後，有張他十分熟悉的臉孔。

「……小、小百……？」

為什麼現在，妳會在這裡？

穿著便服的千百合不給春雪時間質疑，面無表情地低聲說句：「打擾了。」就走上走廊，迅速從春雪身旁走過，朝著客廳走去。

春雪先茫然目送她的背影離開，接著才轉過去對拓武問道：

「……為、為什麼？」

「我沒有找她，是在電梯裡碰到的。」

拓武也一頭霧水地回答。他輕舒一口氣關上門，問春雪是不是可以上去。

春雪連連點頭，接著跟拓武一起回到走廊。

千百合這時已經站在廚房，她拿起丟在流理台沒動的冷凍披薩盒子，微微一笑說道：

「……你還是老樣子，都在吃這種東西。」

說著就把盒子放回冷凍庫，舉起她自己帶來的紙袋說：

「我又請媽媽做了千層麵，我們三個一起吃吧。」

頓了一會兒後又說：

「……別擔心，沒有下毒啦。」

一聽到這個玩笑，銳利的刺痛貫穿春雪胸口，讓他表情一歪。

──為什麼我們就非得鬧得這麼尷尬不可？

這念頭在他腦海中流竄。一撇開視線，就看到拓武在鏡片後的雙眼同樣僵住不動。

千百合也不再看他們兩人，迅速從紙袋裡拿出耐熱容器，將裡面的東西分到三個盤子上。

接著靈活地左手端一盤，右手端兩盤，一路走到客廳來。

「好了，坐吧。」

她微笑著將其中裝得稍滿的一盤放到春雪眼前，另外兩個差不多滿的盤子則放到拓武跟自己前面。接著從餐桌正中央的餐具籃裡拿出叉子，遞給他們兩人。

跟上週以前的千百合比起來，現在她的每個動作都像被看不見的絲線綁住般沉重，讓春雪不忍心多看一眼。他接過叉子，將視線固定在盤子上，小聲說了句：

「……謝謝，我要開動了。」

「……我開動了。」

拓武也跟著說了一聲，接著在千百合一聲「請」之下，三個人就開始默默吃起千百合媽媽特製的千層麵。

非常好吃，味道比上週吃到的更上一層樓。然而這樣的美味，卻將春雪胸中的刺痛勾勒得更加鮮明。他只覺得一停下嘴就會忍不住哭出來，整個人幾乎抱住盤子，一心一意吃個不停。

三人只花了十五分鐘就清空了盤子。千百合洗完餐具放回原位，又坐回餐桌旁。

等到好一陣子不說話的千百合終於開口，已經七點五十分了。

「……能美他要我過來。要我到決鬥的地方去。」

「這……」

「咦……」

春雪跟拓武同時出了聲。

一瞬間的空白過後，思考開始高速運轉：

「這……這樣啊。妳已經4級了……所以連無限制空間也進得去了啊……」

春雪完全沒考慮到千百合出現的可能性，連他自己都覺得這樣實在愚不可及。然而一想就覺得沒錯，憑能美的個性，要拿Lime Bell當伏兵來利用是不會有所猶豫的。

「可、可是……能美打算怎麼告訴小千正確的時間……？」

拓武的疑問很有道理。春雪他們可以任意變更指定時間，甩掉埋伏在裡頭的超頻連線者，就連千百合也不例外。

千百合像是要躲開他們視線似的低下頭，喃喃說道：

「……能美是這樣指示我的。他要我直接來見小春你們，告訴你們說我要背叛能美，讓你們相信我，然後同時沉潛進去……等對戰開始之後就去治療他。」

「……妳說、什麼……」

春雪咬牙切齒。

——他要卑鄙到什麼地步！

就在這種激憤貫穿腦海的同時，春雪心中也湧起了更多疑問，猜不透千百合將這個計畫洩露給他們知道的用意。

千百合似乎也感覺到了這點，小聲說下去：

「……可是，我怎麼辦得到呢？現在我再說這種話，根本就沒有說服力。所以我……我想說出真話，拜託你們答應我。」

「拜託……？」

千百合以一對泛著淚光的大眼，看著春雪跟拓武，斬釘截鐵地說道：

「求求你們，帶我一起去，我非去不可。如果你們不答應……那我也沒辦法，只好現在就在這裡潛到無限制中立空間裡，在那邊等到你們兩個來為止。不管要等幾個月、幾年，我都會等到底。」

「……小百，妳……」

春雪從差點梗住的喉嚨擠出了聲音。千百合這番宣言固然令他震驚，然而在一個星期前連BRAIN BURST的基礎知識都不知道的初學者，現在口中卻順暢地說出「無限制中立空間」一詞，這個事實也同樣讓他深受震撼。

春雪內心深處迸出一個從這個狀況開始以來，已經不知道湧出過幾十次、幾百次的疑問：

──這是為什麼！

──小百，妳到底為什麼要做到這個地步！妳之前那麼否定BRAIN BURST，現在為什麼這麼固執，簡直像被惡靈上身似的一直賺取點數，到底是為了什麼！

沒錯，春雪沒有辦法阻止自己懷疑。

如果連千百合剛剛那番話也是圈套該怎麼辦？如果她的計畫是設下雙重騙局來干預決鬥，臨時背叛我們，搶走我跟拓武的點數，那又該怎麼辦？

老實說，就連一對一的情形下，跟Dusk Taker對打都未必可以取勝，要是再加上Lime Bell的治癒能力，他們幾乎毫無勝算，就像星期二的那場決戰一樣。

春雪不明白。他無論如何都搞不懂千百合的意圖。

這凝重的沉默，被拓武平靜的聲音打破：

「……我明白了，小千。我們就一起去吧。」

「阿、阿拓……」

拓武轉過去面對春雪，平靜地微笑說道：

「小春，半年前你在那間醫院第一次跟我對戰時，最後饒了我一命，相信你當時一定非常猶豫吧？畢竟我向你求饒很有可能只是嘴上說說，大可等對戰一結束，就去獵殺還處於昏睡狀態的Black Lotus。可是……你還是原諒了我。不，應該說你相信了我。當時的事情我永遠不會忘記。所以……」

拓武以顫抖的喉嚨深深吸一口氣，毅然表態：

「我也相信小千。雖然怎麼想都想不透小千的真意，讓我非常懊惱……可是不管小千的行動會帶來什麼樣的結果，我都打算接受。」

再度來臨的寂靜之中，春雪看到千百合的嘴唇無聲地動了動。

那反應小得幾乎只像是振動，但兩人耳中卻聽到了明確的話語：

……謝謝你，小拓。

聽到這句話的瞬間，春雪用力閉上眼睛。昨天千百合流淚的模樣，就這麼在他的眼瞼中甦醒過來。

我是照自己的意志行動。

當時千百合哭著這麼說。既然如此，細節根本就不重要。就如拓武所言，唯一的問題就是要不要相信她，而這個問題的答案當然早已確定。早在多年前，甚至從千百合跟春雪根本還沒辦法好好講話的那個時候，就已經確定了。

「好。」

春雪也深深點了點頭。

「我們三個一起去。」

就在時刻來到晚上八點的同時，春雪對能美寄出了第一封純打字的郵件。指定的沉潛時間是八點五分，地點是無限制中立空間內的高圓寺站前。

當然地點跟時間都還會陸續變更，而新的指示都在上一次指定時間快到的幾秒鐘前才會送去，所以即使能美想找人埋伏，也不可能告知這個人延期的消息。唯一的危險就是負責埋伏的人就像春雪他們一樣，先在現實世界跟能美碰頭，然後同時沉潛進去，但他怎麼想都不覺得能美會有那麼信得過的同夥。另外為了消除這種可能，他也想過先跟能美在現實世界碰頭之後再行沉潛，但考慮到將血肉之軀丟在能美面前不管將會更加危險，便駁回了這個計畫。

春雪一邊不規則地變更時間與地點，一邊接連寄出郵件。

等待時的緊張感，就像在牙醫診所的候診室裡長時間被人丟著不管一樣令人不快，但想到能美感受到的焦躁肯定遠非自己所能比，也就忍了下來。畢竟對方就連春雪他們到底打算延後幾分鐘、幾次都不知道。

午後九點十二分。

整整延長了十五次以上之後，春雪終於說了：

「好……一分鐘後沉潛進去。」

「了解。」

拓武出聲回答，千百合也點點頭。

這一戰將會賭上三人的所有點數。不管戰鬥拖得再久，也花不到一小時。也就是說，在現實世界時間的短短三點六秒鐘之後，一切就會結束了。

春雪在心中朝著遠在沖繩的黑雪公主喊了一聲。

……學姊，要是我輸了，妳一定會非常生氣、非常傷心。但我相信最後妳一定會體諒我，了解到正因為我希望有朝一日能成為妳的騎士，才非得這麼做不可。

離九點十三分只剩五秒。

春雪按下了最後一封郵件的寄出按鈕。

信中寫著【地點：梅鄉國中操場。時間：現在。】

「我們上！」

繼春雪這麼大喊之後，三人異口同聲唸出了語音指令：

「「「無限超頻！」」」

10

夜晚。

黑色天空中，巨大的蒼白圓盤發出皓然光輝。

從地面到建築物都像脫了色般一片全白。不是無色，而是骨頭乾燥後的顏色。四四方方的住家影子清晰地落在寬廣道路上，遠方還可以看到成了象牙白螺旋塔的新宿副都心，彷彿恨不得貫穿夜空似的聳立。

「……是『月光』場地？」

拓武——Cyan Pile對虛擬世界的東京西部環顧一周，喃喃低語。

春雪也立刻列舉出他記住的特徵：

「很明亮，但是陰影處幾乎完全看不見。聲音傳得很遠、公敵很少，也沒有陷阱型的地形效果……」

「在開闊空間裡，要躲起來偷襲幾乎是不可能的。選操場真是選對了。」

兩人互相點點頭，朝身後瞥了一眼。

原本是有田家客廳的白色空曠空間裡，可以看到身上綠寶石光輝連在月光下都十分鮮明的Lime Bell靜靜佇立。

外觀跟星期二看到的時候沒有兩樣，但她短短兩天打過的對戰場數卻極為龐大，而且每一場都獲得勝利，讓她跟春雪還有拓武一樣升上了4級。

只是話說回來，4級以後的升級路途都極為漫長，跟就快升上5級的他們兩人比起來，千百合的累計獲得點數還是有一段不小的差距，但至少在角色潛能點數上應該是同等的。

千百合在短期攀升的過程中，為能美擔任治癒與誘餌的角色，肯定承受過無數超頻連線者的各式攻擊。這樣的經驗有多難受、多痛苦，春雪自己也曾經親身體驗。

但千百合卻以絲毫不顯疲態的動作，輕快地站到兩人面前，簡短說道：

「走吧。」

接著就從高度相當於二十三樓的陽台上毫不猶豫地縱身一跳，並以稍低處的陽台與裝飾當作踏腳石，輕巧地逐步降到地上。她的動作已經完全沒有新手的生硬感。

春雪又跟拓武對望一眼，忍不住苦笑一聲，接著依樣畫葫蘆地跳下去。

三人避開平常通學走的幹道，以小跑步鑽小路行進。春雪跟拓武一邊留意周遭，一邊破壞合適的物件來累積必殺技計量表。

他們沒直接進入學校，而先到對面的一家快餐店屋頂上，躲起來觀察決鬥場地的情形。

梅鄉國中外觀變得像是一座中世紀歐洲的宮廷。不知道是不是叫做哥德式建築，只見其正面有著成排的巨大圓柱，牆上還有許多天使與惡魔的浮雕。

這些浮雕總不會全都是對戰虛擬角色吧？春雪凝神觀看了一會兒，確定這些全都是石頭之後，再重新觀察操場。

開闊的操場成了庭園，有許多細小磁磚鋪成複雜的紋路。裡頭不存在任何物件，只有南端聳立著一座長槍似的高塔——原本是擋球網的支柱——拉出一條細長的影子。

「……看樣子沒人躲在裡面。」

春雪這麼一說，拓武也點了點頭：

「嗯……然而能美也不在……是他沉潛的時間晚了我們半秒左右嗎……」

「要是等五分鐘沒看到他來，我們就從高圓寺車站離開吧……不對，等一下。」

這時一個極小的破風聲傳進春雪耳裡。場地上完全無風，所以肯定是有物體在空中移動。可能是飛行型公敵——再不然就是飛行型對戰虛擬角色。

春雪猛然抬頭望向西南方的天空，一看到那個影子，他就變得全身僵硬。

群星閃爍的夜空裡，一個被月光照得十分蒼白的影子慢慢接近。

對方身形瘦小，雙手有著鉤爪，背上還長了一副惡魔翅膀。

——Dusk Taker。

「能……美……！」

虛擬角色彷彿受到春雪無意中的低呼吸引，開始慢慢下降。他雙手抱胸，畫出優美的螺旋，在操場正中央翩翩落地。

著地幾乎安靜無聲。光是這動作，春雪就看得出能美對飛行能力的控制已經駕輕就熟。有著「掠奪」屬性的虛擬角色慢慢收好翅膀後，停下動作。

完全的寂靜再度籠罩整個世界。

春雪的五感捕捉不到任何變化。沒有悄悄接近的動作，也沒有沿著死角潛行的腳步聲。

整整等了一分鐘以上，春雪才小聲說：

「……我們過去吧。」

春雪跟身旁點頭的拓武同時站起，跳到馬路上。Dusk Taker聽到他們的腳步聲，便迅速地轉過頭來。

春雪等人就這樣注視著Dusk Taker，一路從校門走進梅鄉國中校地，並繞過校舍邊緣往操場前進。

三人的腳步聲在地磚上踩出堅硬聲響，月光將三個影子刻得極為鮮明。

千百合沒進入操場，而是沿著校舍南邊的牆壁走到陰影處，悄悄站著不動；春雪跟拓武則筆直朝開闊空間的正中央前進。

春雪在離正中央的Dusk Taker還有二十公尺左右的地方停步，默默地注視對方。

能美承受他的目光幾秒後，放開環抱在胸前的手，往左右輕輕一攤：

「……當初的確是我說要延長幾次都行啦！」

帶著金屬質感特效的少年嗓音，輕快地迴盪在蒼白世界之中。

「不過我可萬萬沒想到學長竟然會拖那麼多次呢！也不知道該說你們是謹慎，還是疑心病太重……」

「因為我們學聰明了，對付你這種人，再怎麼提防都不嫌多。」

聽到春雪反唇相譏，能美先冷笑了幾聲，接著右手筆直往前伸出。

他的手指夾著一張卡片。這卡片很類似先前黃之王Yellow Radio用來播放影片的裝置，卻有著鮮血般的紅色。據說在無限制中立空間的「商店」販賣的特殊物品，幾乎全都做成這種卡片的型態。

能美將卡片秀給春雪他們看，接著說道：

「這是名副其實的『生死決鬥卡』，價錢還挺貴的，不過買這個的點數就算我請客吧。」

說著又冷笑了幾聲。

「……首先我會把手上的所有點數都灌進這卡片裡，剩下的兩個決鬥者名額我已經設定成團隊，請你們兩位也都把自己的點數灌進去。若我的HP計量表歸零，而你們兩位都還活著，灌進去的所有點數就會平均分配給你們，只剩一個的話則由他全拿。至於我，則得讓你們兩位都倒下，才能得到點數。」

「換言之，如果我們兩個都活了下來，也不必自相殘殺？」

「沒錯。這算是一點小小的優待，重要的是……」

能美再次翻動卡片說道：

「這場決鬥一定要有人陣亡才會結束，其次是陣亡的人一定會失去BRAIN BURST，沒有任何緩刑的餘地。我話先說在前面，要是從登出口『登出』，就會立刻視為落敗，在回到現實的同時被強制反安裝。」

「……原來如此。」

春雪點點頭，看了拓武一眼。

Cyan Pile面罩下的雙眼也發出強光，用力點點頭。

「好，就這麼辦。」

聽春雪這麼說，能美緩緩點頭，用左手指尖碰了碰卡片。操作幾下之後，卡片就發出了鮮紅色光芒。

接著他咻地一聲將卡片拋向拓武。拓武接過卡片，依樣畫葫蘆地一摸，就看到卡片再度發光。

這次換春雪以右手手指夾住拓武扔來的卡片。

他先深深吸了一口氣，以左手點選操作。接著往跳出的投影視窗正中央，點選輸入點數的按鍵。

視野中先以不討喜的字形流過一段生死鬥規則的說明，接著浮現出詢問YES／NO的對話框。他點選YES。

接著那平常冷漠到了極點的BRAIN BURST系統竟然再次詢問是否確定，讓春雪切身體認到自己真的處於死地邊緣。意識明明跟現實中的身體分開，現在卻覺得背上一陣冰冷，手腳開始麻痺，同時虛擬的腎上腺素也分泌到了血液中。

然而他當然點選了YES。

卡片發出了更加耀眼的血色光芒——從春雪手中離開，飄浮到稍高的位置。

倒數計時的數字在卡片周圍慢慢旋轉。

如果這次決鬥有在加速世界廣為宣傳，想必會有多得嚇人的觀眾跑來。春雪當上超頻連線者的這半年來，從沒聽過有人進行這種一次賭上全部點數的生死鬥。

——不對。

不是這樣，自己明明有聽過。

春雪最為敬愛的劍之主——黑之王Black Lotus，她受到專門針對9級超頻連線者的特例規則限制，必須隨時抱著死鬥的可能性而戰。沒錯，每個週末的領土戰爭就是這樣，萬一有別的王做好周全準備現身，而她又在那次對戰中落敗，就會當場永久喪失BRAIN BURST。

……學姊，原來妳一直都活在這麼沉重的壓力下啊。

春雪在內心深處這麼自言自語的一秒鐘後——

倒數計時數到了零。

熊熊燃燒的文字宣告對戰開始。

Dusk Taker大動作攤開雙手的鉤爪。

春雪也放低姿勢，擺出左右手刀一前一後的架勢。

能美的翅膀仍然收疊在身後，看樣子也還沒打算發出紫色的波動，似乎想先來一場不動用心念的地面戰。

——正合我意！

春雪在心中喊了一聲，往地面猛力一蹬。

他猛然往前衝刺，一口氣縮短間距，視野中央的敵人身影迅速變大。

春雪越過延伸到白色操場的鐵柱影子。一條、兩條——

事情就在踩到第三條影子的時候發生了。

這條影子寬不到十公分，照理說應該藏不了任何東西，但卻有個物體有如噴泉似的從這塊黑暗中彈起，從左右兩邊逼向春雪。

那是每邊長約一公尺的方形薄板。兩片沒有光澤的全黑薄板，在春雪踏上柱影的瞬間就像裝了彈簧般彈起，排山倒海地夾向他。

就連Silver Crow的速度，也躲不過這一夾，春雪只來得及張開雙手，揮拳擊向薄板側面。鏗一聲響起，春雪的雙臂關節濺出火花，只見視野中的ＨＰ計量表立刻微量減少。

「嗚……」

劇痛讓他忍不住出聲呻吟。薄板明明只有幾公釐厚，壓力卻強得像是被巨大老虎鉗夾住一樣。春雪實在張不開雙手，只好手臂一翻，用手肘跟手背拚命抵抗。然而漆黑的薄板轉眼間就將Silver Crow擠進寬度只剩五十公分左右的空隙，這才總算停住。

春雪聽著自己的虛擬身體被擠壓而發出的彎折聲，強行甩開驚愕的情緒，思考到底發生了什麼事。

——「月光」場地上沒有陷阱，那麼這會是Dusk Taker暗藏的必殺技嗎？不，如果真是這樣，發動之際一定得先發聲或做出特定的動作。而且如果他有這麼強的招式，上次對戰中就會拿出來用了。這麼說來——

這漆黑的薄板不是能美的招式，當然也不會來自Lime Bell。

也就是說，這個戰場上還有一個人……

不對，不可能。先前臨時延期那麼多次，不可能還有人可以在這次決鬥中埋伏。

思考運轉到這裡，春雪感覺到一陣極其稀薄的聲息，輕易顛覆了他的思考。

他的目光被吸往右側，也就是校舍的方向。

白色操場北端被四層樓校舍的影子遮住，顯得十分陰暗。牆邊可以看到Lime Bell小小的影子蹲在那兒。

而在校舍影子尖端一處離他們近得多的位置，第五個虛擬角色無聲無息地冒了出來，讓春雪跟背後的拓武目瞪口呆。

奇形怪狀。

這個虛擬角色的模樣只能這樣形容。春雪過去在加速世界之中，從沒看過這麼奇特的對戰虛擬角色。

整個身體由許多垂直排列的薄板構成，簡直像用無數張裁剪成方形的紙片堆疊出來的。薄板與薄板之間存在約一公分寬的空隙，因此從旁看去可以看到鮮明的輪廓，但從正面看去就只看得到幾條縱向並列的線。

而這數十片組成虛擬角色的薄板全都像塗了墨水似的，染成了沒有光澤的黑色。

對春雪來說，這個虛擬角色的顏色或許比造型更加令他覺得震撼。

這個積層板虛擬角色怎麼看都黑得極為徹底，跟春雪見過的那些「有點黑」的虛擬角色不一樣——不像Chrome Disaster那樣泛著銀光，也不像Dusk Taker那樣泛紫。是種會吸收所有波長的光，拒絕染上其他顏色的完美黑色。

「……你是？」

春雪以沙啞的嗓音這麼問。

但虛擬角色什麼都沒有回答，只是歪了歪方形的頭，從幾道縫隙下回望。緊接著從左右包夾的兩塊薄板壓力變得更強，使得Silver Crow的裝甲發出令人不快的咿呀聲。

這時春雪才總算發現積層虛擬角色的整隻右手都不存在，反倒是肩膀附近搖曳著朦朧的灰色光芒。

儘管不知道其中的運作機制，但從顏色跟形狀來看，明顯可以看出現在困住春雪的兩片薄板就是這隻消失的右手。

還有一件事也很明確。

這個黑色虛擬角色是能美安排的伏兵。照理說春雪他們已經評估過所有可能性，想盡辦法排除了埋伏的機會。

「……為什麼……這是怎麼辦到的……你們應該不可能猜到這個時間……」

驚呼聲來自於呆站在後方的拓武。

對此，積層虛擬角色則保持沉默，反倒是站在春雪幾公尺前的Dusk Taker發出幾聲冷笑。

夜暮色的虛擬角色慢慢解開架勢出聲：

「哼哼，學長們還真是會逗我開心啊。這副震驚的樣子實在有意思，甚至讓我想付參觀費呢……對了，你們剛剛說什麼來著？『學聰明了，知道再怎麼提防都不嫌多』？很遺憾，看來學長你們學得還不夠啊，哈哈、哈哈哈哈！」

他大笑幾聲，接著雙手一攤說道：

「……話說回來，兩位馬上要失去所有點數了，即使收我參觀費也沒有意義。就讓我揭開謎底，當作餞別禮吧──不是我預測到你們指定的時間，眼前這個人當然也沒在這裡等上好幾個月。」

Dusk Taker以右手鉤爪敲敲自己那戴著護目鏡的頭部。

「『我們』的這裡裝著腦內植入式晶片，這點兩位也都知道。ＢＩＣ是將一種成長型端子接在大腦的知覺領域上，作為生化電子介面……所以只要透過程式下令，要讓這種端子深入大腦深處也是辦得到的。」

「深……深處……？」

聽到春雪喃喃自語，能美誇張地點點頭說：

「沒錯。當然這樣非常危險，我也沒有做到這種地步。可是各位眼前這個人雖然外表溫文儒雅，膽子卻大得很，直接讓端子深入到大腦裡控制思考時脈的部分。」

思考時脈。

讓春雪這些超頻連線者能「加速」的超科技，關鍵就在這個字眼上。BRAIN BURST可以讓原本以使用者心跳為準的基礎思考時脈提升到一千倍之多，只要沉潛到正常對戰場地或是無限制中立空間，倍率就會固定，完全無法調整。

也就是說，春雪他們將決鬥時間延後一小時以上，這個世界裡的主觀時間已經過了將近兩個月，照理說能美應該沒有願意為他忍耐這麼久來埋伏的同夥——才對，然而……

「我再說一次，他從現實世界的晚上八點開始，就已經沉潛到了這個無限制中立空間，但他絕對沒有在這裡等上好幾個月。你們聽清楚了……他能夠透過BIC來抑制大腦中的思考時脈控制區，任意停止思考。所以啊，他可是加速世界裡唯一的『減速能力者』呢！」

「……減速……能力……」

春雪甚至不曉得這聲音是出於自己的喉嚨，還是拓武口中。

啞口無言的他，接著又聽到了一個新的說話聲：

「……真拿你沒辦法。」

儘管加上對戰虛擬角色特有的電子特效處理，仍然聽得出是個平靜的青年嗓音，甚至讓人覺得溫暖。春雪小學時代唯一喜歡的級任導師是個戴著眼鏡的年輕男性，這嗓音就跟那位老師很像。

積層虛擬角色以驚人力道困住春雪的同時，仍以絲毫不帶緊張感的溫和嗓音，說出了登場以來的第一句話：

「我說啊，Taker同學，我怎麼想都覺得就是因為你太多話，才會逼得自己非搞這種生死鬥不可啊。」

「哈哈，那只是見解不同。你認為沉默是武器，我認為能言善道是武器，如此而已。你覺得他們兩個嚇呆的表情怎樣？我們領先的技術力，已經嚇得他們喪失戰意了吧？」

「恐怕很難說啊。這邊這個小個子可相當拚，硬得讓我沒辦法壓得更扁。」

「哼？看來再差勁的金屬色還是金屬色啊。」

聽到能美哼哼低笑，積層虛擬角色以身上僅剩的左手比了個小手勢說：

「就這樣，我用盡全力也只能困住他，如果你可以快點解決後面的大個子，我也就輕鬆多了。」

「了解了解，我沒打算要你做超出報酬量的工作。那種貨色我三分鐘……不，三十秒就解決得掉。」

聽見能美這句侮蔑人到了極點的話——

春雪的鬥志總算重新點燃。

——那種貨色？你從來沒跟阿拓公平打過，還敢說他是「那種貨色」？

春雪咬牙切齒，目光掃向左右兩側的薄板。

——現在不是被這種玩意兒絆住的時候了。敵人有兩個，我們也有兩個人。能美交給阿拓，而我……就打倒這傢伙！

春雪將所有意識集中在眉心。

一陣不知從何而來的金屬高頻振動，撼動了Silver Crow的身體。這代表他的意識連接上了BRAIN BURST程式中隱藏的想像控制回路。

困住春雪的積層虛擬角色右肩一直裹在灰色光芒中。仁子說過，這種持續發光的現象——「過剩光」，正是行使心念系統的證明。換言之，這薄板是那個虛擬角色的心念招式。既然如此，自己要做的事情也很簡單，就是全力奮戰到底。

Silver Crow尖銳的指尖微微亮起了一陣白光。

薄薄的光芒隨即從手腕向上延伸，一路覆蓋到手肘。

春雪深吸一口氣，大聲喊出才定案不久的心念招式之名。

「『雷射（Laser）……劍（sword）』！」

接著雙手交叉，右手刺向左側薄板，左手刺向右側薄板。

「鏘！」尖銳的聲音響起，伸長的光之劍撞在漆黑薄板上，激盪出刺眼的火花。

光劍刺中的部位就像受到電漿燒灼般，轉眼間就烤得滾燙發紅。薄板劇烈震盪，光芒迅速在表面不斷散開。

——就這樣穿過去！

就在春雪內心這麼吶喊，竭盡所有想像力的這一刻。

「喲……這可真了不起。」

他聽見了個平靜的說話聲。

「『靜止重壓(Static Pressure)』。」

是招式名稱。

兩片薄板忽然間發出轟隆巨響。

薄板的厚度原本只有一公釐左右，現在卻迅速增加。五公分、十公分，過了一會兒便已經厚得不能再叫做薄板，成了巨大的立方體。

兩個巨大立方體彷彿是用刀切出來的黑暗本身，春雪立刻感受到遠超過先前處境的壓力。

「唔……嗚！」

春雪呻吟之餘，仍然絞盡所有心念以光劍對抗。然而儘管先前薄板就要熔化，厚度增加後火紅的部分立刻減半。

積層虛擬角色的肩上發出了更強的灰色光芒。這下完全可以確定這個招式不是系統規定的必殺技，而是敵對虛擬角色以想像力使出的心念招式。

雙方輸出的想像力互相激盪，讓春雪覺得自己碰觸到了積層虛擬角色的內心。

黑暗。

這種黑暗跟能美的心念不同，不是那種想要吞噬萬物的飢渴虛無。明明存在於此，卻不具有任何能量，因此不給予也不奪取，拒絕一切干涉。不，甚至連主動的拒絕都沒有。那是一種「隔絕」，是種怎麼想都不覺得還屬於人類精神面貌的絕對疏離。

感覺到這點時，春雪反射性地對心念互觸的行為感到恐懼。

他雙手的光劍有一瞬間轉弱，閃爍了一下。

這樣就夠了。沉重得駭人的物體陷進雙肩，完全封住了春雪的動作。這時他又聽到了積層虛擬角色說話的聲音：

「我說這位同學，算我求你，可以請你就這樣乖乖不要動嗎？我接下的工作就只是暫時困住你而已，我不想跟你打。」

——你……想得也太美了！

春雪在心中高喊回話，重新提高光劍的出力，但頂多只能減輕黑色物體的重壓，沒辦法推回去。

他被完全定住而動彈不得，這時他的視野捕捉到兩個虛擬角色緩步走近彼此的身影。

西側是體格嬌小，兩條下垂的手臂卻顯得過長的Dusk Taker。

東側是右手「打樁機」尖端閃耀著光芒的Cyan Pile。

雙方就在操場正中央，保持幾步距離互相對峙。

空間中充滿了急速增加的鬥氣，推高了空氣的密度。在這一觸即發的情形下，春雪發不出聲音，也沒辦法集中心念。

「……欸？」

能美忽然間甩動手腕說道：

「看樣子你們是有備而來，那應該多少會有點意思了……是吧？」

說著能美便舉起雙手，十指在胸前互觸。扭曲的振動聲響起，一道紫色光芒忽然從他的雙掌之間迸射而出。那是能美的心念招式，春雪稱之為「虛無波動」。春雪原本以為他會立刻升空，以遠距離火力攻擊，但能美似乎看不起Cyan Pile，打算來一場地面戰。

「你這招式有名字嗎？」

拓武冷靜地發問，能美則以像是重重呼氣的笑聲回答：

「哼，我怎麼可能取什麼鬼招式名！雖然聽說沒有名字多少會讓發動速度慢一點，但我才不想搞這種遊戲玩家喜歡的把戲……而且啊……」

他雙手往外一分，光波在空中留下朦朧的軌跡。

「學長你問這種事有什麼意義嗎？再過幾分鐘就要失去BRAIN BURST的你，問這個又有什麼用呢？」

「當然有用。我親手送一個人歸天，總希望記住他一陣子。」

拓武冷冷地反唇相譏，並將右手的強化外裝橫在胸前。

春雪知道拓武曾在紅之王仁子的指導下，花了一個禮拜修練心念。但對於拓武練出了什麼樣的招式、有沒有練到能在實戰中派上用場的水準，就沒有問得這麼清楚了。

儘管虛擬肉體被兩塊立方體夾得發出哀嚎，春雪仍然忍不住將目光投注在拓武身上。

接著Cyan Pile舉起左手——

做出了春雪意料之外的行為。

拓武用左手五指，用力握住強化外裝的銳利鐵樁尖端。

……阿拓，你到底要做什麼？

春雪瞪大了眼睛。那鐵樁是從拓武的精神創傷——小時候在劍道教室所受的悽慘霸凌記憶——產生出來的。那是曾經一次又一次刺在他喉嚨上的竹刀，同時也是為了貫穿當年霸凌他的那群傢伙而生的凶器。

那他為什麼要自己握住這根鐵樁的尖端呢？

拓武以行動回答了春雪的疑問。

「——『蒼刃劍（Cyan Blade）』！」

隨著低吼的招式名，鐵樁鏘一聲發射出來。春雪不由得預期會見到鐵樁扯下拓武左手的景象，然而……

化為碎片飛散消失的，卻是Cyan Pile右手的「打樁機」本體，鐵樁本身則化為泛青色的光芒，繼續握在拓武手中。拓武拿著這個發光的物體劃出一個半圓並舉到頭上，接著空出來的右手也握上去，俐落地往前方揮下。

光芒應聲飛散，從中出現的是……

一把造型剛毅而優美的近戰用切斷型武器。

也就是劍。

刀身長達一點五公尺，雖然屬於單刃劍，刀背卻完全筆直，上頭還可以看到一條深藍色的線直竄而過。刀刃則是淡藍色，整把劍都裹在同色的微弱燐光之中。

Cyan Pile拿著這把美麗的武器擺出架勢，劍與裝甲相互輝映，怎麼看都是個完完全全的近戰型虛擬角色。不，他的模樣已經可以稱之為「劍士」了。

……阿拓。

春雪發出不成聲的呢喃。

不知是否聽見了這個思念，拓武看了春雪一眼並點點頭。接著他再度轉頭向前，右腳倏然踏上一步，擺出中段架勢，實實在在就是個劍道高手的樣子。

拓武腳下發出更劇烈的鬥氣，讓附在能美雙手上的光芒頻頻搖曳。

「……原來如此。」

儘管看到這樣的景象，能美自言自語的聲音仍看不出一絲動搖，還發出輕視的笑聲：

「哼哼，原來如此啊。學長對劍道比賽打輸我這件事這麼懊惱？竟然還體現出這種廉價的劍。不過啊，如果學長想要用劍分個高下……那也沒辦法，我就陪學長玩兩下。」

接著能美也做出雙手合握的動作，穩穩擺出中段架勢。

紫色波動迅速伸長，化為長劍的形狀，讓一旁的春雪看得驚訝與佩服參半。能美以前曾將那種波動變成鉤爪的形狀，想來只要是近戰武器，他都可以透過想像變出想要的型態。

儘管外貌換成了對戰虛擬角色，兩名劍士仍以跟上週劍道社社內錦標賽決賽中完全相同的架勢展開對峙。然而這裡沒有裁判也沒有護具，賭上的是身為超頻連線者的生命。

雙方的腳尖都開始微微挪動，慢慢拉近距離。

兩人劍尖之間爆出細小的白色火花，燒灼著空氣。

戰鬥已經開始了。拓武與能美正以心念較勁，要用比對方更強的想像力來「覆寫現象（overwrite）」。

——阿拓，相信自己！

就在春雪在內心這麼大喊的那一刻。

「——喝啊啊啊啊！」

「——嘿啊啊啊啊！」

兩聲呼喝在月夜的戰場上高聲響起，雙方同時踢向地面。

兩把劍分別劃出藍色與紫色的鮮明軌跡，正面對砍。

「鏗！」強烈的衝擊聲響起，拓武以體現出劍刃本質「切斷力」的心念，撥開能美那企圖攫取萬物的心念。兩把彈得老遠的劍又同時揮下，再次撞出巨響與火花。接著又是一次對砍。

雙方拉開距離，再次以中段架勢對峙。

Dusk Taker面罩下發出了捉弄對手取樂的聲音：

「唉呀呀，這可讓我嚇了一跳，以臨陣磨槍來說還挺能撐的嘛。」

「那當然，只要是不作弊的劍道比賽，我就比你強。」

聽到拓武的反諷，能美用喉嚨發出冷笑說：

「這恐怕很難說吧，學長。你以為我沒有發現嗎？不管你怎麼掩飾都欲蓋彌彰啊！我早就知道……你有個致命的習慣動作！」

能美在大喊同時犀利地踏上一步，雙手握住的紫色長劍迅速延伸。

Dusk Taker伸長刀身並加上了衝刺，猛然挺劍刺向Cyan Pile的咽喉。

「嘿啊啊啊！」

拓武的雙手彷彿痙攣似地彈起，企圖以藍劍護住咽喉。但就在這一瞬間，能美的劍有如擊劍比賽用的鈍劍般甩彎，改變了突刺軌道。

刺耳的嗡嗡聲響起，劍尖從Cyan Pile空門大開的右腋下劃過。

能美順勢往前將劍直揮到底，拓武的傷口也噴出一道泛青色的火花追著能美流去。

「嗚……」

拓武呻吟之餘仍立刻轉身攻擊能美。小手、小手、面。拓武的連續劍招快得令人目不暇給，但紫劍卻有如生物般靈活扭動，精準地撥開攻擊。

「學長你看看你，這樣好嗎？不用保護脖子嗎？」

能美的劍再次應聲刺出，絲毫不放過拓武所露出的瞬間破綻，這次在他左腹部劈開了一道傷口。

——阿拓，加油！

春雪拚命抗拒黑色鉗子，同時在心中大聲吶喊。

拓武的精神創傷，來自國小時在劍道教室所受的霸凌。被人架住而淪為刺擊活靶這件事，既令他覺得受辱，更帶給他壓倒性的恐懼。

但拓武沒有放棄劍道。他自己說是因為當時連放棄的力氣都沒有，但事實不可能如此。拓武之所以能繼續練，全是因為喜歡劍道，因為對劍道的愛勝過了恐懼。對於這樣的心意……

阿拓，你要相信自己對劍道的熱愛！

拓武不可能聽到春雪內心的吶喊，但他仍重新穩住踉蹌的腳步——

接著他將雙手握持的劍猛然往上一舉。劍超過中段、越過脖子，高舉過頭。

不只是舉到大上段的劍，連Cyan Pile雙手到肩膀的部分，都裹在一層比月光還要蒼藍的光芒之中。

拓武散發出「過剩光」，擺出不動的架勢，能美則瞪著他說：

「……這虛張聲勢還真是明顯。也好，既然學長那麼希望我在你喉頭開個大洞……」

能美的劍跟雙手也猛然迸出黑紫色的過剩光。

「……那就成全學長，一劍刺穿你的喉嚨！」

Dusk Taker高速衝刺，猛然發出確實瞄準喉嚨的一刺，身影快得讓春雪看不清。

拓武的反應是——不閃也不擋。

他反而往前踏上一步，以厚實的左肩接下了這有著必殺威力的劍尖。紫黑色光芒深深貫穿藍色裝甲，一道細細的泛青色火花噴了出來。

「嗚……」

面罩下傳出低沉的忍痛聲，但緊接著……

「喝啊啊啊啊！」

隨著撼動空氣的呼喝，「蒼刃劍」垂直往下劈去。

能美以驚人的反應往右跳開，但終究沒能完全躲過，左胸被劍尖劃中。儘管傷口略淺，仍然噴出了耀眼的紅紫色火花。

「嘖……」

能美啐了一聲想要拉開距離，但拓武乘勝追擊又揮出一刀。藍色刀刃即將碰到面罩之際，紫劍驚險地將其攔了下來。

兩人就這樣刀刃互抵，雙劍交叉點噴出瀑布似的火花，照亮了兩個面罩。

均衡的狀態只維持了一瞬間。Cyan Pile的體格跟力氣都佔優勢，一寸寸將劍前推。這樣的結果與心念系統無關，體現出的純粹是近戰型跟均衡型之間的力量差距。

沒多久，Dusk Taker右膝跪到了地上。

刀刃跟著一滑，拓武的「蒼刃劍」逼向能美左肩。巨大壓力讓鋪有白色地磚的地面出現細小裂痕，兩人的面罩湊得幾乎要碰在一起——

春雪腦中忽然有種預感隨著戰慄一起閃過。

——阿拓，快躲！

但能美的尖銳喊聲卻比春雪快了一步：

「『魔王徵收令（Demonic Commandia）』！」

啪一聲響起，一道有密度的漩渦狀黑暗從Dusk Taker的護目鏡放射出來。

這叢黑暗正面命中Cyan Pile的面罩，宛如動物般抖動著侵入面罩。藍色虛擬角色上身後仰，動作瞬間停住。

「魔王徵收令」。

這是Dusk Taker唯一的固有必殺技。這種要耗掉整條計量表才能發動的必殺技，效果就是從目標對戰虛擬角色身上，奪取一項特殊能力、必殺技或是強化外裝。先前能美不動用翅膀而展開硬碰硬的接近戰，其實是在找機會使出這一招。

Cyan Pile不具備任何系統上的特殊能力，而他的三項必殺技之中，有兩項來自強化外裝。也就是說一旦挨了「魔王徵收令」，由於必殺技的連帶關係「打樁機」會有百分之七十五的機率被奪走。

一旦發生這種情形──透過心念讓鐵樁轉化而成的那把「蒼刃劍」也會跟著消失。

覆蓋住整個空間的靜止狀態雖然僅有一剎那，對春雪來說卻如永恆般漫長。

接著黑暗就會從Cyan Pile的面罩逆流，回到Dusk Taker身上──

但這並沒有發生。

反而是……

「……喔喔喔！」

拓武在怒吼中將雙手握住的劍筆直硬劈下去。

能美左臂當場被砍斷，灑著紫光飛開。同時虛擬角色本體也猛力撞在地上，劇烈地彈跳數次，往後翻滾了將近十公尺之遠。

能美終究身手不凡，立刻起身以右手握住虛無之劍，但劍尖卻微微晃動，顯示出他內心的動搖。

Cyan Pile握著發出燀煌藍光的刀刃，面對Dusk Taker擺好架式，同時開口說道：

「再怎麼說，你也太貪心了。」

春雪一時間領會不出這句話的含意。拓武儘管原先並不打算解釋，仍然平靜地說下去：

「——我一直覺得納悶，想不通你為什麼不搶走Lime Bell的治癒能力。你明明只要搶下她的能力，就可以兼具『飛行』、『火力』、『治癒』這三種能力，成為超越在王之上的絕對存在。理由就在於——」

拓武面罩細縫下的雙眼閃出亮光，鏗鏘有力地說出了答案：

「你的容量不夠。『搶走別人的能力』這種強得過火的必殺技，使用上不可能沒有限制。你的『魔王徵收令』所能搶奪並保有的能力總數或總潛能量一定有上限，要搶走『飛行』跟『治癒』這兩種稀有能力，就算把其他能力全都刪掉，容量仍然不夠。我沒說錯吧？」

Dusk Taker用右手按住被砍斷的左臂斷面，保持沉默。如今能美應該正受到相當於正常對戰場地兩倍的強烈疼痛所苦。不知道他是痛得動彈不得——還是正燃起一股讓他忘了疼痛的怒火？

拓武維持擺好的架式，慎重地慢慢逼近。平靜的說話聲再次流出：

「——教我心念的人說過，Cyan Pile的大部分潛能都在於這『打樁機』。你一定以為我的強化外裝沒什麼了不起，就憑你現在的剩餘容量也搶得過去……很遺憾，這你可大錯特錯了。」

「……哼哼哼，原來如此啊。」

這時Dusk Taker總算發出了一如往常的輕蔑笑聲，或許這反映出了他的心情，嗓音中帶著陰森的失真特效。

「原來如此。之前我也說過，學長你這根鐵棒，想必是根據非常難受的回憶塑造出來的。這玩意兒……就是竹刀的隱喻對吧？學長你是不是在劍道社出過什麼不愉快的事啊？該不會，學長你那麼帥，其實卻曾經悲慘地遭人霸凌？哈哈，怎麼可能啊！學長你又不是那邊那隻肥豬！」

……阿拓，這些話同樣是能美的圈套！不要聽！

春雪拚命抵抗毫不容情壓迫自己的漆黑鉗子之餘，在心中這麼吶喊。

或許是拓武心中產生了憤怒，劍上的光芒微微晃動。但他隨即恢復，以冷靜的聲音回答：

「——我的回憶沒什麼大不了的，跟體現出Dusk Taker這個虛擬角色的創傷沒得比。你之所以會成為『掠奪者』，是因為你心中什麼都不剩。因為你的一切都被搶走，成了個空蕩蕩的洞。我想你自己應該早就注意到了，搶走別人的力量……不，應該說搶走別人的希望、友情或愛情，都不會真正變成你自己的東西。」

又是一陣沉默。

傾洩的蒼藍月光底下，陰暗的虛擬角色深深垂著頭。

過了一會兒，他無力地站起，按著左肩緩緩仰起頭。先是全身微微顫動，隨即轉變為劇烈地晃動——

「……哼哼哼。」

球面護目鏡下，發出一陣細小的竊笑聲。

「哼哼、哼哼哼……哈哈哈、啊哈……啊哈哈哈哈哈哈！」

Dusk Taker全身後仰，放聲大笑。

「啊哈哈哈哈哈！什麼都沒有？空蕩蕩？哈哈哈，你說的……你說的，是他才對！」

他又笑了一陣，心中累積的話語有如潰堤般湧出：

「你們這麼聰明，應該已經從畢業紀念冊之類的線索看出端倪了吧？沒錯，我的『上輩』就是大我三歲的親哥哥。他才是真正的掠奪者，仗著自己個子大了點，從小就用暴力搶我的點心跟玩具，大了幾歲以後就改搶零用錢跟壓歲錢……到後來甚至搶走了唯一跟我要好的女生。

他的掠奪可徹底得很啊，哼哼哼。」

能美先搖搖頭，一副不敢領教的模樣笑了笑，繼續這段陰沉的獨白：

「……專搶我東西的他，第一次給我的東西就是『BRAIN BURST』。可是我卻笨得喜出望外，甚至滿心感動。所以，當他幫我上完第一課就開口說出：『每個禮拜給我賺10點來』時，我不知道有多失望。然而要是我拒絕，又會在現實中被施暴，所以我只好聽話，甚至大老遠跑去人口稀疏的地區，一點一滴地撿點數去進貢給哥哥，簡直像條狗似的。沒錯，就在這個過程裡，他從我身上搶走了最後一樣東西，那就是身為一個人的『尊嚴』。」

……不要，我不想聽。

春雪屏氣凝神，想要將能美的話趕出意識，彷彿這些話本身就具有攻擊力，光是聽都會帶來痛楚。

……我不想聽這些話，不，我根本不必聽。

——阿拓，別再聽了，現在就解決他，結束這一切吧。我們不必理會這種不知是真是假的事情。不對，那一定是假的，是企圖動搖我們的計謀。

但春雪就是知道。

他知道能美說的是真相，也知道拓武這個人不可能在這種狀況下動手。

Dusk Taker朝著停下動作的Cyan Pile繼續說：

「……可是啊，就算在這種狀況，我還是一點一滴為自己累積點數，慢慢提升等級。直到某天，這個沒什麼突出能力的虛擬角色，終於有了第一種必殺技，那就是『魔王徵收令』……大約在同一時期，我又得到了兩種強大的力量，也就是ＢＩＣ，以及心念系統的知識。心念的訓練可辛苦了……教我的人不知道說過幾次這是在浪費時間。不過啊，我靠著對哥哥的恨，總算咬牙撐了過來。沒錯，那一刻終於來了。讓我可以從他……從哥哥身上，把以前被奪走的東西全部搶回來的那一刻。」

哼哼哼哼。

帶著怨恨聲響的笑聲滴落在整個空間中。

「——我把哥哥叫到無限制空間裡，先搶走了他的能力。然後我就用心念的力量，將嚇了一跳的他折磨到死。不過我不小心一下子砍掉他太多ＨＰ，因此第二次就多花了些腦筋。每過一個小時他會重生一次，而我殺他的手法也就高明了一些。當時的感動跟痛快，真不知道該怎麼用言語來形容啊！想到他的點數終於輸光，再輸一次就要失去BRAIN BURST的時候，他那種哭著求饒的表情……光是回想起來，我到現在都還會忍不住笑出聲……哼哼、哼哼哼，啊哈哈哈哈哈！」

能美先捧腹笑了一陣，接著猛然抬頭大喊：

「什麼都沒有？空蕩蕩的洞？這些話啊，指的應該不是我，而是現在的他！還能有什麼比失去BRAIN BURST的前加速能力者更可悲、更悽慘！我不一樣……我將會得到一切，不管在加速世界，還是現實世界都一樣。你們所相信的友情或什麼斬不斷的羈絆這些幻想，我都會照樣……」

護目鏡下的雙眼閃閃發光。

「──搶得乾乾淨淨！」

隨著這聲嘶吼，能美的右手用力一揮。

他的左肩斷臂處，以猛烈的速度射出了長蛇般的黑色物體。那是三根觸手，他首次跟春雪對峙時裝備的強化外裝。他剛剛就是暗中唸出著裝指令，等待觸手再生完畢。

這些觸手不斷延伸，勢夾勁風地飛出，但既不是撲向站在正面的Cyan Pile，也不是攻向仍被夾住的Silver Crow。

而是撲向悄悄躲在遠方校舍後頭，到現在都沒主動開口說過話的千百合──Lime Bell。

「什……」

拓武儘管十分驚愕，但反應仍然很快，立刻揮劍想砍斷觸手。

但對方比他快了一步。

觸手有如橡皮筋般迅速收縮，將綁住的嫩葉色虛擬角色舉在刀下。

Cyan Pile全身擠出聲響，猛力停住了這一刀。刀鋒微微碰到Lime Bell尖帽的帽緣，爆出一道火花。

三根觸手立刻捲上千百合全身，毫不留情地絞緊。

「……！」

嬌小的虛擬角色弓起後背，發出痛苦的呻吟，跟能美的竊笑聲重合在一起。

「哼、哼哼哼，學長你以為我找她來這裡，只是為了讓她幫我補血嗎？怎麼可能！我早知道Lime Bell是你們的要害。派得上用場的東西，當然都得有效利用才行……這就是『對戰』的秘訣，不是嗎！」

「……你這傢伙……」

千百合想要朝著晃動劍尖低聲怒喝的拓武說些什麼，但觸手立刻層層纏住她的嘴，打斷了Lime Bell的話。

「好了，請學長丟下手中的劍，強化外裝也要解除。」

聽到能美冷酷的命令，拓武咬牙切齒地回答：

「……Lime Bell沒有參加『生死鬥』，她可當不了人質。」

「哦？真的嗎？」

Dusk Taker說著便歪歪頭，以滴出紫色波動的右手，隨手抓住Lime Bell右手肘。

喀啦。

響起一聲令人非常、非常不舒服的聲響。黃綠色的纖細手臂自肘關節以下被整個扯斷。

「……——！」

Lime Bell全身痙攣，迸出無聲的慘叫。整個背部不斷痛苦地後仰，每次都讓手臂斷面噴出大量的綠色火花。

春雪的視野猛然染紅。壓倒性的激憤在心中肆虐，讓他忘我掙扎著想要脫困。然而黑色的鉗子彷彿在嘲笑他的努力，絲毫沒有影響。抵抗壓力的雷射劍出力還受到憤怒妨礙，使得春雪雙肩立刻感受到更強的壓迫力道。

「你……這小子！」

代替他大喊的是拓武。Cyan Pile剛踏出一步，就有個物體啪一聲撞上胸口……是Lime Bell被扯下的手臂。手臂被彈開，還沒落地就化為無數多邊形碎片而消失。

「……學長，你有搞清楚狀況嗎？她可是第一次來到無限制空間，第一次來到這個痛覺相當於下級空間兩倍的世界。」

用不著能美來說，他們都知道千百合現在多半正承受著相當於在現實世界中被人切斷手臂的疼痛。或許是因為痛覺造成的震撼太大，她瘦小的虛擬角色頻頻痙攣。

就在僵住不動的Cyan Pile眼前，能美再次舉起右手：

「……而且這麼一來，用來替我補血的必殺技計量表也會累積起來。」

說著他就以銳利的食指尖端，噗嗤一聲插進千百合的側腹。

虛擬角色再次猛力反彈，儘管被一層又一層的觸手裹住，仍然可以清楚聽到細小的哀嚎。

手指一拔出來，慘不忍睹的傷痕立刻噴出細小的火花。

噗。又一次。再來——又是一次。

就在她身上即將被刺出第四個洞之際——

「……住手！」

拓武全身不斷顫抖。先前籠罩著劍跟雙手的過剩光像是接觸不良的電燈，不規則地閃爍。

——不行啊，阿拓！春雪很想這麼大喊，但他說不出口。

因為他很清楚拓武——而且就算換做是自己也一樣——沒有其他選擇。

「……算我求你，請你住手。」

Cyan Pile呻吟似的這麼說，「蒼刃劍」從手中跌落，發出清脆的金屬聲響滾落地上。

劍立刻化成光消失。光輝在空中流過，被吸向虛擬角色右手，變回了原來的打樁機。

拓武低聲說出除裝指令，強化外裝也跟著消滅。Dusk Taker一確定強化外裝消失，左手立刻猛力甩動，將千百合拋到遠處的地上。

接著完全不朝弓起身體忍受痛苦的Lime Bell看上一眼。

夜暮色的虛擬角色筆直衝向Cyan Pile，將右手鉤爪埋進他厚實的腹部。

噗一聲悶響，黑色的手臂從背上穿出。

手臂跟著一拔，留下泛青色火花的洪流。拓武腳步踉蹌，雙膝一軟，垂著頭不再動彈。

「都怪你們相信這世上有什麼『斬不斷的情誼』這樣的謊言。」

能美說話的聲音十分寧靜，簡直像是真心憐憫拓武。

「不，都怪你們假裝相信這種東西，才會輸給我。如果你們真的信賴彼此，你應該把她跟我一起劈了，不是嗎？」

——不對……不對，不是這樣！

春雪瘋狂地掙扎，想要掙脫鉗子去救拓武，連雙臂關節都濺出了火花。他邊抵抗邊無聲地大吼：

——你懂什麼！阿拓對小百的心意有多深，你根本不可能會懂！要是剛剛他把你連著小百一起劈了，那根本不叫信賴，只是在計算得失而已！

但左右兩團黑色物體卻不為所動地繼續施加壓力，彷彿要連他的憤怒一起壓扁。

——我為什麼動不了！為什麼連聲音都發不出來！要是現在不動，我到底是為什麼……

「不好意思啊，小弟弟。」

背後傳來了幾句輕聲細語。是剛剛一直保持沉默的積層虛擬角色的聲音。

「這個招式不但會定住動作，還會讓目標發不出聲音。所以你不能說話，也用不出語音指令。我是很想讓你至少跟朋友講幾句道別的話……真是不好意思。」

這幾句彷彿真心覺得過意不去的話，讓春雪滿腔怒火燒得更旺，在整個虛擬體內肆虐。

他背上忽然抽痛了一下。

一下、又是一下。電光似的刺痛從肩胛骨中央以一定頻率往外擴散。

他覺得聽見了某個聲音。但或許就連這個聲音也被鉗子阻斷，沒有送進春雪的意識。

既然不能說話，那唯一的方法就是用心念──用「雷射劍」對抗。想歸想，但脈動的怒氣卻讓他無法集中精神。

操場上可以看到Dusk Taker正朝Cyan Pile舉起右手。

虛無波動再度化為一把細劍。劍揮動了兩次，響起嗡嗡兩聲。

一陣令人喘不過氣的沉重聲響中，Cyan Pile的雙手被齊肩砍斷，滾落地面。大叢電光火花有如瀑布般從雙肩迸射而出。

春雪聽見一個聲音。

……小春，對不起。

……我已經無能為力了。真的，很對不起……

春雪銀色面罩下奪眶而出的淚水，讓他的視野一片模糊。就在扭曲變形的視野遠方，可以看到Dusk Taker高高舉起劍，準備補上最後一刀。

——就這樣？

就這樣結束？我……還有拓武的「BRAIN BURST」，要走上這樣的結局？

思念滴落在內心深處。

這滴思念彷彿有著絕對零度般的低溫，讓怒火化為冰霜四散。四肢迅速變得冰冷，雙手的光也閃爍消失，全身感覺都逐漸遠去。這是春雪曾經多次體驗過的虛擬角色停機前兆。

……啊，原來是「零化現象」啊？這也是心念系統帶來的效果嗎？負面的想像澆熄了心中的熱火，將虛擬角色變成冰冷的鐵塊。

……現在留意到這種事，也已經沒有任何意義了。

……不對，不會沒有意義。

若說「零化」是所有超頻連線者都可以使用的「負面心念」，那相反的情形應該也是成立的。只要發出正面的想像，應該就可以讓動彈不得的虛擬角色動起來。哪怕——哪怕處於這種被有著絕對強度的鉗子固定住的狀況也不例外。

就跟過去自己從睡在黑色荊棘床上的學姊身旁，鞭策殘破不堪的身體再次站起的那個時候一樣。

小小的火苗自春雪內心深處應聲燃起。

這不是先前多次對能美燃起的黑色怒火，而是種應該稱之為意志的火苗。那是黑雪公主、仁子、Blood Leopard，還有Sky Raker所教導他那種最為純粹的心靈力量。

微小的熱流開始融化束縛全身的冰，四肢重新恢復連線。

Silver Crow全身鏡片裝甲的縫隙與關節部位，突然發出了有如高溫火焰一般的藍色光芒——

「過剩光」。

但春雪甚至沒有意識到這個情形，雙掌輕輕貼上左右兩邊的鉗子。

「唔……嗚……」

喉嚨發出低沉的聲音。他絞盡全身每一分力氣，想要撐開縫隙。虛擬身體發出骨架彎折的聲響，手肘與肩膀一陣劇痛。

尖銳的金屬聲接連響起，那是手臂裝甲上竄出細小裂痕的聲音。裂痕下同樣不斷閃爍著藍色的光芒。

「嗚……喔……喔……」

神經系統各個地方都爆出整團整團的劇痛，將他的意識染成一片空白，但春雪仍然繼續使力。裝甲碎裂四散落在腳邊，藍色光芒就像火焰一般，籠罩住裝甲底下露出的深灰色身體。

即使如此，黑色物體那壓倒性的硬度與壓力仍然絲毫不見緩和。然而春雪已經決定要相信到底。

不是相信自己的力量。

而是相信支撐自己走到這一步的人們所帶給他的力量，絕不會屈服於只把加速世界當成工具利用的人。

「喔……喔、喔喔喔喔喔！」

就在咆哮的同時，Silver Crow頭盔以外的上半身裝甲悉數碎裂炸開。

藍色的閃光凝縮、炸開，渲染了整個世界。

春雪感覺到了，黑色鉗子的束縛有極短暫的放鬆。

他使盡全身力氣蹬地，雙肩擦過牆面，讓ＨＰ計量表轉變為四散的火花。春雪投注所有能量，跑過漫長得像是沒有盡頭的一步距離，終於擺脫了束縛。

他翻倒在地，打了個滾站起，順勢邊跑邊收緊右手，集中心念。

接著大吼：

「嗚……啊啊啊！」

Dusk Taker停住企圖砍下Cyan Pile首級的手臂，驚訝地轉頭看向春雪。春雪使盡剩下的所有精神力，發出了「雷射劍」。

咻一聲響起，光劍的劍尖在空中竄出五公尺以上——

砍斷了能美左手三根觸手之中的兩根。

這樣已經是極限了。

春雪全身虛脫，腳下一絆，一頭栽到地上，滾倒成仰躺的姿勢。

由於擠出的想像太強烈，他的意識閃爍不已，只覺得能美的說話聲十分遙遠。

「啊喲，學長，請你別嚇我好不好？」

隔了一會兒，能美又說：

「……你的鉗子竟然會讓獵物給跑了，是不是放水放過頭啦？」

積層虛擬角色從遠處回應：

「冤枉啊，我剛剛已經使出全力了。你該稱讚這個小弟弟，他實在夠拚命的。只是話說回來，看樣子他力氣也用完了。」

接著春雪只能以空洞的眼神，眼睜睜地看著薄板再次從身體兩側升起。

他轉動視線一看，在上下顛倒的視野中，Dusk Taker正要揮動紫劍給拓武最後一擊。

春雪的精神消耗過度，完全無法思考，甚至連絕望都感受不到。

「那……Cyan Pile，永別了。」

虛無的刀刃從空中滑過，留下幾道半月形的殘影，朝著藍色虛擬角色的頸子砍去——

春雪閉上眼睛，準備切斷意識。就在這時……

鏗。

一聲清脆的聲響。

能美的劍眼看就要碰到拓武的脖子，刀身卻被連根斬斷，憑空溶解消失。

——只有心念可以斬斷心念。

春雪沒有出手，而困住春雪的積層虛擬角色也沒道理妨礙能美。

也就是說，又有一個超頻連線者來到了這個戰場。

春雪睜大眼睛，彷彿冥冥之中有人引導般抬起頭來，望向正面的夜空。

月光照亮了佇立在眼前的壯麗宮殿。就在正中央，本來屬於梅鄉國中校舍樓梯部分的尖塔上方。

有個影子背負著巨大的蒼藍滿月站在那兒。

來者是位騎士。

雄壯的黑馬一頭長鬃毛在風中飛舞，眼睛閃著藍色光輝，四隻馬蹄也籠罩在藍色火焰中。

牠的背上還坐著一名英姿煥發的苗條騎手。

一身黑水晶裝甲撥開了月光，面罩呈銳利的V字形，黑睡蓮狀的護裙更裹住了嬌小身軀。

騎士的雙臂各是一把銳利的長劍，雙腳——同樣呈刀劍型態。刀身的光輝極其耀眼，彷彿連灑下的月光都能斬斷。

「……啊。」

春雪口中發出像是嘆息的聲音。接著又是一聲：

「……啊……」

他甚至覺得不能再多說話，否則騎士就會化為幻影消失無蹤。

但這位騎士彷彿聽見了躺在遙遠地面上的春雪所發出的聲音，對他微微點頭，右腳往黑馬腹部輕輕一踢。

黑馬高舉前腳，鼻孔噴著藍色火焰，發出劇烈的嘶鳴，踏響蹄聲在空中奔跑。地上眾人啞口無言地看著一人一馬在夜空中劃出蒼藍軌跡，到達操場的正上方——

接著騎手輕巧地縱身一跳，張開雙手長劍，以滑翔般的態勢朝地面接近。即將著地之際，劍刃般的腳往正下方輕輕一踢。

「鏗！」尖銳的聲音響起，虛擬角色以右腳劍尖的一點，降落在白色地面上。

空中的黑馬則繼續劃出弧線，開始朝西南方的天空飛奔而去，隨即像是溶入空氣般消失得無影無蹤。

目送黑馬離開之後，漆黑的虛擬角色直視春雪，又點了點頭。接著抬頭望向Cyan Pile，其後繼續移動目光，依序看看遠處的積層虛擬角色，以及倒在地上的Lime Bell。

最後從正面凝視Dusk Taker。

藍紫色的雙眼在鏡面面罩下應聲亮起。

「……怎、怎麼可能？」

這沙啞的聲音出自於能美。

「怎麼可能？為什麼……妳是怎麼趕到這裡的？為什麼妳會在這裡？」

春雪心中也有著同樣的驚愕與疑問，然而滿腔遠遠凌駕在驚疑之上的感動，讓他什麼話都說不出來。倒在地上的他，就只是拚命望著那美麗的黑水晶對戰虛擬角色。

能美又發出了驚呼聲：

「難道說……妳為了這次決鬥，自己一個人從沖繩趕回來？不對，就算是這樣，妳也不可能趕上這個時間。不可能……為什麼？妳為什麼會在這裡！黑之王……Black Lotus！」

沒錯，這個漆黑的虛擬角色只可能是一個人，那就是「黑暗星雲」的首領，「純色七王」之一的黑之王「Black Lotus」。

但她的真身，也就是梅鄉國中三年級生，擔任學生會副會長的黑雪公主，現在應該還留在畢業旅行地點沖繩。而春雪他們定下決鬥時刻，不過是現實世界中約莫一個小時前的事。就算黑雪公主以特殊手段得知這次決鬥的時間，也不可能立刻從沖繩趕回東京。

聽到能美的嘶吼，黑雪公主不在意地搖搖面罩，首次出聲：

「你就是『Dusk Taker』？看來你在謀略這方面很自傲……但是你還嫩得很，加速世界裡還有無限多種你作夢都想不到的戰法。」

她說話的聲音簡直像絲絹一樣柔滑美妙，但話鋒卻化為利刃撕開虛擬的空氣，讓能美後退半步。

「我既沒有，也不需要回到東京……就在此幫你複習一下BRAIN BURST的基本規則吧。在『通常對戰場地』上，有著一八〇〇秒的時間限制，以及戰區分界線的移動範圍限制；但這兩種限制在『無限制中立空間』都不存在，所以才叫做『無限制』。你聽好了……」

黑雪公主右手劍一揮，凜然說道：

「在這個世界裡，沖繩跟東京的陸地是連在一起的……看樣子你終於懂了啊。沒錯，我從沖繩沉潛到這個空間，然後一路跑到東京來。雖然我馴服剛剛那隻神獸級公敵，一路騎牠飛到這裡，足足花了十五個小時左右，但在現實世界當中仍然不到一分鐘。」

「……妳說什麼……」

聽著能美驚訝的聲音，春雪也同樣地吃驚。

——的確，先前自己也來過無限制中立空間幾次，曾經想過這個世界不知會延伸到哪裡。

當時那只是個隱隱約約的疑問，根本沒有想過實際驗證，但答案其實非常簡單，也就是作為加速世界媒介的「公共攝影機網路所及範圍」。換句話說就是日本全國，北至北海道，南至沖繩。

然而又有誰會想要孤身一人在這廣大的世界中縱斷全土呢？這裡不是安全的觀光用虛擬實境，而是有著各種能獨力擊退數十名超頻連線者的大型公敵四處遊蕩的死地。

沒錯，只有一個人例外，只有眼前這個人例外。

「……學……姊。」

春雪發出沙啞的呼聲，出現裂痕的銀色面罩下熱淚盈眶。

黑雪公主又看了感激涕零的春雪一眼，這才首次露出了微笑的氣息。但她隨即收起微笑，將目光轉往困住Silver Crow的鉗子所有者——積層虛擬角色身上。

隨著一聲尖銳的金屬音，黑夜中爆出白色火花。

困住Silver Crow的黑色薄板消失無蹤，接著春雪才領悟到發生了什麼事。

是黑雪公主。她全身絲毫不動，只以右手上淡淡的光芒發出了遠程心念攻擊。而積層虛擬角色同樣以心念迎擊，導致困住春雪的鉗子就此解除。

鏗、鏗鏗！閃光在空中三度炸開。儘管視覺上的現象很小，碰撞的攻擊力卻極為巨大，讓春雪感覺到身體下方的場地都在沉重地晃動。

這強大的威力固然令他看得倒抽一口氣，然而身為王的黑雪公主使用心念攻擊並不值得驚訝。同樣9級但資歷遠比黑雪公主要淺的仁子，也已經實際表演出威力驚人的招式給他看過。

但正面迎擊黑雪公主的積層虛擬角色，實力也同樣深不可測。

Black Lotus就像打完招呼似的停住攻擊，簡短地問道：

「你，叫什麼名字？」

積層虛擬角色站在約有二十公尺遠的地方，困惑地歪了歪以薄板構成的頭部。接著發出像個年輕教師的平穩嗓音回應：

「……我是覺得在這裡報上名號完全沒有意義，可是難得讓尊貴的王千里迢迢趕來，不做個自我介紹就太失禮了對吧？」

咻咻幾聲響起，多片黑色薄板從虛擬角色腳邊的影子裡浮現，排列出先前消失的右手。那無疑就是先前一直困住春雪的鉗子。

虛擬角色用這隻右手在胸前一擺，深深一鞠躬。接著再次出聲：

「我是『加速研究社』副社長……『Black Vise』，參見黑之王閣下。」

——也許早在看到他身上顏色的時候，就隱約猜到了。

但實際聽到他的名字，仍不禁讓人受到巨大的震撼。

Black，「純色的黑」。

過去春雪一直深信不疑，相信只有Black Lotus冠有這個顏色。不，應該說春雪從來沒聽過加速世界裡賦予超頻連線者的顏色會有重複的情形。

春雪震驚得瞪大眼睛，當事人黑雪公主自己卻絲毫沒有動搖，只是輕輕呼出一口氣說道：

「哼，不是軍團而是『社團』？設想可真周到。」

「對不起，這是我們社團的方針。」

「你的名字我當然也看不順眼……不過更重要的是你們狠狠折磨了我的團員，這份大恩我可不能不報，而且還得加倍奉還才行啊。」

藍紫色的雙眸發出強烈光芒，左右雙劍也附上了同色的光。

對此，積層虛擬角色——Black Vise，則是毫無緊張感地雙手一攤回應：

「這可傷腦筋了，傷害妳伙伴的基本上是Taker同學，不是我啊。不過嘛，我大概也沒有立場要妳手下留情……吧？」

他緩緩垂下一隻附上淡墨色光芒的手，緊接著好幾片薄板無聲無息地鬆開，滑進腳邊的影子之中。

「學……」

春雪正想出聲示警，但他才喊出第一個字，兩片薄板已經從黑雪公主腳邊飛出，以迅雷不及掩耳的速度從左右夾擊。

鏘一聲，薄板猛力撞在她的雙手上，接著迅速膨脹成巨大立方體。這是Black Vise的心念攻擊「靜止重壓」，凡是被這招夾住的虛擬角色，動作跟聲音都會被完全封住。嘗過這駭人威力的春雪忘了全身劇痛，想要再次出聲示警，然而在這之前……

一聲輕響，藍色線條劃過兩個漆黑的方塊。

春雪茫然地看著方塊從中間一分為二並往左右滑開，重重滾落到地面上。從後方現身的黑雪公主雙手微微一攤，若無其事地說道：

「很遺憾，物理拘束對我不管用。」

被切斷的立方體變回薄板，沉入地面。這回黑雪公主右手劍噴出了紅色的火焰。

這隻手往後一收——

「『奪命擊（Vorpal Strike）』！」

她以充滿威嚴的聲音喊出招式名稱，同時送出猛烈的一刺。

動作很類似Black Lotus的必殺技「死亡穿刺（Death Piercing）」，但射程卻天差地遠。從劍尖竄出的火紅色長槍發出摻雜金屬質共鳴的轟隆巨響，射向遠方的Black Vise。

全身漆黑的積層虛擬角色則將籠罩著灰色光芒的左手筆直往前一伸：

「『複層裝甲（Layered Armor）』。」

構成手臂的薄板應聲散開，各自變化為巨大的正方形。十張薄板彼此保留一定間隔依序並列，擋在火紅色長槍之前以保護虛擬角色本體。

「鏗！」劇烈的碰撞聲響震盪，整個世界因而搖晃。

長槍貫穿了九層防護板才停住，但並沒有就此消失，繼續發出強烈的光芒想要穿透剩下的薄板，擠得四周的空間都發出刺耳的吱嘎聲。

兩個冠有純黑名號的超頻連線者各自伸出左右手，以彼此的心念較勁。

處於這樣的極限狀況下，黑雪公主卻瞥了春雪一眼，以那嚴厲而不失溫暖的嗓音下令：

「站起來吧，Silver Crow。這傢伙我會處理，你就去打倒你的敵人……Dusk Taker。」

直到一秒鐘之前，春雪還覺得自己已經不剩半點戰力。

但心愛的劍之主所說的話就像一股心念，滲透到春雪胸中，重新點燃了他即將熄滅的希望之火。

「……遵命。」

回答的聲音有些沙啞，卻十分堅定。

春雪彎起虛擬體殘破不堪的腳，以手撐地，搖搖晃晃地站了起來。ＨＰ計量表剩下三成多一些。

確認過ＨＰ後，他轉頭望向站在稍遠處的Dusk Taker，以及他身旁的Cyan Pile。

拓武腹部被刺穿，雙手也被砍斷。或許是意識受到劇痛阻礙，他仍然保持深深低著頭的姿勢不動，面罩下的眼睛沒有一絲光芒。然而他還存在，還活著。

而Dusk Taker宛如剛從震撼中回神，慢慢舉起右手遮住臉部的護目鏡。

「……哼、哼、哼哼。」

過去曾經聽過無數次的嘲笑，從他的手指間流洩出來。

「哼哼，你們這些人……總是讓我覺得噁心。什麼自己人啦，切不斷的情誼啦，你們這種扮家家酒打算玩到什麼時候？從沖繩一路跑到這裡來？哼哼，這根本不是神智清醒的人會做的事。」

說著，能美的手用力一揮，朦朧波動罩住手上鉤爪。

「不過嘛，這樣反而省了我不少工夫哪。只要解決掉這邊的傻大個跟那隻小蟲子，就只剩Black Lotus一個人了。就算妳號稱王，總不可能打得過我們兩個聯手，對我來說反而是千載難逢的良機啊……我會跟對付那傢伙一樣，每隔一小時就慢慢折磨妳到死一次，直到妳的點數全部輸光為止。哼哼、哼哼哼哼。」

春雪幾乎完全沒有聽到這番嘲笑的話，他的意識只放在身受重傷的拓武，以及遠處倒地不動的千百合。

能美折磨他們兩人的光景在腦子裡的屏幕上重新閃現。千百合被扯斷手臂而慘叫，拓武更被他用刀挖開腹部而倒地。他們兩人感受到的不只有虛擬的痛覺，更是一種友情跟愛遭到利用，被人踐踏的痛苦，是一種最寶貴的事物遭到玷污、破壞的絕望。

春雪握緊雙拳，全身發抖，能美則以安慰似的口吻對他輕聲細語：

「不過請學長放心，對她……Lime Bell我會破例饒她一命。理由可不是剛剛這個傻大個所說的什麼我搶不走她的治癒能力。而是看在千百合的忠實份上才決定這麼做的，畢竟她對我犧牲奉獻的模樣實在太惹人憐愛了啊……以後我也會好好疼愛她的，哈哈哈哈！」

「……」

春雪從幾乎要咬碎的牙齒縫隙間擠出話來：

「……能美，你錯了。」

「我做錯什麼了？我幾時做錯了？」

春雪正視暮色的虛擬角色，平靜地宣告：

「全都錯了，從一開始就錯了。要是你在進梅鄉國中的時候……找我們之中的任何一個人都行，只要光明正大找我們對戰，跟我們打聲招呼，說你想進我們軍團，這樣就行了。這樣一來，你就可以得到你真正想要的東西，得到朋友、友情，以及牽絆。」

這番話一說完。

Dusk Taker的動作倏然停止，護目鏡下發出的聲音也隨即變得低沉沙啞：

「……你說什麼？你說我……想要朋友？」

「沒錯。你也跟我和拓武一樣，遭人欺凌，心靈受創，然後當上了超頻連線者。你應該也已經透過對戰，知道這加速世界裡有著我們所追求的真正情誼存在。為什麼你就是不肯相信？為什麼要依賴ＢＩＣ這種不實在的力量？當初你應該也有一條相反的路可以走吧？」

經過幾秒鐘的沉默。

能美的虛擬角色忽然全身迸發出強烈的光芒。春雪感覺得出那是一股莫大的憤怒波動，也知道這種憤怒源自悶在內心深處的情緒。

「……所以學長你的意思是這樣了？」

能美以不成聲的音量問道：

「你會原諒我？會看我可憐，收我當同伴？你是大發慈悲對我伸出援手？」

「不。」

春雪立刻搖了搖頭：

「我沒這個打算，我們永遠沒辦法互相了解。來做個了斷吧，能美征二。」

春雪心中當然也存在著對能美的憤怒，但有一股遠遠凌駕在怒氣之上的情緒，化為超高溫的藍色火焰籠罩他全身，那就是決心，一種要在此結束一切的堅定意志。這團火焰的溫度極高，毫不搖晃，看上去甚至像是靜止不動，彷彿是在夜空中靜靜發出冰冷光芒的恆星。

「……哼哼，聽到學長這麼說，我總算放心了。不然就算在這裡解決了你的虛擬角色，我可能還是沒辦法饒了現實世界中可憐的學長呢……也好，就來分個高下吧，有田春雪。這個世界不需要兩個飛行者。」

能美舉起右手，握住拳頭用力往後一拉。

先前一直折疊在背上的黑翼也同時啪一聲大大張開。

春雪見狀也將右手舉向天空，張開手掌大喊：

「『疾風推進器』，著裝！」

夜空中一顆特大號的天空色星星發出閃光，化為兩道雷射朝地面灑落，打在春雪背上，接著便閃耀著光芒留在原處化為實體，形成了一件美麗的強化外裝。

Dusk Taker將翅膀張得更開，強而有力地拍動。

Silver Crow背上推進器開始發出高亢的驅動聲。

短短一瞬間，加速世界中僅有的兩個飛行型對戰虛擬角色視線筆直交錯，靜止不動。

能美蹬地的動作稍稍快了一些。他拍響飛膜型的翅膀，左手剩下的那根觸手有如尾巴般拖動，化為如假包換的惡魔筆直上升。

「……上啊！」

春雪在尖銳的喊聲中，解放了推進器的所有能量。

藍色噴射火焰烤焦了地面，強得駭人的推力讓小小的虛擬角色如爆炸般起飛，轉眼之間就追上了先升空的暮色人影。

能美往下一瞥，用力拍動一邊翅膀，在急速迴旋的同時右手一揮。

「嘿啊啊啊啊！」

尖銳的咆哮聲中，紫色波動化為長長的鉤爪，在夜空中劃出五道弧線直逼Silver Crow。

春雪也將右手五指併攏大喊：

「雷射……劍！」

白色光劍從正下方迎擊紫色鉤爪，猛力碰撞在一起。

交錯只在一瞬之間。光劍劍尖與鉤爪尖端都被切斷，但雙方剩下的心念依然繼續撲向對方身上。

Dusk Taker的胸口多了一道很粗的直線痕跡，而Silver Crow的胸口則刻下了五條細細的傷口，噴出兩種顏色的火花。春雪咬牙忍著劇痛繼續上升，等推進器的能量表用光之後，攤開雙手進入自由落體的態勢。

Sky Raker轉讓給他的強化外裝「疾風推進器」有著壓倒性的推力，但噴射一次就會耗光整條計量表，既不能分成多次噴射，也不能調整推力進行懸停。一旦達到上升軌道頂點，之後就只能靠裝備在推進器上的穩定翼來控制落下方向，重新補滿計量表更需要耗費將近十分鐘的時間。

但春雪能夠透過「強化移動能力」的心念，將自己會飛的現象覆寫到系統之中。當然他離只靠心念就飛得起來的水準還差了十萬八千里，但現在背上既然有著疾風推進器，系統就會為了整合心念覆寫過的現象與原有現象之間的矛盾，將計量表的填充時間縮短到極限。

也就是說，儘管春雪離完全掌握心念系統還差得很遠，但他擁有靠先前經驗而養成習慣的「飛行想像」與經系統認定具有推力的「疾風推進器」，只要將這兩者合而為一，他就能夠飛行。

問題在於——要發動用來恢復噴射計量表的心念，得花上將近五秒鐘。

而且能美在上次對戰中看過他以心念填充計量表，已經知道這一點。

春雪在落下的同時大大攤開雙手，堅定地在心中描繪出以背上翅膀遨遊天際的想像。

他有考慮過要聽仁子的建議，幫這種心念也取個名字以縮短發動時間。然而要對渴望天空的心情安上「招式名稱」來固定心念，卻讓春雪十分抗拒。

因為這是春雪長年來一直藏在心底的願望，更是塑造出Silver Crow的核心。除了「希望」這兩個字，難道還能有什麼別的名稱嗎？

因此春雪就只是默默在心中唸誦，告訴自己：「我能飛。哪怕翅膀被搶走，哪怕被人痛宰，一次又一次被打得在地上爬，我還是要朝天空邁進。」

然而他的祈禱對能美來說卻只是個大大的破綻。

「你想得美！」

Dusk Taker尖聲一喊，劇烈拍動黑色翅膀，筆直朝春雪衝來。

春雪竭盡所有的精神力，漠視這不祥的飛翔聲，完成了自己的心念。清澈的天空色在內心深處鋪展開來，過剩光化為幻影的翅膀釋放到背上，流進上頭的推進器，轉變為一種叫做意志的燃料。

轟一聲強烈的衝擊過後，五根鉤爪深深削過春雪胸口，留下了與先前傷痕交叉的傷口。

「嗚……」

儘管在呻吟聲中噴出大量的火花，春雪仍睜開眼睛，握住了準備飛走的Dusk Taker左臂僅剩的觸手。

與體現出「飛行能力」的翅膀相比，推進器在運用上的自由度確實遙不可及，但前者仍然有弱點。擁有高機動力的代價，就是欠缺穩定性。

春雪拉住觸手，讓能美猛然失去平衡，陷入螺旋下墜的態勢。春雪將這股力道也加以利用，猛力甩動對手，接著以光劍一口氣切斷觸手。推進力加上離心力，讓Dusk Taker狠狠地摔往水平方向。

「啐！」

他發出憤怒的吼聲，劇烈拍動翅膀想要維持平衡，但卻沒有這麼容易恢復控制。

春雪轉身面向他，深深吸一口氣——

放聲大喊：

「給我……飛啊啊啊啊啊！」

疾風推進器以強烈的燃燒聲做出回應。

春雪在夜空中化為一道藍色流星往前衝。地上的燈光與天上的星星全都融為放射狀的光條，唯有Dusk Taker的身影鮮明地保持在視野之中。

右手後縮，五指併攏。

已經沒有唸出招式名稱的必要。純粹的貫穿意志化成光附在手上，引發劇烈振動。

「喔……喔喔喔喔喔——！」

春雪順著咆哮聲，將白銀的光輝往放射狀光條的正中央解放。

「嘿……啊啊啊啊啊——！」

千鈞一髮之際恢復平衡的能美，也在吶喊聲中以右手鉤爪迎擊。

尖銳的共鳴聲與爆炸般的衝擊波撼動了世界。

虛無的鉤爪分別從五個方向咬上光劍劍尖，接住了這一招。兩人以伸出右手的姿勢較勁，接觸的部分放射出強烈的高熱與振動，不斷燒灼雙方的面罩。

「唔喔喔！」

春雪令推進器噴射出所有的能量，企圖穿破能美的防禦。背上的驅動聲拉高到了極限，無限延伸的火焰將天空染成一片湛藍。

——就快了，只要再往前推一點，我的劍就可以刺中這個終極的敵人。只差一點……只差、這一點……！

儘管處於經過加速的感覺之中，仍然可以看到視野左上方的能量表急速減少。

一旦這條計量表用盡，想必能美不會再讓春雪有空填充心念，而會用爪子一口氣撕裂他。

要在這之前——刺穿他！

「喔……喔喔……！」

過熱的意識將視野燒得一片空白，但春雪仍然繼續擠出想像，想要貫穿眼前的屏障。

銀光不斷擠壓虛無，計量表無情地消耗。

或許是因為集中的攻擊力密度太高，讓空間本身產生波紋狀特效而晃動。而光劍就在波紋正中央一分一毫地慢慢推進。

刺到了。劍尖終於就要碰到能美的手掌——

就在這時。

能量表中最後一個發光的像素消失了。

推進器的燃燒聲響開始高低起伏，噴射火焰也間歇性地閃動。

Dusk Taker在護目鏡下露出瘋狂的笑容。

就在這時——

『來……鴉先生，只差一點了。』

春雪聽見一個聲音，一隻白皙的手放上了他的右手。

『來，加油，只差一點點了。』

又有另一個聲音響起，有人推了春雪的肩膀一把。

「唔……啊……啊啊啊啊啊——！」

春雪將剩下所有力量集中在右手的一個點上，大聲怒吼。儘管只有短短一瞬間，能量理應耗盡的推進器卻噴出了巨大的火焰。

在這最後的推力幫助下，光劍終於穿破了虛無的屏障，五根鉤爪散出紫色光芒而蒸發。

「什麼……」

能美的驚呼被另一種聲音掩蓋過去。

「鏘！」一高亢的聲音響起，伸長的光劍將Dusk Taker的右手一刀兩斷，分解成無數的碎片。

「……啦啊啊！」

春雪的意識已經消耗到能活動反而讓人覺得奇怪的地步，但身體仍然半自動地在從高空落下之前有了動作，左手用力刺向敵人的胸口。

心念的光芒已經微弱得幾乎看不見，但手臂仍然在沉重的手感中刺穿夜色的虛擬角色，從背後微微穿出。

「唔……唔嗚嗚……！」

能美灑著紅紫色的火花發出呻吟，痛得弓起上半身。

——還差，一招！

想來只要再補上一記重擊，Dusk Taker的ＨＰ計量表就會耗盡。

但到時候春雪自己也肯定會死。

別說再次填充疾風推進器的能量，他現在就連靠穩定翼控制落下方向的力氣都不剩。ＨＰ只剩一點點，一旦從這個高度墜落到地面，肯定會立刻粉身碎骨。

——可是，就算這樣也沒關係。

——只要打個同歸於盡，讓雙方的點數都歸於Cyan Pile，只要拓武能接替我的夢想，我的奮戰就不是白費力氣。

春雪鞭策著隨時都會消失的意識，高高舉起右手。

朝著同樣幾乎已經昏厥過去的敵對黑色虛擬角色，發出最後的一擊——

就在春雪即將送出這一擊之際。

他聽見了一個聲音。

「香櫞鐘聲！」

那是春雪在這世上聽過最多次的聲音，想來連雙親的聲音都沒聽過這麼多次。是那個會跟他一起歡笑、一起遊戲，有時還跟他爭吵，但立刻又會和好的聲音——

春雪的視線就像受到吸引似的轉往地上。

悄悄站在操場上的嫩草色虛擬角色，發出一道美麗的綠寶石色光柱，籠罩住Dusk Taker。無數鐘聲在夜空中迴盪，彷彿天使的祝福，讓夜暮色虛擬角色身上的傷痕逐一痊癒。龜裂、焦黑的裝甲恢復光澤，失去的雙手也迅速重生。

一陣極其短暫但卻太過深刻的絕望籠罩住春雪。

黑色的球面護目鏡下，一對紅紫色的眼睛開始閃爍，重新亮起強烈的光芒。

「……哼、哼哈、哈哈哈！」

尖銳的笑聲。

「哈哈哈！啊哈哈哈哈哈哈！」

Dusk Taker就像上次一樣，高高舉起重生的雙手，大聲吶喊：

「看，她的忠誠多麼令人動容？怎麼樣……這才叫做力量！這才叫做支配！友情？牽絆？誰需要這種東西！只有靠掠奪得來的支配，才是唯一不可動搖的力量！哈哈哈哈……哈哈哈哈

哈哈哈哈哈！」

扭曲的大笑化為光芒往外放射，空中竄過無數電光。

「好了……是時候……做個了結了——！」

虛無的波動從充滿煞氣的十指不斷延伸。

眼看這幾道波動就要截斷春雪的身體——

瞬間。

發生了奇妙的現象。

強烈的光芒啪一聲閃過。

發光的是Dusk Taker背上那對往左右舒展開來的惡魔翅膀。

翅膀彷彿成了一片極薄的玻璃，迅速龜裂、應聲崩解。

就這麼消失無蹤。

「這……」

能美瞪大眼睛，出聲驚呼：

「為……什麼？……為什麼，我的翅膀會消……」

他話還沒說完，兩個虛擬角色就全身一晃。兩人留在空中的飛翔力已經消失，因而交纏在一起開始落下。

但春雪立刻感覺到有種力量在將自己往回拉。

那是一股熱量。一股活生生的小小熱量附著在背部兩側肩胛骨前端。

只有Silver Crow的掉落速度變慢，刺穿Dusk Taker的左手隨即鬆脫。

夜暮色的虛擬角色驚愕地維持張開雙臂的姿勢，頭下腳上地往地面墜落。

相較之下，春雪的下墜則變得更加緩慢，隨即產生了一種飄浮感——就此懸空。

不是疾風推進器造成的。這件強化外裝的計量表已經徹底用完，沒有動靜。

這個感覺錯不了——是種迫切得令他想哭的渴望與興奮。

「……啊、啊……」

他在忍不住驚呼出聲的同時，雙眼更滲出淚水。

附著在肩胛骨上的熱流溫度不斷提升，能量高漲翻騰，想要尋找出口宣洩。彷彿這兩塊骨頭在喚醒曾經長在它們上頭的器官所留下的記憶。

在這種感覺的引導下，春雪舉起雙手在身前交叉。

握緊拳頭，灌注力道。

「……歡迎回來，謝謝你。」

他小聲說完這句話，雙手一口氣往左右張開。

唰！

比任何音色都來得美妙的聲音響起，迴盪在夜空中。

不必直接用眼睛看，春雪也知道發生了什麼事：背上推進器的兩側，張開了左右各十片閃著銀色光輝的金屬翼片。

這對白銀翅膀，是證明Silver Crow存在意義的飛翔之力。

他終於恢復了本來的面目，回到那個由春雪的精神創傷所塑造出來的形體，加速世界唯一的飛行型對戰虛擬角色。

當這份確信與感動填滿春雪心頭的那一瞬間，還發生了另一個現象。

與飛翼合而為一的疾風推進器計量表也跟著發出光芒，自動重新充填完畢。

彷彿有人在對他說：「飛吧。」

春雪點點頭，右手收回胸前，身體朝向正下方。

在一望無際的廣大白色場地正中央，可以看到Dusk Taker小小的影子還在繼續掉落。

雖說失去了翅膀，但他的ＨＰ應該已經靠著「香櫞鐘聲」而恢復，也許承受得住從高空墜落的傷害。

——不過，我會讓這一切結束。

春雪將銀翼完全張開。

翼片開始微幅振動，一股懷念的推進力籠罩住整個身體。

同時疾風推進器也噴出了火，藍焰映在銀翼上，發出美麗的光輝。

高得駭人的能量，讓春雪一口氣好不容易才轉過來，接著他大喊：

「給我……上啊啊啊啊──」

白銀光芒從翅膀擴散開來，推進器也迸射出長長的藍色噴射火焰。

春雪瞬間突破空氣的障壁。

他的移動速度，在這個加速世界中恐怕是前所未見。不但用上了翅膀跟推進器的推進力，甚至還加上虛擬重力，讓Silver Crow化為一道雷光往下直衝。

哪怕感覺已經加速過，春雪仍然覺得一切只發生在轉眼之間。

Silver Crow以附上心念劍刃的右手為頂點，化為一支光箭朝下墜的Dusk Taker逼近，最後終於接觸──貫穿對方。

暮色的虛擬角色從身體正中央往外呈同心圓狀分解。

春雪連他的多邊形碎片都沒碰到，便從交錯處飛馳而過。

他用翅膀調整姿勢，將推進器朝向正下方，以推進力抵銷下墜的力道來減速，最後慢慢停住。

緊接著兩隻腳的腳底捕捉到了地面。

春雪就這麼雙膝一軟，耳裡聽到了咚一聲沉重的落地聲響。

春雪奮力抵抗劇烈湧起的疲倦感，抬起頭來。

這裡是梅鄉國中操場，離起飛位置很近，稍遠處可以看到一個黑色物體滾落在地。

是Dusk Taker，但他剩下的只有頭部、胸膛，以及左肩正要開始重生的短觸手。護目鏡下的兩眼不規則地微弱閃爍，ＨＰ計量表就算有剩，想必也已經不到一成。

春雪拖著身體站起。

往前走上一兩步，就聽到說話的聲音。

「……為、什麼……為什麼……我的翅膀……會消失……？」

從能美的呻吟聽來，這件事帶給他的震撼似乎比身體被打掉一大半還要嚴重。

回答他的不是春雪。

「這是因為……我的能力不是『治癒』。」

回頭一看，就見到千百合——Lime Bell的身影。她以斷掉的右臂遮住穿孔的側腹部。

她身旁還站著失去雙臂沒有治癒的Cyan Pile，另外還可以看到Black Lotus跟Black Vise對峙的身影。他們毫不鬆懈地互相提防，但看來雙方都已經停下心念攻擊。

「妳……說、什麼？」

能美以沙啞的嗓音發問：

「不是治癒能力……那還會是什麼能力？」

千百合先沉默了一會兒，才緩緩開口：

「……我從當上超頻連線者時，就一直覺得不可思議，想不通為什麼系統賦予我『治癒』的能力。可是啊……星期二的第五堂課，第一次治療你以後，我在跟小春他們講話時就發現事情不對勁。那時候小春說我不只治好虛擬角色的傷勢跟ＨＰ，連你右手的機械都復原了，當時我就覺得說不通，這樣根本不是治療，而是修理。於是……我發現了真相。」

新綠色的虛擬角色深吸一口氣，明白地宣告：

「我的能力不是『治癒』，而是『倒轉時間』，也就是讓目標虛擬角色的時間回溯。所以……我就有了個想法，只要好好運用這個能力，一定可以拿回小春的翅膀，可以把時間倒轉回Dusk Taker搶走Silver Crow的能力之前，讓一切跟沒發生過一樣。」

——原來……是這樣啊？

一想到這裡，春雪內心就猛烈刺痛，雙眼熱淚盈眶。

——但我卻懷疑小百，沒能相信為了我這麼努力的兒時玩伴。我是個傻瓜，是個大傻瓜。

春雪深深垂下頭，耳裡卻聽見一個彷彿來自地底般充滿怨恨的聲音：

「……妳說什麼……妳背叛我？Lime Bell，妳竟敢背叛我？」

儘管已經失去大半具身體，處於瀕死的狀態，但能美卻彷彿透過憤怒得到力量似的大喊：

「我讓妳贏了那麼多次……給了妳大量的點數，妳卻背叛我！」

「不對，我才沒有背叛你。」

千百合以稍稍找回了一貫倔強的嗓音回答：

「我第一次治療你，是因為被你用影片威脅。後來我聽你的命令，是為了讓必殺技升級，增加可以倒轉的時間……更是為了抓住今天這唯一的機會。我從來就沒有跟你站在同一邊過！」

又是一陣沉默。

暮色虛擬角色突然開始抖動那已經有一半算是殘骸的身體，低聲笑道：

「……哼、哼哼哼，夠了……你們一個個都是笨蛋，我看到你們的臉就煩，我要回去了。我會把你們每個人的個人資料散播出去，讓別人去解決你們。我會轉學，換一個地方開創我的王國——好了，Vise，你還愣著做什麼？趕快帶我登出。」

一聽到這句話，春雪驚覺地抬起頭，望向在遠方跟Black Lotus對峙的積層虛擬角色。

漆黑的虛擬角色慢慢歪了歪頭——

接著以平靜的語氣說：

「這可傷腦筋了。處於這種狀況下，你的要求再怎麼說都太嚴苛了啊，Taker同學。」

「……那就努力克服啊。少了我這個主力，『研究社』應該也很傷腦筋吧？說不定ＢＩＣ的情報也會洩漏出去喔？」

「這點我想不用擔心。我們的ＢＩＣ經過調整，一偵測到使用者失去BRAIN BURST，就會瞬間停止運作，隨即溶解在腦脊髓液裡頭消失不見，所以不太可能追蹤得到晶片的存在。而且啊……Taker同學，你應該也知道的，加速能力者一旦退出，就再也不能對這個世界做出任何干涉。」

春雪完全聽不懂Black Vise最後這句話的意思。

但能美卻昂起頭來瞪向正上方的滿月——忽然間大喊：

「該死！該死！該死啊啊啊啊啊啊！」

他咆哮了一陣，又繼續說道：

「我不能接受！我不能容許這樣的收場！來人啊，誰都好，來人啊！來救我！我會把點數給你！」

——夠了。

春雪心中閃過這個念頭，拓武也看著春雪說道：

「……結束這一切吧，小春。」

「……嗯。」

春雪點點頭，開始往前走，為的是結束這一切。

Dusk Taker一認出走近的Silver Crow，立刻高聲叫鬧：

「住……住手！對了，以後換我提供點數給你們！這交易應該不壞吧！不然要我加入你們軍團也行！」

春雪邊走邊舉起右手，白色光輝從併攏的手指延伸出來。

「住手、不要、我不想失去！這是我的力量！是我的『加速』！不要，我不要……不要啊啊啊啊啊啊啊啊！」

Dusk Taker彈起只剩一半的身體翻了個面，用短短的觸手抓著地面想要爬遠。

春雪心一橫，高高舉起光劍──

毫不猶豫地一閃而過。

空氣振動，一道光線從白色地磚上劃過、延伸，吞沒了位於延長線上的Dusk Taker。

這一劍無聲無息，將暮色的虛擬角色一刀兩斷。

緊接著巨大的紅紫色火柱噴出，無數絲帶狀的光解放到空中，溶入空氣消失無蹤。這些絲帶全都是用微小的數位碼織成，春雪過去只看過一次這個光景，那就是超頻連線者的最終消滅現象。

這一瞬間，曾主宰梅鄉國中，以壓倒性實力一再蹂躪春雪等人的「掠奪者」，永遠離開了加速世界。

春雪呆立不動，視野中出現了紅色發光的系統字形，宣告生死鬥已經分出勝負。接著是一段系統訊息，告知有大量點數加算進來，已經可以升上5級。

但春雪心中不但沒有勝利的快感，甚至沒有一丁點成就感。只覺得一切都結束了。只有這樣的認知平靜地擴散到全身。

當他拖著遍體鱗傷的身體，走向千百合跟拓武時，聽見一個堅毅的聲音。

「那麼──」

是剛剛以心念戰完全壓制住神秘超頻連線者「Black Vise」的黑雪公主說話的聲音。

「雖然我有一大堆問題要問，然而看來你不打算回答，那我們還是趕快做個了結吧。」

對此積層虛擬角色則頻頻搖頭：

「啊呀呀，這幾分鐘已經夠讓我體認到王的實力有多強了，實在是沒勝算啊，我還是乖乖退場吧。」

他的聲音非常平靜，似乎完全不把自己人就在眼前完全消滅這回事放在眼裡。黑雪公主倏地舉起右手劍，以更加嚴峻的聲音小聲說道：

「我們可沒道理這麼簡單放你走。我會先砍了你，再利用等你復活的一小時，考慮該怎麼處置你。」

「好可怕～」

Black Vise聳聳肩，仍然顯得氣定神閒：

「──不過我最突出的能力就是『跑得快』呢。啊，在跑之前我得先交代一件事，我跟黑色軍團的各位無冤無仇，之所以會來這裡，純粹是因為Taker同學付了報酬委託我幫忙。我當然沒有收到各位的個人資料，如果可以，我也希望今後再也不會跟各位扯上關係。」

「已經太遲了。」

黑雪公主冰冷地回了這句話，右手劍泛起紅光，左手劍則泛起藍光。

就在她前進之際──

忽然發生了一個奇妙的現象。

Black Vise以正中央的一片薄板為中心，將構成他全身的無數薄板啪啪幾聲聚集在一起。

這時出現在他們眼前的，已經只剩一片黑色薄板──不，只剩一道影子。從春雪的位置還勉強看得出形狀，但若是從他正面看去，幾乎完全看不到形體。

「那麼各位，在下先告辭了。」

剛聽到這句話，這道薄影就彷彿融化般沉入腳邊的校舍影子中，咻一聲高速遠離。

「——哼！」

黑雪公主大喝一聲，右臂往正上方一揮。

一道火紅直線從地面竄過，碰到校舍後往上竄去——

「唔，啊？」

白色宮殿西南方一角，在現實世界中是辦公室與校長室一帶的部分被切了下來，大肆崩塌，嚇得春雪驚呼出聲。

碎裂四散的無數白色物件中，一片小小的黑色薄板高高彈起，插在一處離操場頗遠的地方——接著變成一條手臂滾落在地。

「……讓他給跑了啊。」

但破壞只到這裡。手臂也迅速化為無數多邊形碎片飛散消失。

黑雪公主說著放下劍。

春雪看著她那太美、太英勇，又太過夢幻的身影。

過了好一會兒才大喊一聲，朝她跑去：

「……學姊！」

他拚命驅使著上半身裝甲已經爆開，身上更有著無數傷痕的虛擬角色往前飛奔。黑雪公主聽到腳步聲，轉過身來看著他。

春雪在她眼前停步，用力握緊雙手。

「學姊……學姊……我……我……」

一句話再也說不下去。

黑雪公主注視著春雪背上與翅膀合而為一，閃閃發光的強化外裝——「疾風推進器」，沈默了好一會兒。

接著她閃動藍紫色的眼睛，深深地點了點頭。然後舉起右手劍，用刀背拍了拍春雪的肩膀說道：

「——你做得很好。詳細情形等明天我回東京再說吧，現在就先好好休息。」

她將視線轉往春雪背後，Cyan Pile跟Lime Bell也已集合到此。

「拓武你也做得很好，辛苦了。還有……倉嶋，不、千百合。」

這時黑雪公主做出了出人意表的行動。她朝著Lime Bell低頭鞠躬。

但真正驚人的是她接著說出的一番話：

「——真的很謝謝妳。要不是有妳通知，我就趕不上了。」

「有……」

「有這種事？」

春雪跟拓武同時驚叫出聲。

「通、通知學姊……小百，是妳去通知黑雪公主學姊的？」

「不然咧？」

千百合左手搖鈴亂揮一通，以一如往常的開朗聲調大聲說道：

「小春你以為我幹嘛要特地跑去你家？當然是為了確定真正的決鬥時間，好告訴黑雪學姊啊！」

「呃……呃呃……等、等一下……」

春雪一邊哀嚎，一邊拚命運轉疲憊至極的頭腦。

就在即將沉潛到無限制中立空間之際，春雪對能美送出最後一封延期訊息之後，確實有說過：「好，一分鐘後沉潛進去。」

所以千百合一聽到這句話，就立刻按下了事先放到虛擬桌面上的按鈕，傳訊給黑雪公主。而黑雪公主在沖繩收到訊息之後，就立刻沉潛到無限制空間，抓住飛馬型公敵，飛奔十五小時一路趕到東京——事情就是這樣？

春雪跟拓武面面相覷，千百合繼續說道：

「事情交給你們這些愛逞強的男生實在讓人放心不下，所以早在你們確定要找他決鬥的時候，我就已經先發郵件給學姊，把先前發生的事情全都告訴她。學姊看了就回信說她會從遊戲空間裡趕來，要我確定正確時間。剛剛在小春家裡一直不知道你們到底幾時才要確定時間，搞得我真的快發瘋了！」

「對……對不起……」

春雪先向她道歉，接著用力搖搖頭──

首先對黑雪公主深深一鞠躬。

「謝謝妳，學姊。學姊竟然整整花了十五小時來救我們……當我看到屋頂上的學姊，真的覺得好感動……好高興。」

「我好像耍帥耍得過火了點。」

看到黑雪公主聳聳肩膀，春雪忍著眼淚以微笑回應。

接著望向千百合，再次向她低頭說道：

「……謝謝妳，小百。要是只有我跟阿拓，我們一定已經輸了。真的……很謝謝妳。」

他喉頭哽咽，聲音發顫。

「……真拿你們沒辦法。」

千百合回答的聲音也帶著幾分顫抖，但這位兒時玩伴仍以開朗的語氣說下去：

「要是只有你們，以後我一樣會擔心得不得了……所以我就大發慈悲，加入黑暗星雲吧。」

「咦？」

「小、小千？」

千百合也不理會兩個驚訝的男生，逕自面對黑雪公主，有些靦腆地歪頭示意詢問。

黑雪公主見狀也點點頭，迅速操作ＢＢ程式的介面。

千百合看到顯示在視野中的軍團加入邀請，毫不猶豫地按了下去。

接著漆黑與嫩草兩種顏色的女性型虛擬角色各自走上一步——

用劍跟手搖鈴高聲互擊。

默默看著這幅光景的春雪，聽見身旁的拓武低聲說：

「……我們之前到底在擔什麼心啊？」

「……就是說啊。不過……太好了，真的……太好了……」

春雪也在無意識中伸出手，牢牢抱住Cyan Pile的肩膀。

四名超頻連線者在加速世界的蒼藍月光照耀下，就這麼在原地佇立了好一會兒。

沒過多久，黑雪公主抬起頭來，以爽朗的聲音命令部下：

「好了……我們回去吧，回現實世界去。」

春雪從高圓寺車站的登出點離開無限制中立空間，回到現實世界的家裡。

雖說決鬥過程接連發生意想不到的轉折，但所花的時間合計還不到一小時，也就是說在現實世界中還過不到三秒。

但一回到現實中的身體，春雪立刻感受到一股莫大的倦意，整個人累得趴到桌上。接著才強忍疲憊，抬起頭來。

當他的雙眼總算對好焦距後，就發現眼前的千百合同樣連連眨著眼睛。

兩人的視線交錯了短短一瞬間。只是這麼一下，就讓春雪心中湧起一股熱流，差點雙目含淚，趕忙開口說道：

「……妳早說不就好了？」

接著在身旁頻頻搖頭的拓武也說：

「就是說啊。要是妳早點告訴我們妳已經通知軍團長……不，更重要的是如果妳早告訴我們說妳會跟能美聯手，都是為了拿回小春的翅膀，我們就不用那麼煩惱了。」

看到兩個男生因為過度自責而忍不住抱怨，千百合重重嘆了一口氣，以一副不敢領教似的聲音回答：

「我說你們喔，剛剛我明明說過！要用『香櫞鐘聲』倒轉Dusk Taker的時間只有一次機會，所以我不能冒任何被能美發現的風險。雖然我是覺得不可能，但要是能美在我身上放了竊聽用的程式或裝置這類的東西，一說給你們聽不就拆穿了嗎！」

春雪啞口無言，跟拓武對望了一眼，接著才茫然說道：

「原、原來妳考慮得這麼周到……小百居然會這麼機靈……」

「等一下，你這是什麼意思啊！」

千百合大喊一聲，從椅子上站起，就要繞過桌子去賞春雪一拳。

但她才剛起身，就頭昏眼花地癱坐下來，嚇得另外兩人連忙移到她身前坐下。

「小、小千，妳還好嗎？」

千百合輕輕點頭回應拓武——

忽然以顫抖的嗓音小聲說道：

「……我真的好努力喲。」

一滴水啵一聲落在木頭地板上。

「……雖然真的好難受……可是人家好努力，真的好努力……」

接二連三落下的水珠，在地板上發出寶石般美麗的光輝。

春雪心中一陣激盪，以顫抖的嗓音輕聲說道：

「嗯……謝謝妳。真的……很謝謝妳，小百。」

千百合打了個大大的嗝，接著抬起被眼淚沾濕的臉，突然雙手伸向他們兩人的脖子，左右手分別擁住拓武跟春雪，用力蹭著他們的頭說：

「我最喜歡……最喜歡你們兩個了！」

看到兒時玩伴像個孩子般放聲大哭，春雪用力回抱她，眼淚奪眶而出，拓武的眼鏡下也流過一行淚水。

同年出生、一起長大的三人，就這樣相擁而泣。

「勝率百分百！」

春雪先握緊右手喊了這麼一聲，才垂頭喪氣地說下去：

「……就好了，只要沒輸掉最後一場……」

11

翌日，四月二十日星期六傍晚，地點跟昨天一樣在有田家客廳。

每週這個時間，是對戰格鬥遊戲「BRAIN BURST」最精彩的時段，軍團間會進行領土戰爭。本週春雪他們所屬的「黑暗星雲」軍團在陣容上少了軍團長Black Lotus，本來以為會陷入苦戰，當結果揭曉時，戰績卻接近全勝。

理由就是昨天才剛加入軍團的「Lime Bell」立刻加入戰局。

儘管她的「治癒能力」其實是「時間回溯能力」，但還是可以作為等效的HP回復手段。問題在於如果一直重複治療、中彈、治療，一旦回溯太多時間，搞不好就會回溯到更早一次中彈而受到損傷的情形，但這點也勉強可以由施術者憑感覺來彌補。

因此春雪等人的戰法，就是以Silver Crow與Cyan Pile其中之一保護Lime Bell，另一方則進行不要命的特攻再回到據點治療。這個戰法發揮了作用，眼看就可以寫下許久沒有人達成的領土戰全勝記錄，然而……

最後跑來進攻的遠攻型三人團隊採用了完全不同的戰法，那就是完全不接近春雪他們的據點，以集中砲火攻擊衝鋒的一人。遇到這種戰術，剩下兩人也不得不慢慢推進，等到三人聚集在一起時，就被對方以必殺技集中砲火一口氣殲滅了。

「算了，沒辦法。以倉促成軍的團隊來說，能贏這麼多場已經很夠了。」

看到拓武說完後啜著大杯飲料，春雪噘起嘴說：

「話是這麼說沒錯啦。只是到頭來，又是被敵人抓住我們缺乏遠程火力的弱點才打輸，實在很不甘心啊。」

「只是這個弱點就算軍團長回來，也一樣不會改善啊……」

「當然是在不動用心念的前提下啦。」

他們兩人同時想起黑雪公主那記劈開梅鄉國中校舍的遠程攻擊，忍不住背脊發抖。

千百合大概是因為昨天在他們面前大哭而覺得不好意思，說要從自己家下潛，沒有到春雪家來，所以現在只有他們兩個在場。春雪從先前自一樓購物中心買來的漢堡套餐裡抓起一根薯條丟進嘴裡，咳了一聲改變話題：

「總之領土戰辛苦了。那……阿拓，我說啊……他後來有跟你接觸嗎？」

這個問題省略了能美征二這個名字，但拓武仍然微微搖頭回答：

「不……都沒有，我也覺得很好奇……雖然說是他自己提出決鬥這個主意，可是我怎麼想都不覺得能美那樣的人輸了就會立刻死心。」

「我也是。」

氣氛突然變得沉重，兩人同時陷入沉默。

春雪又拎起一根薯條，咬著一端說道：

「……當時出現那個叫『Black Vise』的虛擬角色，他有說過一句高深莫測的話對吧？失去BRAIN BURST的加速能力者，再也不能干涉加速世界。你想那會是什麼意思……？」

「咦……？不就單純指不能加速，所以無法找人對戰了嗎？」

「我當時也是這麼想。可是該怎麼說……我總覺得這種事情理所當然……實在不需要在那個時候特地講出來提醒能美──我說阿拓啊，問這個你可能不太想回答……」

春雪朝坐在身旁的拓武瞥了一眼，問道：

「你的『上輩』……就是你之前那間學校的劍道社主將，被藍之王用『處決攻擊』強制反安裝了對吧？」

「……嗯，我是這麼聽說的。」

「之後你有跟他談過BRAIN BURST的事嗎？」

拓武聽了後皺起清秀的眉毛，露出思索的表情：

「——那個時候我忙著辦轉校……我有去劍道社跟大家道別，可是當時還有其他社員在，當然也就沒有提到BRAIN BURST。而且……該怎麼說呢，他看起來好像想開了，我也就沒有特地舊話重提。」

「想開了，是嗎……」

春雪喃喃自語地複誦一遍，覺得自己也聽過類似的情形。他很快就想到了答案——紅之王仁子的上輩「Cherry Rook」。他以災禍之鎧Chrome Disaster在加速世界中肆虐，最後被仁子親手處決，失去了BRAIN BURST。

仁子有說過他後來的情形，說他恢復了以前的個性，肯好好跟她說話，還說搬家以後也打算繼續跟仁子玩其他網路遊戲，跟拓武所說的情形確實有幾分類似。

但他怎麼想，都不覺得這兩個例子可以套用到能美身上。能美被逐出加速世界之前那充滿怨恨的喊聲，到現在還留在腦海中。春雪本已做好心理準備，認為能美極有可能會做出報復性質的行動——但直到現在，能美都沒有來跟春雪、拓武或是千百合接觸。

「……看來只有等到星期一，直接去找他談談了。」

拓武有氣無力地說出這句話，春雪也微微點頭：

「說得也是……而且影片的事情總要解決。」

不再是超頻連線者之後，能美征二在加速世界中已經沒有東西可以失去。只要他有這個意思，確實可以為了報復而散播那段偷拍的影片，或是將春雪等人的個人資料交給其他超頻連線者。春雪他們只有一張牌可以對抗，那就是能美腦子裡的植入式晶片，然而在這點上Black Vise說了一句令人擔心的話。

他說一旦失去BRAIN BURST，BIC也會自動停止運作，就這麼溶解在人體組織中。BIC的本體是一團由合成蛋白微型機器組成的集合體。只要事先編寫這樣的指令，要進行分離或溶解確實都辦得到，這樣一來就再也無法用掃瞄方式檢查出晶片的存在。也就是說，能美不會為了這個理由而被退學。

因此站在春雪的立場，實在無法就此不再跟能美接觸，非得跟他直接交涉，要他刪掉影片不可。只是這個任務確實令人想到就覺得沉重。

拓武喝光了飲料，在廚房倒掉冰塊，將用再生材質做成的杯子洗乾淨，丟進專用的回收袋之後說：

「那我們就星期一學校見了。你去見能美的時候要不要我陪？」

「不、不用了，我一個人去。謝啦，辛苦你了。」

在玄關送走拓武，回客廳收拾好東西後，春雪這才喘了口氣。

他看了看虛擬桌面上的時鐘，接著望向窗外傍晚的天空。

——不知道學姊是不是還在飛機上？還是已經到機場了？

他腦中模模糊糊地想著這些事，接著用力搖搖頭，調整自己的心情。只要等到星期一，就可以在學校見面了。都已經忍了一週，剩下一天半沒什麼大不了的。

春雪強行按捺迫切的心情，因此當門鈴響起時，他毫不懷疑地認為是拓武有東西忘了拿。

「怎麼啦？有東西忘……」

「了」這個字卡在喉嚨裡，甚至讓他連呼吸都停住了。但春雪甚至沒有意識到這些，眼睛睜得眼珠幾乎都要掉出來。

站在他眼前的，是個右手提著紙袋、左手拉著附電動馬達行李箱，還身穿梅鄉國中制服的女生。微風吹得她胭脂色的絲帶與一頭黑色長髮飄起，讓春雪覺得傳來了一陣南國的芬芳。

「……你想定格幾秒啊？」

聽到這個聲音，春雪的腦子才總算重新開機。他先用力地吸了幾口氣，才擠出沙啞到了極點的聲音：

「……學、學、學、學……學姊？為、為、為什麼……」

「你這是什麼話，虧我直接從羽田機場帶紀念品來給你。」

看到學姊——黑雪公主可愛地鼓起臉頰，春雪馬上立正站好不敢動，以媲美交警機器人的速度反覆揮動右手說道：

「啊，請、請、請進！學姊請進！」

「謝謝，打擾了。」

黑雪公主點點頭，走進玄關之後留下鞋子跟行李箱，跟著踏上走廊。她大步從春雪身前走過，進入客廳。

春雪跌跌撞撞地跟去，一臉完全不知如何是好的表情環顧自己家裡說道：

「……這、這個，我家長輩總是很晚才會回來。」

「我知道，所以我才來的。」

「是、是這樣啊？呃，這個……對、對了，我我我去泡茶。」

春雪拚命叫自己冷靜，告訴自己要冷靜應付狀況，接著準備走向廚房；黑雪公主見狀便彷彿想起什麼似的將手伸進紙袋裡。

「那就請你把這個也拿去微波一下吧。」

她拿出來的是一個巨大的褐色球體。春雪以雙手接過這個直徑恐怕有十五公分的物體，盯著它猛瞧。

透明的包裝紙上，以非常有沖繩風格的字形印有一行字，上面寫著「炸彈開口笑」。

「……這、這是……開口笑？」

「嗯。你不是說想吃直徑三十公分的嗎？只是我實在找不到你要的尺寸，就請你將就一下吧。」

「哪、哪裡，這個已經夠大了，讓我嚇了一跳。」

「對吧？我找到的時候也嚇了一跳。」

春雪直盯著笑呵呵的黑雪公主看了好一會兒，才總算覺得沒那麼緊張。同時雙眼也不聽使喚地濕了起來，讓他趕忙轉身躲到廚房去。

他從紙袋裡拿出巨大的沖繩風甜甜圈，放進微波爐加熱。接著又拿了瓶裝烏龍茶跟兩個杯子到客廳，再把加熱過的開口笑放到盤子上。想了一會兒後，他決定把餐刀也一起帶去。

坐到餐桌前的黑雪公主，從盤子上拿起餐刀，以不同凡響的用刀技術將開口笑一分為二。她拿起金黃色剖面還冒著騰騰熱氣的其中一半遞給春雪，說了聲：「請用。」

「那……那我開動了。」

春雪接下後咬了一大口。品嚐外層酥脆、內餡柔軟的兩種不同口感，心想做得這麼大原來真的有意義。

「好、好吃，真的很好吃。」

「是嗎？那太好了。」

這時春雪才總算想到了最根本的疑問，那就是自己為什麼會要學姊去買巨大開口笑。

他邊動嘴邊拚命回想自己的行動，餐桌對面的黑雪公主便在她水仙花般的美貌上露出更深的笑意說道：

「對了，春雪。」

「學、學姊請說。」

「告訴你我現在的心情吧。」

「好……好的。」

「想要誇你做得好的心情佔了百分之四十九，想要揍你一頓的心情則佔了百分之五十。」

……剩下的百分之一呢？

但春雪當然問不出口，連忙挺直腰桿，卻差點被一口比較大的開口笑哽住喉嚨。他好不容易嚥了下去，這才全力低頭道歉：

「非……非常對不起！全都是我的責任。我本來不想給去旅行的學姊添麻煩，結果還是靠學姊幫忙……而且我竟然害得學姊得要從沖繩花整整十五個小時跑來……」

「我說你喔……」

黑雪公主臉上的微笑突然轉為嚴厲，以不高興到了極點的聲音說道：

「我不是在氣你讓我出手。正好相反，你為什麼不從一開始就找我？只要你三言兩語告訴我狀況，我一定馬上從沖繩飛回來幫忙！」

「那、那怎麼可以……這可是一輩子只有一次的畢業旅行啊……」

「反正玩起來也不怎麼開心！理由應該不需要我說明吧！」

如果黑雪公主現在是以對戰虛擬角色說出這話，肯定光靠劍氣就已經把桌子劈成兩半。說完她就嘟起了嘴，所幸又立刻呼了口氣，稍稍放低聲調說：

「……不過這就算了，總之我要你先把事情說清楚。從頭到尾一個位元組都不能少！」

之後春雪就一邊咬著巨大開口笑，一邊說出這段十分漫長的故事。從能美征二出現、第一次跟Dusk Taker對戰，去無限制空間修練——一直到昨天的決鬥為止。

聽完他花了將近一小時所做的說明，黑雪公主垂下長長的睫毛，輕輕舒了口氣。

幾秒鐘後，她輕聲說了幾句話：

「……春雪，你叫來那件強化外裝……『疾風推進器』的時候，我的心臟差點就停了。」

喝著烏龍茶的春雪猛然抬起頭，卻說不出話來。

將「疾風推進器」送給春雪的加速世界隱士Sky Raker，曾是第一期黑暗星雲的主力團員，也是黑雪公主的朋友。

Sky Raker追求飛翔到了著魔的地步，甚至不惜請黑雪公主幫忙砍下她的雙腳。黑雪公主答應了她的請求——之後更投身於與其他諸王展開的血腥戰鬥之中。

如今黑雪公主的臉上只露出十分溫和，卻又帶著點悲切的微笑。

「真沒想到……會由她來傳授你『心念系統』啊……」

「……對不起，我沒有經過學姊准許就自作主張……」

聽到春雪道歉，黑雪公主輕輕搖頭說：

「不，我想她應該比我更適合教你。畢竟在精通心念的高等級超頻連線者之中，多半就屬Raker最相信那個系統的可能性了。而且……要是由我來教，大概無法對你魔鬼到底吧。」

見她嘻嘻一笑，春雪也重重點頭說：

「她……她真的夠狠，還從舊東京鐵塔頂端把我推下來。」

「哈哈哈，真像她的作風啊。」

黑雪公主懷念地笑了一陣後，忽然不再出聲。

她的目光落在餐桌上好一會兒，接著輕輕碰響椅子站起，走到靠南邊的一扇大窗前，默默望著外頭的夜景出神。

春雪看了那披著黑色長髮的背影好一會兒後，終於下定決心走到黑雪公主身旁，依樣畫葫蘆地望向窗外。

「……心念系統的力量實在太強大了。」

幾秒鐘後，她輕聲開了口：

「因此接觸過的人都會迷上，會奮不顧身地想鑽研到極致，完全納為己有。可是啊……我卻認為如果那只是程式上的漏洞，管理者不可能置之不理。也因此，我總覺得那種力量多半不是偶然產生的非正規系統……而是從一開始就在BRAIN BURST中所設下的圈套。」

「圈、圈套……？」

「沒錯，用來引誘我們超頻連線者，將我們的精神帶到不一樣的次元……」

這句話對春雪來說完全是個謎，但他仍試圖了解，皺起眉頭思索。黑雪公主微微轉過頭來，左手輕輕碰在春雪臉頰上：

「不，別在意，你只要繼續勇往直前就好。沒錯……如果是你，說不定……說不定只有你可以跨越那深邃的黑暗，接近真正的心靈之光……」

黑雪公主溫和一笑，轉身正對春雪，將右手也放到他臉上。

接著正色說道：

「好，我就告訴你剩下的百分之一是什麼吧。」

春雪嚇得全身僵硬，心想「該不會比『揍一拳』還高階？也就是用踢的？不，也可能是關節技？」

他腦中裡正轉著這些差了十萬八千里的念頭，黑雪公主雙手已經繞上他的脖子，用力將他擁進懷裡。

春雪被一陣極具彈性的強大力道固定住，這種來自全方位的壓力以及顏面前方的觸感，讓他的意識三兩下就超載，思考的齒輪不斷發出哀嚎。

想來已經變得火紅的左耳，收到從近得幾乎要碰到的嘴唇所發出的聲音：

「——我一直想這樣抱住你。當千百合寄郵件通知我，說你翅膀被搶走……卻還努力想要對抗敵人的時候，我就一直、一直想要這樣抱住你。」

黑雪公主以強得不像那苗條身軀所能使出的力道緊抱春雪，以顫抖的聲音低語：

「你真的很努力，真虧你能熬過來……對不起，這種時候我卻沒能在身邊陪著你。我……真沒資格當你的『上輩』……」

一滴火熱的水珠碰到了春雪左臉頰。

他睜大了眼。視野中搖曳的長髮光澤與光線摻在一起，分也分不清。

春雪無意識中也舉起雙手，圈住她苗條的腰，擠出顫抖的聲音說：

「我……我才應該道歉，對不起，讓學姊擔心了。」

這句話一出口——

「我好擔心、真的好擔心！要是你就這麼消失不見，我該怎麼辦才好……我好怕，真的好怕！」

黑雪公主半哭喊地說出這句話，雙肩頻頻顫動。

春雪一陣哽咽，什麼話都說不出口。他只能在心中拚命唸誦「我就在這裡」、「我會一直陪在妳身邊」、「我絕對不會消失」。

黑雪公主就這麼持續發出細小的嗚咽聲幾十秒，隨後深吸一口氣，稍稍放鬆了擁抱說：

「……我得獎賞你才行啊。」

突然聽她這麼說，春雪只能連連眨眼：

「咦，獎……？」

「你不是成功守住了領土嗎？之前我也說過，只要你能死守住杉並，我就答應你一個要求作為獎賞。」

她在耳邊這麼輕聲細語，春雪的意識立刻又衝進紅色警戒區。

然而——

用只有三十公分的線直連，或是想看她的泳裝影片，這些「邪念」瞬間就一掃而空。

當下，我們擁抱在一起。

當下，她就存在於這個世界之中，除此之外我還能要求什麼呢？

……我要變得更強，有朝一日成為能夠保護妳不受任何威脅的騎士。所以，在這之前還請妳一直陪在我身邊，看著我、引領我。

心裡一有了這樣的願望，春雪就半自動地開了口：

「……那，請妳陪在我身邊。」

他任憑這股從內心深處上湧的情緒驅使，以沙啞的聲音說：

「請妳一直、一直，陪在我身邊。這就是……我唯一的要求。」

哪怕妳畢業，也要繼續當我的學姊、當我的軍團長、更要繼續當我的「上輩」。

春雪本想在腦子裡補上這幾句話，然而……

原本輕輕擁著春雪的黑雪公主，身體卻猛然僵住。

她忽然放開擁抱，轉眼間往後退了將近兩公尺之遠，還撞到沙發一跤坐倒。剛剛還哭得一把鼻涕一把眼淚，現在當事人卻彷彿連這些都給忘了似的瞪大眼，嘴還一直開開閉閉。

過了一會兒，她的脖子到額頭瞬間變得通紅，以異常的高音喊道：

「你、你、你……你在說什麼鬼話啊！」

「咦？這個，咦……？我、我，只是、這個，也沒有……」

春雪愣在那兒搞不清楚狀況，就這麼過了十秒左右，黑雪公主的臉才由上而下慢慢恢復原本的白皙，嘆了一口長——得不得了的氣，同時連連搖頭。

「……好吧。」

黑雪公主忽然開口。

她站起身來，再次走到春雪身前，右手輕輕放到他頭上。

「我答應你。我會陪在你身邊，直到永遠。」

黑雪公主將春雪的頭髮搔得一團亂，同時露出最棒的笑容這麼說。

12

「……有田，揍我一拳！我求你，揍我一拳！」

隨著這句已經不知道說了幾次的台詞，理成三分頭的頭顱湊向春雪眼前。說話者是籃球校隊的石尾，那個前幾天找春雪到屋頂揍了他一拳的學生。

「不、不用，沒關係啦，我知道你認錯了。」

春雪也說著已經不知道講了幾次的台詞，拚命想要擺脫這個場面。

然而他所在的地點是二年C班講台前，時間是星期一早上的班會時間，他的右側有四十名學生，明顯無路可退。而且導師菅野還站在石尾對面，一臉正經地雙手抱胸。所謂進退維谷指的就是這種情形吧？

石尾的臉又往前湊得更近，眉頭皺成八字形懇求：

「不，你不揍我，我就不能原諒自己！我明明沒有證據，卻誣賴你是偷拍未遂犯……甚至還動手揍了你一拳……如果你把事情鬧大，我就算遭到校方處分也不奇怪！可是你卻什麼都沒跟老師說。要是你不揍我，我沒辦法原諒自己！」

……那你不會自己打自己啊？

春雪一邊在心中發出這樣的哀嚎，一邊對千百合跟拓武投以求救的眼神。但他們倆只擺出一臉笑嘻嘻的表情，拿眼前的狀況取樂。

——上週女子更衣室的置物櫃裡發現小型數位相機的「偷拍未遂案」之所以會有這種急轉直下的轉折，全靠了黑雪公主的手腕。

她以那網路魔女般的技能跟創意所實行的計畫，內容簡單而且立竿見影。黑雪公主在學校的遺失器材清單上動了手腳，將這台相機的廠牌、型號跟序號記錄混進清單中。

春雪當然問：「這樣做真的不要緊嗎？」但黑雪公主則答得十分乾脆。照她的說法是：「只是讓原本就跟你無關的相機，變得跟你更沒有關係而已。」

既然連序號都一致，那這台相機是校方在兩年前遺失的器材這點也就不容懷疑，春雪兩年前還不是這間學校的學生，他的嫌疑也就瞬間洗刷乾淨。當菅野在班會報告完這個情形，石尾立刻站起，將春雪拖到講台前——演變成現在這個場面。

「來，揍我一拳，求求你！」

春雪看著再次大喊的石尾，在內心大發牢騷。

——你叫我揍你，可是這間教室裡也有公共攝影機啊，那不是又會弄出我違反校規的證據嗎？還有菅野老師！你怎麼不阻止這種情形！為什麼一臉事不關己的表情在看好戲！

但看樣子石尾已經鐵了心，不揍他一拳他是不會接受的。

春雪吞下嘆息，小聲說道：

「……那、那如果不打臉，改打肚子的話……」

而且從這個角度打向身體，就不會被攝影機拍到。這句話他只在心中自言自語。

石尾似乎非常高興，滿臉笑容地抬頭挺胸，準備挨這一拳。

春雪一邊慎重地計算攝影機視角，一邊握起右拳。

接著他便以生硬的動作出手，圓滾滾的拳頭打上練得極為結實的腹肌，硬生生彈了回來。

石尾臉上閃過不滿的神色，但隨即得意地一笑，說聲：「你人真不錯。」接著回到了自己座位上。

……我才沒有手下留情，根本就是用盡全力在打。

儘管內心十分沮喪，但春雪仍然鬆了口氣，打算也回到座位上。

結果背後又傳來菅野嚴肅的聲音：

「……有田，真的很對不起。不用怕，老師也讓你打一拳！」

——饒了我吧！

春雪發出了不成聲的哀嚎。

只是話說回來……

事情並沒有就此落幕，還有一件很重大，而且令人心情沉重的任務等著春雪。

那就是跟能美征二交涉。照理說他應該有留下更衣室前的偷拍影片，除非讓他刪掉這段影片，不然春雪實在沒辦法放心上學。

才剛到午休時間，春雪就前往一年級教室所在的三樓。

春雪於樓梯附近等了幾分鐘，就在一群正要前往交誼廳的學生中，看到了眼熟的稍長髮型。

能美征二開朗地跟幾個同學邊談笑邊走著。隨著距離越來越近，春雪也開始手心冒汗、脈搏加快。

——三天前，我跟他展開了一場拚上雙方所有恩怨的激戰。

——而我毫不留情地奪去他的BRAIN BURST，完全剝奪了他執著的加速能力。

就在春雪考慮這些事的當下，能美仍然繼續走近。他眨著長睫毛，眼睛捕捉到站在走廊角落的春雪——

接著直接從他前方走過。

「……」

春雪倒抽一口氣。他原本料定能美會惡狠狠地瞪人，甚至出口罵人，卻沒料到對方竟然會裝作沒看到自己。

不，不是裝的。

他的樣子像是打從一開始就不認識春雪，彷彿這個人只是同校的幾百個學生之一。

春雪無意識中踏上一步，叫住了正要從他眼前走過的能美。

「你是……能美……學弟，對吧？」

「是。找我有什麼事嗎？」

這是怎樣？現在狀況是怎樣？

春雪千辛萬苦地吞下腦中的混亂，動著僵硬的嘴說道：

「這個，我、我有話……想跟你說。」

能美露出一臉狐疑的表情，轉身面對幾個朋友，叫他們先去學生餐廳。

然後重新望向春雪——

「什麼事？」

「呃……呃……」

春雪怎麼看都不覺得他是在演戲。眼前這名小個子的一年級生，就只是露出一副不可思議的模樣看著叫住自己的二年級生。那張清秀的臉上找不到除此之外的絲毫情緒。

難道是認錯人了？是他的雙胞胎兄弟之類的？

春雪想到這裡，決定先報上名字再說：

「這個，我、我是有田。二年級的有田春雪……」

能美皺起眉頭，似乎是在回想。

「……有田學長……啊、啊啊，對喔，就是跟我一起玩網路遊戲的……」

「……是、是這樣……沒錯啦……」

事情不對勁，非常不對勁。

能美征二抬頭望向呆呆站在原地的春雪，露出拚命在記憶中翻找的表情——

他說：

「呃……那個遊戲……是叫什麼名字來著……？」

這瞬間春雪所感受到的恐懼，無疑是他成為超頻連線者以來最為深刻的一次。比跟災禍之鎧Chrome Disaster對峙時，也比翅膀被Dusk Taker搶走時還要冰冷的戰慄感，在背上劇烈地四處流竄。

——他的記憶被控制了！

除此之外，春雪再也想不到其他可能性。

能美征二腦中關於BRAIN BURST的記憶，已經被不明手段刪除得一乾二淨。

他已經不記得了。不記得自己曾經是「掠奪者」Dusk Taker，不記得自己曾跟春雪等人死鬥，甚至不記得加速世界的存在。

不知道能美從春雪臉上讀出了什麼表情，他傷腦筋地微笑說道：

「啊，學長該不會是來找我一起玩遊戲的？可是……對不起，我對網路遊戲已經沒什麼興趣了……」

學弟臉上露出誠摯的歉意，讓春雪只能呆呆地盯著他看。

春雪趕在能美臉上再度露出訝異神情之前，辛苦地將嘴巴擠成像是在笑的形狀說：

「這……這樣啊，那……就算了。這個……還有，我的影片……」

「咦？影片……？對不起，學長你是指什麼影片？」

「……沒有。對不起，沒什麼。」

春雪頻頻搖頭。能美再次微笑，鞠躬說道：

「這樣啊？那我先失陪了。」

這位曾經被稱為Dusk Taker的少年轉過矮小的身體，快步下樓，從春雪的視野中消失。

春雪踉蹌地退後幾步，讓滿是冷汗的背部靠在走廊的牆上，用力閉上眼睛。

「加速能力者一旦退出，就再也不能干涉加速世界。」

春雪到現在才總算懂得神秘虛擬角色Black Vise這句話的意思。

超頻連線者失去BRAIN BURST之後，就會失去所有跟加速世界有關的記憶，因此既無法、也無意干涉加速世界。

能美征二也透過逼身為自己「上輩」的親生哥哥強制反安裝軟體，得知了這個事實。沒錯，他在月光場地中被打得粉身碎骨的那一瞬間，就已經認知到了這一點。他知道自己的記憶會被消除，知道自己甚至不會記得曾經身為超頻連線者的事實。

「這……這……」

春雪站在一年級教室前，臉色蒼白地自言自語，其他學生都一臉不可思議地看著他。

放學後。

春雪在交誼廳那張慣用的桌子前，將自己得知的事說給拓武與黑雪公主聽。他們周圍看不到其他學生的影子。

光是說明這件事，就讓春雪無法不覺得恐懼。他擔心搞不好BRAIN BURST有在監視使用者的所有發言，一旦偵測到「反安裝」、「記憶」、「消除」這幾個關鍵字，就會連春雪的記憶也一起刪除。

因此春雪讓所有人都拿下神經連結裝置，很快地說完整件事。

黑雪公主沉默整整三十秒之後，端起紅茶杯啜了一口，接著才輕聲說道：

「……我想你們之前應該也一直覺得納悶，為什麼七年半以來，加速世界的存在可以保密得這麼徹底。」

「……是。」

春雪點點頭。

「換做是我失去了BRAIN BURST，難保不會自暴自棄，把事情拿到網路或媒體上爆料，帶整個加速世界一起陪葬……」

「喂喂，怎麼講起自己來啦？」

黑雪公主微微苦笑，放下杯子後繼續說：

「不過你說得也沒錯，照理說一定會有人這麼想……也一定會有人真的付諸實行。但這種事就是沒發生。針對這點有過很多推論，例如認為小孩子沒有任何證據，媒體不會相信他們空口說白話；認為刪除BRAIN BURST相關資訊的體系已經深入所有網路架構；另外還有一個謠言……我也曾經聽過。」

黑色的眼睛銳利地瞇起，說話聲音變得更小了：

「……謠傳BRAIN BURST消失的時候，會帶著相關記憶一起陪葬。不過……本來除非親眼看見，否則我絕不相信……不，應該是不想相信。可是，真沒想到……這個謠言竟然就是真相。」

又是一陣沉默。

現在是劍道社的休息時間，身上還穿著劍道服的拓武壓低嗓音問道：

「可是軍團長，這種事情真的辦得到嗎？區區一個應用程式，真的有辦法刪除人類的記憶嗎？」

「……我聽人說過，在原理上並非不可能。」

黑雪公主看著放在白色餐桌上的三具裝置回答：

「量子連線器材（神經連結裝置）嚴格說來，並不是跟大腦這個生體器官連線。」

「咦……那、那又是跟什麼連線……？」

漆黑的雙瞳將視線轉到皺眉的春雪身上，仔細端詳春雪的眼睛。

「其實我也沒真的弄懂。腦細胞中有種叫做微型管構造的部分，裡頭封有光量子，也就是人類意識的本質。這些量子可以透過自旋與向量來儲存資料，神經連結裝置可以讀取或寫入這些資料。從這個層級來看，無論感覺資訊還是記憶資訊，都只是一種資料格式。」

「……也就是說，神經連結裝置可以讀取或改寫我們的記憶，就像讓我們看到或接觸到虛擬世界一樣容易……是嗎？」

春雪呻吟似的這麼一說，黑雪公主就用力搖了搖頭：

「這全都是假設。而且就算原理上可行，我也不覺得在市面上流通的神經連結裝置會有這樣的功能。只是想歸想──」

──現實就是能美征二已經失去了記憶。

儘管沒有人說出口，但在場的三人肯定都想到了這一點。

一陣沉默過去，黑雪公主斬釘截鐵地說了：

「再討論下去也只不過是白費工夫。想知道答案只有一種方法，那就是升上10級，去問BRAIN BURST的開發者。」

「……說得也是。畢竟打從一開始，這就是我們的目標了……」

春雪先點點頭，才戰戰兢兢地問拓武說：

「……那，能美看起來怎麼樣？」

「已經完全成了個平凡的一年級社員啊，簡直就像上身的惡鬼被驅走了似的。只是他之前在表面上也裝得很開朗，除了我們以外可能也看不出有什麼改變。」

拓武先吸了口氣，才以沙啞的聲音說：

「小春，我總是會不由自主地去想……現在的能美跟我們，到底哪一邊算是正常，哪一邊算是異常……」

「那還用說，我們才是異常。」

黑雪公主立刻給出答案。

她靠在椅背上，翹起穿著黑色長襪的修長雙腿，模樣已經恢復了一貫的威嚴。

黑之王依序看著兩名部下，在剽悍的笑容中補上一句：

「但這是我們自己選的路，不是嗎？」

拓武連眨了幾下眼睛，跟著小聲笑了笑：

「……一點也不錯，軍團長。啊，那我差不多該回去了。呃……這件事麻煩你們先不要跟小千……」

「嗯，目前我們就先別跟她說。」

拓武鞠躬後站起身，拿起桌上的藍色神經連結裝置，小跑步遠去。

等身著黑色劍道褲的人影從視野中消失，黑雪公主才正視春雪，小聲補上一句：

「——即使我失去BRAIN BURST，跟加速世界有關的記憶全部被消除……我也不會忘了你，絕對不會。」

春雪覺得心臟彷彿被人一把揪住，拚命擠出話回答：

「我……我也一樣，絕對不會忘記學姊。」

「嗯，我相信你。」

黑雪公主微微一笑，用力點點頭說：

「那麼，這一連串事件算是告一段落了？」

聽到這個問題，春雪猶豫了一會兒，但還是搖搖頭說：

「不……我還有個約定沒有完成。」

「哦？什麼約定？」

黑雪公主歪著頭這麼問。

春雪深深一鞠躬回答：

「——我要拜託學姊，讓我見把自己的翅膀借給我的人……讓我見Sky Raker小姐一面。」

下午五點。

春雪跟黑雪公主並肩走出梅鄉國中的校門。

他們默默走在青梅大道上，途中轉往北方，沿著一條小路走向高圓寺車站。

黑雪公主猶豫良久之後送出了純文字郵件，十分鐘後得到的回答，只有兩行指定時間地點的文字。

為了前往她指定的地點——新宿車站南門的「南方陽台」，兩人搭上了中央線電車。

黑雪公主一直沒有說話。她心中到底是如何地天人交戰，春雪根本無從推測。

既然拿回了飛行能力，就非得將強化外裝「疾風推進器」還給Sky Raker不可。這就是春雪跟她的約定。

但春雪卻粗心地忘了先問她現實世界中怎麼聯絡，因此他才會拜託至少會知道一兩個對方匿名帳號的黑雪公主。

嚴格說來，他也可以再去拜託Sky Raker的下輩Ash Roller，但春雪還是特意選擇請黑雪公主幫忙，而且還千拜託萬拜託，硬要想迴避的她陪自己來。

春雪不明白自己做的事對不對。

但Sky Raker將強化外裝轉讓給春雪的那天早上，她曾經短暫流露出來的表情，卻深深烙印在春雪記憶之中。

因為自己的愚笨而失去了友情。

這位加速世界的隱士對春雪這麼說。

她跟黑雪公主間發生過什麼事，春雪一無所知，或許他沒有權利插嘴或插手管她們的事。

但春雪卻覺得，就算真的失去了這段友情，又有什麼理由不能重新找回來呢？畢竟她們兩人都還記得對方，心中都烙印著許許多多的回憶，烙印著當年並肩作戰的時光。

沒錯——記憶必定仍將她們兩人繫在一起。

電車慢慢駛進月台，春雪跟黑雪公主擠在許多乘客之中上了電扶梯，就這麼從正面大開的南門走出車站。

新宿南方陽台是個有著金字塔型構造的巨大購物商場。他們倆從人山人海的客潮間穿過，上了中央電扶梯。

黑雪公主還是一樣沒有說話。

春雪心想或許……不，是一定得說些什麼才好，但還是什麼話都說不出口。

兩人在巨大電扶梯的運送下，穿過熱鬧的廣告看板，來到了金字塔頂端。

頂樓的開放式陽台與地面距離高達一百公尺。這樣的高度當然比不上四周的高層建築，但仍然能夠將新宿車站大樓與無數鐵軌，以及鐵軌上電車來來往往的景色盡收眼底。這個季節的傍晚氣溫還有點冷，沒有東西可以擋風的觀景台看不到幾個人影。

春雪跟黑雪公主走到最北端欄杆前，並肩看著黃昏景象，等待約定的時刻來臨。

下午五點三十分。

春雪聽見後方傳來「喀、喀」的腳步聲。

他深深吸一口氣——轉過身去。隔了一會兒，黑雪公主也跟著轉身。

她就在紅紫色雲朵的背景下微笑佇立。

一頭輕柔的長髮在微風中搖曳，白皙的手臂按住飄起的制服裙襬。

她穿著過膝長襪的腳又往前走上一步——

住在舊東京鐵塔的隱士，第一期黑暗星雲成員，8級超頻連線者「Sky Raker」，先對春雪開了口：

「午安，鴉先生。」

接著將視線轉到他身旁的黑雪公主身上，微笑的神色微微一變，又說了一句話：

「……午安，Lotus。」

好幾種感情哽在胸口，讓春雪只能深深鞠躬，但黑雪公主則露出與Sky Raker十分相似的笑容說道：

「好久不見，Raker。」

「……是啊，真的好久不見了。在現實世界有三年，在加速世界……已經久得根本算不出來了。」

「一點也不錯。」

兩人同時輕笑了幾聲，但沒有打算靠近彼此。

春雪咬緊嘴唇，踏上幾步，再次鞠躬說道：

「這個……Raker小姐，我有東西要還妳……是妳的翅膀。」

Sky Raker以溫和的笑容輕輕點頭：

「你已經拿回你的銀翼……不，是拿回你的希望了吧？」

「是。全靠妳大力幫忙。」

接著春雪從口袋裡拿出事先準備好的XSB傳輸線，將其中一頭插上自己的神經連結裝置，再遞出另外一頭。

Sky Raker接過接頭，毫不猶豫地插上自己的神經連結裝置。

以直連對戰進行的強化外裝再轉讓十分順利，過程中兩人沒有講上一句話。叫出轉讓要求視窗、接受、叫出平手要求視窗、再次選擇接受，就這麼登出了超頻連線。

當他們回到現實世界時，「疾風推進器」已經回到原本的主人身上。Sky Raker拔起傳輸線還給春雪，再次微笑說道：

「東西我收到了……那麼，我先失陪了。」

接著她望向黑雪公主——微微鞠躬致意。

Sky Raker發出輕微的馬達驅動聲退開一兩步，輕輕動了動嘴唇：

「……鴉先生，你一定能飛到我怎麼樣都摸不著的高度。我會支持你的……加油。」

她朝春雪輕輕一眨眼，就這麼踩著穩健的腳步走遠。

但春雪確定他看到了。

小小光珠從眨動的眼睛溢出，在空中劃出銀色軌跡。

Sky Raker用背在身後的手提著包包，腳步毫不放慢，越走越遠。

她的背影在夕陽下逐漸轉變為黑色的輪廓。

先前一直不說話的黑雪公主忽然踩著踉蹌的腳步走上前。

卻又在春雪身前不遠處停步，緊握雙手，像是在強行忍耐。

——學姊。

———學姊！

春雪在內心深處大喊：

求求妳，黑雪公主學姊。她在等妳開口，等妳伸手啊。所以，快……

快點！

春雪絞盡心念，用無形的手朝眼前的黑雪公主背上推了一把。

這一瞬間。

她又往前跑了幾步。

黑雪公主大喊：

「Raker！」

漸行漸遠的背影全身一顫，停下了腳步。黑雪公主雙肩起伏，深吸一口氣又喊了一聲：

「……回來啊，楓子！我需要妳！」

一聽到這句話，Sky Raker深深低下頭。

左腳又往前——

她想跨出這一步，卻又停了下來。彷彿控制這隻義足的CPU想違抗本人的命令，改而遵從自靈魂輸出的真正情緒。

她的腳一寸寸地往後拉。

Sky Raker很慢很慢地轉過身來。

她動了嘴唇，發出非常微小的聲音：

「……小幸。」

接著是一個無聲的詢問。

——可以嗎？

黑雪公主重重點頭，又喊了一聲：

「……楓子。」

話才剛出口，兩名少女就朝彼此跑去。

她們同時拋開了包包。黑雪公主奔跑的速度稍微快了些，形成Sky Raker張開雙臂迎接她的畫面。

這位叫做楓子的女性，將比自己稍矮一些的黑髮少女抱在懷裡，一張姣好的臉都哭皺了。

一滴滴大顆的淚珠流過臉頰。

「嗚……嗚啊啊啊……」

Sky Raker將臉埋在黑雪公主的長髮中，將早從她出現在這南方陽台時——

不，應該是將早從她開始在舊東京鐵塔隱居以來就一直壓抑的感情，全都釋放出來。

「啊啊……啊啊啊啊啊啊！」

她哭泣的聲音中，混著黑雪公主小小的嗚咽，一路送進春雪耳裡。

這幅實在太美、太可貴的光景，讓春雪再也忍不住，將臉轉向正上方，以免眼淚滴落。

從藍轉為橙紅的遼闊天空正中央，一架飛機從遙遠高處拖著一條細細的白雲，閃耀出銀色的光輝。

（完）

後記

我是川原礫。感謝各位讀者拿起我今年的第一本書。

只是話說回來，已經二〇一〇年了耶……時代一下子變得太未來，讓我覺得一片茫然。像ＳＤ記憶卡、藍光光碟、觸控螢幕式行動電話這類的東西，目前已經存在得理所當然，在我小時候卻是不折不扣的科幻道具。附帶一提，我買的第一顆硬碟容量是20ＭＢ，但據說64ＧＢ的ＳＤ記憶卡今年春天就要上市……

這陣子我越來越覺得自己會跟不上科技的進步，然而現在看來暫時還不會有完全沉潛型的虛擬實境器材登場，所以我要努力撐到那時候為止！我的夢想是退休後當個沉迷網路遊戲的廢人，到時候還要請各大遊戲廠商多多關照了。

好了，照慣例要進入道歉單元……

上一集《暮色掠奪者》收在那麼過分的地方，真的非常抱歉！

之所以會用那種方式結束，最大的理由其實就是「劇情演到那裡還沒結束」而已，不過除此之外確實有極小一部分是刻意造成的。

多年來我對於「書的頁數」這種東西一直有種隱隱約約的不滿。書這種東西翻著翻著，剩下的頁數就會一直減少，這會讓讀者無可避免地接收到「再看多少頁就會結束」的資訊。拿電影來比喻，不就像畫面右下方隨時顯示一條剩餘時間計量表一樣嗎……會對這種理所當然的事情覺得不滿，或許是因為我一直是個網路小說的寫手／讀者吧，畢竟網路小說讀起來不會有這種從體感上就知道何時結束的情形（笑）。

無論如何，要迴避這種紙本媒體特有的劇情洩漏方式，我想到的也只有「讓字越來越小」或是「讓紙張越來越薄」之類的方法，但就算我去拜託責任編輯讓我這麼做，編輯也只會笑著回答：「辦不到。」於是我試著採用相對之下比較現實的手段，那就是「不在這一集結束」。

我想，事先沒有聽說就看完第三集的讀者，在翻到最後一頁時，除了會有種想要破口大罵：「搞什麼鬼！」的怒氣之外，也會感受到幾分驚訝。如果各位讀者有這種感覺，那就表示我的意圖達成了。當然不經預告就分成上下兩集，毫無疑問是種背叛讀者的行為，本人謹在此全力致歉。真的非常抱歉！對不起！我下次大概不敢了！

寫到這裡，就發現後記沒辦法在一貫的兩頁篇幅中結束，於是我決定厚起臉皮，繼續進行辯解單元。

本集最後雖然提到「人的意識是由大腦中『微型管結構』內的量子所構成」，但這只是從現實中的「量子腦理論」抽出名詞套用的原創設定。真正的量子腦理論完全不是這麼回事，而且艱澀無比，我也完全看不懂。如果各位讀者有興趣，請去讀讀看羅傑・潘洛斯（Sir Roger Penrose）爵士所著的論述書籍。還有，看完之後還請偷偷用淺顯易懂的方式告訴我到底是怎麼回事（笑）。

另外還有一點……書中又有新的女性角色登場，我想這點各位讀者應該都已經死心了吧！對吧！我也已經死心了，相信黑雪公主學姊一定也已經死心了……

每推出一集，都至少要設計出一名女性角色造型的插畫家ＨＩＭＡ老師，這次也承蒙您關照了！還有這次原稿一拖再拖，給責任編輯三木先生添了很大的麻煩……前幾天在跟三木先生開會時，看到他的頭髮剪短很多，於是我問：「你剪頭髮了啊？」結果得到的回答是：「因為終於有時間去剪了。」讓我聽了都流下同情的眼淚。今年也要請您多多指教了。（只是話說回來，現在已經超過後記的截稿時間十分鐘了……）

最後要請去年願意支持我的各位讀者，今年也繼續給予在下支持與愛護。

祈禱二〇一〇年對每個人來說都是美好的一年。

二〇〇九年十二月十五日　川原　礫

，但可不是鬧著玩的。」
——天才程式設計師·茅場晶彥
獲得許多玩家支持的次世代飛行系
VRMMO「ALfheim・Online」。
裡頭有著靠玩家反應與判斷力
來決定勝負的動作遊戲要素、
「魔法」概念，以及「飛行系統」。
這款遊戲藉由不輸給SAO的高規格，
吸引了許多玩家。
桐人在其中努力朝著亞絲娜被囚禁的地點——
全部玩家的最終目的地「世界樹」前進……！
然而半路上，由於遭遇「火精靈」玩家們所設的陷阱，
桐人陷入了九死一生的危機；
但靠著「風精靈」少女·莉法幫忙，
以及導航妖精·結衣的輔助，
終於得以逃出生天。
最後他來到了「世界樹」的根部。
但在這時候，莉法與桐人卻得知了彼此間的秘密……
在網路上獲得超人氣的「妖精之舞」篇，正式完結!!
Online刀劍神域
2010年末磅礡登場——！

「這雖然是遊戲
無法完全攻略就無法離開遊戲，
GAME OVER也等於
宣告玩家的「死亡」——
多達一萬名的玩家，
被監禁在禁忌的死亡戰鬥MMO
「Sword Art Online 刀劍神域」裡面。
經過兩年的歲月之後，
靠著獨行玩家．桐人的活躍，
這場「悲劇」終於畫上了休止符。
大難不死的桐人雖然回到現實世界裡，
但立下誓言要長相廝守的對象——結城明日奈，
以及其他大約三百名SAO玩家，
卻沒有從那惡夢般的網路遊戲裡回來……
桐人得知亞絲娜被囚禁在某個VRMMO中，
立刻登入那款可疑的遊戲「ALfheim．Online」，
一頭闖進這個「妖精」玩家滿天飛舞的世界。
台灣角川
只於個人網站上連載，
卻依然創下超過650萬閱覽人數紀錄的傳奇小說！
Sword Art
最新第4集，
插畫／abec

Kadokawa Light Novels

AHEAD Series

終焉的年代記 1~4 待續

作者：川上稔　插畫：さとやす（TENKY）

Kadokawa Fantastic Novels

全龍交涉部隊面前出現了新障礙，
這出人意表的對手，其名爲——美國UCAT！

充斥植物的4th-G、機龍飛舞的5th-G，佐山等人即將與這兩個世界展開交涉。八大龍王之一山德森為了與5th-G進行全龍交涉，而與曾孫女一同來到日本，但他曾經把某份文件交給美國ＵＣＡＴ保管，裡面暗藏會妨礙與5th-G進行交涉的內容……

各 **NT$220~280/HK$60~76**

台湾角川

國家圖書館出版品預行編目資料

加速世界 4 飛向蒼穹 / 川原 礫作；
邱鍾仁譯.——初版.——臺北市：
臺灣國際角川, 2010.06　面；　公分.
——（Kadokawa Fantastic Novels）
譯自：アクセル・ワールド 4　蒼空への飛翔
ISBN 978-986-237-780-2（平裝）

861.57　　98018650

Kadokawa
Fantastic
Novels

加速世界 4
飛向蒼穹

（原著名：アクセル・ワールド4 — 蒼空への飛翔 —）

2010年8月17日 初版第1刷發行
2024年4月25日 初版第12刷發行

作　者：川原 礫
插　畫：HIMA
日版設計：BEE-PEE
譯　者：邱鍾仁

發 行 人：台灣角川股份有限公司
總　監：呂慧君
總 編 輯：蔡佩芬、朱哲成
主　編：林秀儒
設計指導：陳晞叡
美術設計：吳佳昀
印　務：李明修（主任）、張加恩（主任）、張凱棋、潘尚琪

發 行 所：台灣角川股份有限公司
地　址：104台北市中山區松江路223號3樓
電　話：（02）2515-3000
傳　真：（02）2515-0033
網　址：www.kadokawa.com.tw
劃撥帳戶：台灣角川股份有限公司
劃撥帳號：19487412
法律顧問：有澤法律事務所
製　版：尚騰印刷事業有限公司
ISBN：978-986-237-780-2